本丛书由山东省一流学科中国语言文学建设经费资助

贾振勇·主编

中国现代文学研究丛书

文化间性与文学抱负

——现代中国文学的侧影

李永东◎著

人民出版社

目　录

第三编　地方、世界与现代中国文学

第四编　现代中国文学观念的重构

前　言

年龄大致相仿的一些学界同行，早有相互切磋、桂互砥砺、共话人文理想之志愿。所以，本丛书的构想与策划，其实已持续数年。

1970 年前后出生的一批中国现代文学研究者，大多受过严格的学术训练，成长于改革开放年代，有启蒙创新之情怀；在知识结构、学术视野、文学理念、价值理想、人文诉求等各方面，也呈现出相似的代际特征。经过长期的积累与历练，不少学者取得了各自的标志性成果，有的甚至做出了对学科发展具有突破性价值的成果。从总体上看，这批学者在即将知天命之年，开始步入富有创造力的学术黄金期。本丛书的策划与编选，正是基于对中国现代文学学科发展态势之判断，对这批学者的学术探索进行主动的呼应与支持。

经过通盘考虑、反复协商并征求多方意见，本丛书编委会决定邀请在中国现代文学研究领域实力深厚、影响较大、1970 年前后出生的高校学者作为本丛书的作者。目前，已有段从学（西南交通大学）、符杰祥（上海交通大学）、贾振勇（山东师范大学）、姜涛（北京大学）、李永东（西南大学）、刘春勇（中国传媒大学）、孟庆澍（首都师范大学）、文贵良（华东师范大学）、袁盛勇（陕西师范大学）、张洁宇（中国人民大学）十位学者加盟。编委会认为，这十位学者，学养深厚、功底扎实、思路新颖、视野开阔、研有专长、优势突出、特色明显，其成果具有探索性、多元性、前沿性和引领性，在某种程度上能代表中国现代文学研究的发展趋势。本丛书的出版，对中国现代文学研究的整体拓展、深入、提升与创新，将大有裨益。

本丛书的主要学术目的或曰学术理想在于：第一，整体展示，集体发声，形成学术代际与集束效应，追索"学术乃天下公器"之人文理想；第二，凝练各自特色，展示自家成果，接受学界检验；第三，拒绝自我满足意识，砥砺前行、奋发有为。是故，经丛书各位作者协商、讨论，一致同意丛书名定为"奔流"，取义为：致敬前贤，赓续传统；奔流不息，创造不止。

需要特别说明的是，理想虽然丰满，现实往往骨感。丛书的构想、策划之所以延宕数年，实乃种种因素之限制，尤其出版经费一时之难以筹措。有幸的是，恰逢山东师范大学文学院中国语言文学学科获批山东省"双一流"立项学科。在山东师范大学文学院院长杨存昌教授、党委书记贾海宁教授、一流学科带头人魏建教授以及院高层次著作编委会的鼎力支持与推动下，山东师范大学文学院决定予以积极支持。

正是由于山东师范大学文学院的慷慨资助，本丛书才有机会得以问世。为此，各位丛书作者对山东师范大学文学院深远的学术眼光、襄助学术发展的魄力，表示深深的敬意与由衷的感谢。同时，感谢人民出版社的大力支持，尤其感谢责任编辑陈晓燕女士的努力与付出。

丛书即将问世之际，感慨颇多。春温秋肃，月光如水。愿学术同好：行行重行行，努力加餐饭；月光穿过一百年，拨开云雾见青天。

第一编
半殖民语境下的现代中国文学

第一章　半殖民与解殖民的中国现代文学

一、问题的提出

半殖民性是中国现代文学的重要特征，这一特征长期以来被现代性、启蒙、革命、民族主义等文学史观和研究范式所遮蔽。实际上，启蒙运动、现代化所援用的话语基本属于殖民话语，文化启蒙和"'现代化'只是掩饰'殖民化'的一种美词"①；而民族主义和革命运动则包含解殖民（decolonization）的意图，未能完全脱离殖民话语框架的规约。

中国现代文学与其说是现代性的文学，不如说是半殖民与解殖民的文学。殖民性的嵌入、抹除、遗留问题，干预并决定了中国现代文学的主体走向和风貌格调。

中国现代文化与文学的殖民性问题，至今未引起学界的充分重视。近代中国并未整体沦为殖民地，后殖民理论的建构者赛义德、霍米·巴巴、斯皮瓦克等，也就没有把中国纳入考察的视野；后殖民理论最近二十年在中国渐成显学，但其热闹景象主要体现在对后殖民理论的译介和阐释上，局限于以之来诊断中国当下的文化现实；海外华人和港台学者，只热衷于讨论中国香港、台湾地区文学的殖民性问

---

① 叶维廉：《殖民主义：文化工业与消费欲望》，见《叶维廉文集》第 5 卷，安徽教育出版社 2004 年版，第 194 页。

题；大陆地区从事文学研究的学者近年也开始运用后殖民理论来解读中国现代文学，但相关成果只是挑选个别的区域、流派、作家和作品来研究，涉及的是个案，如单个作家（林语堂等）的某篇作品，单个区域（伪满洲、香港、台湾、上海等）的某类现象，单个流派（新感觉派等）的特性。把中国现代文学的殖民性当作"个别"现象来看待，自然也就谈不上统观全局、通观流变。

涉及的对象较广、对中国现代文学的殖民性进行较大规模论述的是史书美的专著《现代的诱惑：书写半殖民地中国的现代主义（1917—1937）》。不过，该著解决的问题也有限。首先，该著的首要观照点为"现代"，而不是"殖民"，"半殖民主义"只是研究的关键词之一；其次，该著只涉及了现代主义小说，其他文类的研究则付之阙如，且只讨论了五四小说和 20 世纪 30 年代的京派、新感觉派，关于京派主要论及废名、林徽因和凌淑华的创作，甚至京派大家沈从文也未被纳入讨论范围；再次，该著只讨论了 1917—1937 年这一时段的小说，故不可能对"半殖民主义"的源流作出梳理，"解殖"过程亦未纳入研究视野。笔者认为，半殖民性不仅是现代主义小说的特性，也是中国现代文学的基本特性，半殖民与解殖民构成了中国现代文学发展的内在张力。

半殖民性的中国现代文学的历史流变和整体特征，是一个尚未得到基本清理的重要学术问题。

二、"半殖民性""解殖民"概念的界定

"半殖民与解殖民的中国现代文学"这个话题，很容易让人联想到"半殖民地半封建社会"这一历史表述。"半殖民地半封建"是对近代中国社会性质的概括。这一理论最初由列宁提出。1912 年列宁在《中国的民主主义和民粹主义》一文中指出中国是"落后的、农

业的、半封建国家"①，1915 年在《论欧洲联邦口号》一文中又把中国
与土耳其、波斯这三个亚洲国家看作"半殖民地的国家"②。近代中国
"半殖民地半封建"的性质定位，在 20 世纪二三十年代经苏共、中共
领导人和理论家反复阐述，最终获得广泛认可，成为中国革命和近代
史研究的基础理论。革命领导和理论家对"半殖民地半封建社会"的
阐述历程，侧重于与之相联系的经济形态③，"半殖民地"指外国资本
主义经济在中国的入侵、扩张以及中国资本主义经济的有限性与非自
主性，"半封建"指以封建土地制度为代表的落后的、隶削性质的农
业经济在中国的残存，二者相互依存、勾结。与"半殖民地半封建社
会"的性质界定相对应的，是对中国革命阶段和性质的定位。毛泽东
指出："只有认清中国社会的性质，才能认清中国革命的对象、中国
革命的任务、中国革命的动力、中国革命的性质、中国革命的前途和
转变。所以，认清中国社会的性质，就是说，认清中国的国情，乃是
认清一切革命问题的基本的根据。"④"半殖民地半封建社会"是中国
共产党确立"反帝反封建的民主革命"的基本根据。

革命史、党史关于"半殖民地"的解说，属于对近代中国政治、
经济的阶段性质作出的宏观把握。而"半殖民"在文化、文学上的
渗透与表现则更为复杂，有着自己的滋生、衍化逻辑。文化、文学
对殖民性的迎合与抵抗，也有一个重复往返的过程和筛选甄别的
机制。

半殖民地中国与正式殖民地的殖民处境显然有别。柯文认为"中
国殖民地化经验"具有三个特点，即"局部的、多国的、有层次的——

① 《列宁选集》第 2 卷，人民出版社 2012 年版，第 293 页。

② 同上书，第 552 页。

③ 参见李洪岩：《半殖民地半封建理论的来龙去脉》，见中国社会科学院近代史研
究所编：《中国社会科学院近代史研究所青年学术论坛 2003 年卷》，社会科学文
献出版社 2005 年版，第 1—24 页；叶永生：《为什么说近代中国是半殖民地半封
建社会?》，《中华魂》2005 年第 1 期。

④ 《毛泽东选集》第二卷，人民出版社 1991 年版，第 633 页。

加起来形成了一个富有特色的模式"①。史书美借鉴了柯文、奥斯特哈梅尔等学者关于半殖民地中国的观点，对"半殖民主义的中国"的特性作出了进一步解说。她指出："与其他被正式殖民的第三世界国家不同，中国从未整体被殖民过，也从未存在过一个中央殖民政府来管理遍布全国的殖民机构。中国在语言上保持完整性的事实即是中国语境下殖民主义的不完整性的文化证据。"但是，近代中国又受到英、法、日、俄、美、德等多重帝国的宰制，存在碎片化的殖民地理分布。鉴于此，史书美以"半殖民主义"来描述中国语境下殖民主义的多元、分层次、间接、非正式、不完全和碎片化的特性。② 史书美关于"半殖民主义"最重要的理论贡献，不在于对"半殖民主义"概念的描述，而在于提出了"分岔策略"，即中国知识分子，尤其是持世界主义立场的现代主义者，在接受西方现代文化时把西方区分为"都市西方"和"殖民西方"，在这种两分法中，前者被优先考虑为模仿的对象，同时也就削弱了作为批判对象的后者。③ 史书美、叶维廉、张宽、周蕾等海外学者对中国半殖民主义和中国香港、台湾地区殖民主义的研究，无疑为我们提供了诸多灵感。

海外华人学者对后殖民理论近距离的接触、深度的浸染，以及所拥有的政治、文化上的双重经验，使得他们相对于国内学者来说，更具有穿透中国半殖民文化的眼光。不过，在对中国半殖民语境和历史状况的了解与体认上，海外华人学者不如国内学者深切和细密，他们作出的解说带有整体概观和主观抽象的性质。史书美关于"半殖民主义"和"分岔策略"的解说，属于笼统意义上的看法，一旦深入晚清至20世纪40年代中国的具体历史情境，其观点的有效性就大打折扣。

---

① [美] 柯文：《在中国发现历史——中国中心观在美国的兴起》，林同奇译，中华书局2002年版，第153页。

② [美] 史书美：《现代的诱惑：书写半殖民地中国的现代主义（1917—1937）》，何恬译，江苏人民出版社2007年版，第37—48页。

③ 同上书，第43页。

从半殖民和解殖民的角度来理解中国现代文学的发展，显然不仅仅是基于政治、经济状况作出的一种判断，而是基于近代中国的半殖民文化语境。

解殖民，又作"去殖民"，简称"解殖"，是与殖民相对的一个概念。解殖民中的"解"的含义，可以结合德里达的"解构"（deconstruction）[①]和现代汉语中"解"的义项来理解[②]。所谓解殖民，就是拆解、消解、消融、抹去殖民化的不良影响，解构殖民宰制话语和西方中心主义，重建民族国家的主体性。解殖民与反殖民有别。反殖民侧重于从政治上反对、对抗殖民；解殖民亦略含反对、对抗殖民之意，但其含义比反殖民更深广复杂。解殖民是多层面地、结构性地、系统地去除殖民性质，更侧重文化、心理层面，而且蕴含了重组去殖后的现代文化与本土文化的关系问题。本章关于半殖民与解殖民的中国现代文学的思考，大致就是按照以上理解来使用解殖民这个概念的。半殖民的含义就不是三言两语能说清的了，下面将逐步解说。

顾名思义，"半殖民性的近代中国"包含两个方面的含义：一是近代中国不是整体被殖民过的国家；二是存在局部的被殖民地区和被殖民因素。史书美以殖民主义的多元、分层次、间接、非正式、不完全和碎片化来描述中国"半殖民主义"中的"半"的意思，见解深刻，但属于静态的描述，且没考虑殖民关系的生成方式。近代中国的半殖民性需要从空间结构、生成方式和动态流变来进一步描述。有这样几个方面值得特别提出：

首先，半殖民性表现在殖民的空间分布和区域差异上。近代中国的殖民空间大致分为三类：一、边缘的殖民区域，包括殖民地区（台湾、香港、澳门等）和带有殖民色彩的势力范围、租借地；二、中心

---

① 汪民安主编：《文化研究关键词》，江苏人民出版社 2007 年版，第 139—143 页。
② 许宝强、罗永生选编：《解殖与民族主义》，中央编译出版社 2004 年版，第 283 页。

辐射的"准殖民都市",主要指设有外国租界的上海、天津、汉口等城市;三、散点与流动的殖民空间,如:由外国势力控制的矿场、铁路线、轮船航运,以及教堂、教会学校、使馆等。就空间格局而言,近代中国的殖民分布属于"花边型"与"网点式"的结合:广大的中间地区为中国政权所控制(抗战期间除外),但亦散布着一些殖民帝国控制的商埠、租界、铁路线;殖民势力在外围区域介入较深,但对各类区域的控制方式和力度存在差异。近代中国的半殖民语境由这些殖民性的面、点、线围合而成。

其次,中国的半殖民性是在互动关系中形成的。中国的(准)殖民区域属于嵌入型,散点分布,殖民区域与非殖民区域形成了多层面的互动关系。殖民文化与本土文化的互动,造成了文化语境和文学风格的半殖民性。这一点不妨以外国租界为例来说明。上海、天津、汉口等城市的外国租界在管理制度、城市景观、文化娱乐等方面移植西方文明,对邻近的华界城市构成了威压,二者形成了对话。租界提供了中西文化交流碰撞的现实空间,生成中西杂糅、殖民性与民族性相纠缠的租界文化。租界的繁华景观和欧化风尚极具感召力,以在地体验和阅读传闻的方式影响了中国人的"文明"观念。上海、天津等租界城市之所以迅速崛起,一个重要原因是中国存在广大的非殖民地区,租界城市利用其国际商埠和现代都市的优势,吸纳、集中了内地的财富、物产和人才,加剧了中国乡村的贫困和区域发展的不平衡。上海等租界的崛起,改变了中国原有的中心与边缘结构,重构了中国的政治、经济、文化版图,而民国政府则力图淡化这种趋势。

再次,中国的殖民现象是中外协商的结果,这种情形表明了其"半"殖民性质。殖民势力与中国政府、地方力量之间存在协商机制,租界的选址和拓展、铁路和矿山的开办、中外冲突的交涉、中外贸易关系的调整、中国政要的废立、电影的审查,甚至教会学校校长的任命等,都牵涉协商,中国的半殖民地状况是多重帝国与中国不断较量的结果。殖民帝国的影响虽然渗透到中国的政治、军事、经济、文化等领域，但中国很多时候掌握着处理本国事务的主导权。

又次，中国的半殖民语境既是动态发展的，又是复杂的。晚清、五四、20 世纪 30 年代、抗战时期，殖民帝国的构成、殖民区域的大小和殖民文化的影响力各不相同；各路军阀、各个党派与多重帝国有着千丝万缕的联系，内政与外敌纠缠在一起，攘外与安内、联外与统一相互利用；殖民与现代、民族、革命、启蒙的关系呈动态发展的趋势。

最后，殖民与解殖民同时进行，这也是半殖民地中国的表征。中国属于主权国家，帝国主义的殖民宰制在空间和效果上受到一定限制。半殖民语境下的中国政府和知识分子可以公开组织对抗殖民的行动或话语，殖民与解殖民在中国同时存在，多重帝国"相互钳制"①也为中国的解殖民提供了可以借用的力量和时机。

以上特征，都属于中国"半"殖民地文化的表现，与正式殖民地国家显然有别。

论述至此，我们可以对"半殖民性"作出界定了。所谓"半殖民性"，是指近代中国受到多重帝国多层次的殖民宰制，殖民区域与主权地区、殖民文化与本土文化并置共存，二者构成了碰撞、协商、互动、交融的动态关系，殖民与解殖民同时进行，从而造成殖民宰制的有限、零散、流动和区域不均等。然而，近代的半殖民境遇使得中国认同了欧美对"文明""现代""进步"的定义，中国固有的文化价值系统和文学观念被"西方中心主义"拆解，中国在模仿（或对抗）殖民帝国的现代化的过程中陷入了"自我的迷失与重拾"②的怪圈。殖民与解殖民重复往返、筛选甄别的系统结构，规约着近代中国的发展方向，以致近代中国的文化和文学意愿一直徘徊在传统与现代、本土与世界、民族化与西化之间。由此可见，"半殖民与解殖民"作为一

---

① 《论中国前途之可危》，《东方杂志》1905 年第 9 期。
② 南迪：《亲内的敌人（导论）》，林霭云译，见许宝强、罗永生选编：《解殖与民族主义》，中央编译出版社 2004 年版，第 60 页。

种文化现象、历史境遇和当代策略，嵌入了中国现代文学的内在观念系统，是中国现代文学发展的深层次的结构性力量。

三、"殖民""民族主义""现代"的观念
流变与文学的发展

中国对殖民问题的态度一直处于流动变异之中。晚清、民国时期出版的殖民地研究的系列著作，为我们洞悉近代中国的半殖民心态提供了线索。

1905 年出版的《殖民政策》在"亡国灭种"的危机感下，把向中国拓殖的西方当作登门奉送"海上仙方"的救世主，认为西方殖民帝国的"文明水"是疗救中国这个"病夫国的回生丹"[①]。这是留日学生周仲曾的观点，典型地表现了日本、西方殖民者与中国知识分子的视界融合。[②] 身居海外的晚清知识分子的殖民态度与种族主义进行了对接，秉持强烈的种族优劣观念。不仅周仲曾认为"所谓殖民者，实由人种之移徙，输送文明以开发劣等国，而使劣等国民昂进其知识者也"[③]；梁启超也把殖民看作"优强民族"顺乎"天演"对"劣弱民族"的征服[④]，以"地理""人种"来解释欧美殖民帝国的强大和殖民地国家的野蛮落后[⑤]。但也有人对以"天演公理，适者生存"来解释"人种优劣"的殖民者观念进行了质疑。[⑥] 尤其是日俄战争爆发后，"人种说"

---

① 周仲曾编著：《殖民政策》，湖北法政编辑社 1905 年版，第 6 页。

② 参见周仲曾编著《殖民政策》"例言"的相关说明。

③ 周仲曾编著：《殖民政策》，湖北法政编辑社 1905 年版，第 10 页。

④ 中国之新民（梁启超）：《论民族竞争之大势》，《新民丛报》1902 年 2 月 22 日（该文在《新民丛报》自 1902 年 2 月 22 日第二号开始连载，至 4 月 8 日第五号完结）。

⑤ 中国之新民（梁启超）：《地理与文明之关系》，《新民丛报》1902 年 2 月 8 日。

⑥ 时造：《论殖民政策（本社撰稿）》，《东方杂志》1905 年第 9 期。

受到挑战，出现了"种族强弱之说，因之以破"① 和"黄白之例，不可尽信"② 的观点，极力宣扬这种观点的主要是主张"立宪"的知识分子。五四前后的大学讲义《殖民政策》谈到殖民活动的影响时，仍然强调其对于推动世界"文明之进步"的作用③，把殖民当作一项值得尊重的事业。1924 年出版的《殖民》（阮湘）和《殖民政策》（吴应图）把人类的历史理解为"一部移殖民的活动的历史"，古代中国曾扮演过主角，到了近世，则由西方来主导这一场殖民运动④，由此逻辑出发，强调殖民者"传播文明""开化"土著的使命，并认为殖民者对土著人民持"平等""正义仁爱"的态度⑤。在进化论、启蒙观念的规约下，西方殖民帝国的现状被当作我们的未来愿景，中国知识分子要做的就是在思想文化和文学方面推动这一"西化"进程。五四知识分子在对西方文明的仰慕和对中国现状的批判中，"潜藏着以己为耻、自我怨恨等等复杂的心态"⑥。可以说，五四知识分子是以自我殖民化的心态来对抗"外压殖民主义"（external colonialism）⑦ 的。总的来看，清末民初的殖民论述，大致把殖民与"文明""开化"等同，未能从文化上对殖民后果加以反思。

　　知识分子对殖民的看法，在大革命前后有了根本性的转变，"五卅"反帝运动以及北伐兼顾统一与反帝，表明了中国对待殖民问题态度的逆转。南京政府进一步把殖民问题上升到"党义"和国家的层面。

---

① 崇有：《论中国民气之可用》，《东方杂志》1904 年第 1 期。

② 《祝黄种之将兴》，《东方杂志》1904 年第 1 期。

③ 郁嶷：《殖民政策》，中国大学讲义（"中国大学"为民国时期北京一所大学的名称），无出版时间（从内容推测，讲义撰写、印制时间为"一战"结束后不久），第 13 页。

④ 阮湘：《殖民》，商务印书馆 1924 年版，第 1 页。

⑤ 吴应图编著：《殖民政策》，中华书局 1924 年版，第 116 页。

⑥ 海米：《殖民者与受殖者》，魏元良译，见许宝强、罗永生选编：《解殖与民族主义》，中央编译出版社 2004 年版，第 40 页。

⑦ 南迪：《亲内的敌人（导论）》，林霭云译，见许宝强、罗永生选编：《解殖与民族主义》，中央编译出版社 2004 年版，第 64 页。

1929 年出版的《帝国主义殖民政策概要》属于"党义课程"的教材，把"殖民政策"与"帝国主义"联系在一起。尽管该著没有否认殖民所具有的"传播文明""开化土人"的意义，但更强调其所造成的"血肉狼藉"的"人类恐怖"图景①，指出"文明""开化"所隐藏的帝国的自私盘算，以及殖民可能引发的战争灾祸，希望半殖民地的中国民众觉悟，以"赤血洗净""殖民政策横暴黑暗耻辱的痕迹"。②20 世纪 30 年代出版的《殖民政策》（刘光华）、《殖民政策》（胡蒙然）、《殖民地问题》（吴清友）、《世界殖民地独立运动》（董之学）、《中国怎样降到半殖民地》（钱亦石）大致持类似的态度，这些著作不再谈殖民政策的文明开化功用，而是侧重其对民族生存的威胁，并以之来激发"民族解放运动"和"救亡运动"。

到了 20 世纪 40 年代末的《殖民地半殖民地国家的民族革命》（杨松）、《殖民地问题》（郑道传），反殖、反帝与民族解放已是同义语，民族主义演变为国族主义，"殖民政策"不再是确证"文明"高低和"人种"优劣的托词，而是确证了帝国主义的经济危机、内部矛盾、反动本质和必然灭亡的命运。对殖民的态度变换过程，是民族传统、民族形象和国家观念不断重新建构的过程，也是对西方文明、都市文化的价值不断质疑和解构的过程。

近代中国的民族主义和现代观念，很大程度上可以看作殖民 / 反殖民的伴生物。晚清、五四时期的中国充满"亡国灭种"的危机意识，但知识分子往往把现代与殖民 / 西方等量齐观，不假思索地挪用殖民者的东方观念，在进化论和科学至上思想的指导下，把中华民族想象成"劣等"民族，想象成"病夫"，以期警醒国人效仿西方，最终达到"富国强种"的目的。晚清的启蒙运动、"三界革命"和五四新文化运动、"文学革命"基本上是在此类观念下展开的。在此阶

① 胡石明:《帝国主义殖民政策概要》，大东书局 1929 年版，第 2 页。
② 同上书，第 146 页。

段，殖民主义与民族观念构成了合谋关系，矮化中国和逆向种族主义
（reverse racism）虽然指向"富国强种"的终极目标，实际上却以自
我"他者"化的方式巩固、强化了主权国家的对立面——殖民观念。

　　当然，殖民主义在晚清和五四所激起的民族国家观念存在差异。
晚清把殖民帝国当作"文明"现象看待，对殖民文明既爱又恨，知识
分子的半殖民心态朝着种族主义方向生发，期望通过"新民"来建设
"民族主义的国家"①，以应对欧美的"民族帝国主义"②。晚清知识分子
自认是"劣弱"民族，对"新国民"的期待沿用了殖民者的种族优劣观，
这就导致"民族主义的国家"构想带有空幻性质，知识分子于是乐于
躲进乌托邦的梦境中来解殖民，带来晚清乌托邦小说的风行。清朝被
推翻后，殖民帝国对中国前途的致命威胁已缓解，五四知识分子更多
地把西方当作一种"文化"看待，不再像晚清知识分子那样大力提倡
"民族主义"和"国家思想"，不再纠结于"中体西用"。他们侧重"立
人"和"个人的发现"，在文化上怀有对"差异的恐惧'③，"在接受启
蒙话语的同时接受了殖民话语，因而对自己的文化传统采取了粗暴不
公正的简单否定态度"④，否定家族、孔教、文言的价值，批判国民性。
五四启蒙对个体价值的推崇、对时间的强调和对现代西方的迷信，使
得"民族"屈服于"世界主义"。另外，晚清作家与五四作家存在体
验和知识的差异，五四作家大部分都有留学背景，他们苟着"西洋"
或"东洋"的观念视野来审视中国，其创作的半殖民性在中西权力话
语的夹缝中得到了呈现。如，以郭沫若为代表的创造社作家在文化身
份与民族认同上的含混与危机⑤，无疑体现了半殖民性的文本特征。

---

① 中国之新民（梁启超）：《论民族竞争之大势》，《新民丛报》1902年4月8日。
② 中国之新民（梁启超）：《新民说（一）》，《新民丛报》1902年2月8日。
③ ［法］吉尔·德拉诺瓦：《民族与民族主义》，郑文彬等译，生活·读书·新知三联书店2005年版，第131页。
④ 张宽：《文化新殖民的可能》，《天涯》1996年第2期。
⑤ 李永东：《租界文化语境下的中国近现代文学》，人民出版社2013年版，第121—136页。

大革命之后，矮化中国转向"逆写帝国"，同时伴随着利用民族或阶级来"反对个人主义的意识形态"①。国民党从"三民主义"出发，以民族主义来整合国家观念，把民族主义作为对抗帝国主义的工具②。左翼知识分子则以阶级革命的立场阐述民族主义，对民族国家进行内部区分，把以资产阶级为代表的势力集团与殖民帝国看作一丘之貉。正如陈独秀所言，"在一个国家中"，和整个的世界一样，"只有两个或两个以上横断的社会之存在，抽象的整个国家是不存在的"。③ 比较而言，作为国家权力的把控者和维持者，国民政府在提倡民族主义方面更为热心，以配合其反殖民、凝聚民心、巩固统治的方略。国民政府把民族主义作为"党义"加以宣传，出版了一批著作，仅 1929 年就出版了《民族主义与国家主义》《民族主义浅说》《民族主义概要》《民族主义提要》等书，这些著作致力于国家中心意识的建构。例如，邢琬的《民族主义概要》以问答体讲述民族主义的定义、时代背景及其与国家主义和世界主义的区别，介绍了中华民族受帝国主义压迫的情况，以及恢复民族地位的方法等。④ 不过，国民政府在半殖民语境下建设现代国家的意图，陷入了观念的荆棘丛。一党专政、反封建、传统复兴、现代化、反殖民等的意义指向相互冲突，使得国民政府在文化建设的思路上一团乱麻。"既纷乱又矛盾"的民族主义，是国民政府在 20 世纪 30 年代难以规避的，半殖民地中国的民族主义潜藏的深层次矛盾与殖民地类似："'它对被模仿的对象既模仿又敌对'。它模仿，因为它接受外国文化所设定的价值观。但它也拒绝，'事实上有两种拒绝，而两者又是自相矛盾的，拒绝外国入侵者和统治者，却以他们的标准模仿和超越他们；也拒绝祖先的方式，它

---

① [法] 吉尔·德拉诺瓦：《民族与民族主义》，郑文彬等译，生活·读书·新知三联书店 2005 年版，第 30 页。

② 孙科：《民族主义与国家主义》，《中央周刊》1929 年第 40 期。

③ 陈独秀：《中国的一日》，见茅盾主编：《中国的一日·第二编　南京》，生活书店 1936 年版，第 32 页。

④ 邢琬编著：《民族主义概要》，世界书局 1929 年版。

们既被视作进步的阻碍，又被作为民族认同的标记'。因此这个矛盾的进程同样令人担忧。"① 尽管国民政府在反殖民的同时执意复兴传统民族文化，然而并不能从根本上解决其中的深层次矛盾。况且，国民政府为了推行现代化和新生活运动，还得同时反封建。国民党的文化宣传实际上在现代（殖民）文化与传统（民族）文化之间"模棱和不安，一面要为两种文化协调，一面又在两种文化的认同间彷徨与犹疑"②。国民政府的文化观念可以看作是"最暴烈的民族主义"。这种民族主义"从里到外都蕴藏着复古与现代思想的结合"。③ 国民党政府的民族观念建构同样延伸到文艺领域，1930 年发起的"民族主义文艺运动"，企图以民族主义作为"中心意识"来统领文艺创作。④ 前锋社编辑的《民族主义文艺论》（1930 年）收入的国民党文人的 8 篇论文，是这一观念的集中展示。"左联"的文艺政策则构成了另一种反帝、反资的阶级论的"相对民族主义"。

　　1937 年日本全面侵华，更是激发了中华儿女休戚与共的民族意识和国家认同。国家战争的宏大主题，反法西斯同盟的组合，使得无论在大后方还是沦陷区，无区别地批判所有帝国主义都显得不合时宜，战时反帝的内涵被窄化了，且呈分化趋势。在大后方，民族主义与抗战直接挂钩，"民族至上，国家至上"⑤ 的口号获得了广泛认同。民族传统在怀念故土、追述先贤的故事中得到释放，而欧化趣味、小资情调则被认为是奢靡腐化、柔弱多情的，与国统区的抗战氛围和延安的工农大众观念相冲突，被当作殖民残余加以谴责。延安文艺虽然

① ［印］帕尔塔·查特吉：《民族主义思想与殖民地世界：一种衍生的话语？》，范慕尤、杨曦译，译林出版社 2007 年版，第 2—3 页。

② 叶维廉：《殖民主义：文化工业与消费欲望》，见《叶维廉文集》第 5 卷，安徽教育出版社 2004 年版，第 196 页。

③ ［法］吉尔·德拉诺瓦：《民族与民族主义》，郑文彬等译，生活·读书·新知三联书店 2005 年版，第 140 页。

④ 《民族主义文艺运动宣言》，《前锋月刊》1930 年第 1 期。

⑤ 《国民精神总动员纲领》，《战地》1939 年第 1 期。

以民族文艺的面貌出现，但主要不是采取向外"反殖民"的策略，而是把重点放在"自内解殖民"，立足阶级观念和人民大众立场，批判"个人主义的小资产阶级立场"，否定"上海亭子间"作家的创作。①延安文艺通过切断殖民传统和悬置新文学的历史价值，放弃笼统的全称判断的民族主义，在自足的、崭新的、自成格局的区域重新定义文学，以延安和解放区"此时"的"人民"为文学的言说主体。

沦陷区又是另外一番情形。《东方文化》杂志（1942 年 6 月在上海创刊）的创刊号推出"确立东方本位文化"的特辑，第二年又刊发了《东方文化之过去现在与将来》②一文，把中国传统文化泛称为"东方文化"，该刊编辑还特意强调"西洋文化"入侵"东方民族"所造成的"缺陷"③。"东方文化"的提法，包含重构中国与日本、西方的敌友关系，篡改传统文化与殖民话语的历史渊源的企图，配合了日本法西斯和汪伪政府的"大东亚政策"。汪伪政府要求文化宣传把"中国文化之重建与发展"和"东亚文化之融合与创造"结合起来，以建设"新秩序之世界文化"；汪伪政权谈文化重建问题，在民族与国家的关系上，把南京政府原来的"民族国家"表述颠倒为"国家民族"，并打着"国父"的"亚洲主义"旗号，把"国家""民族"纳入以日本为主的"东亚秩序"之中，寻找"东亚"认同，提倡"全体主义文化"；汪伪政府基于"东亚秩序"的反殖民立场，是对日本法西斯的献媚，它对"帝国主义"进行区分，把矛头对准英美，要求"揭发英美宰割世界，分割东亚，侵略中国"，"清算英美侵略主义之罪恶，扫除英美个人自由主义之遗毒思想，消灭依赖英美之卑劣心理，提高国民打倒英美侵略主义之敌忾情绪"。④当然，沦陷区（包括上海）的创作，在表述民族主义、传统文化与殖民的关系时，要比日寇和伪政权所提

---

① 《毛泽东选集》第三卷，人民出版社 1991 年版，第 856—876 页。

② 朱友白：《东方文化之过去现在与将来》，《东方文化》1943 年第 5 期。

③ 《编辑后记》，《东方文化》1943 年第 5 期。

④ 《战时文化宣传政策基本纲要》，（汪伪）《国民政府公报》1943 年第 499 号。

倡的复杂得多，其半殖民性的特殊表现，由师陀的系列散文诗《夏侯杞》可以窥得一角。

可以说，半殖民与解殖民的张力，作为直接或间接的重要力量，制约了中国现代文化和文学的曲折发展与不断再出发。民族化、现代化一直与半殖民历史纠缠在一起，帕尔塔·查特吉指出的殖民地国家提倡民族主义所面临的矛盾情形，在半殖民地中国同样存在：

> （东方）祖先的文化不适应于世界性和日益占优势的标准的成就和优点。他们也按照西欧先进民族推行的全球化标准判断出了本民族的落后状况。……他们也认识到这些标准来自外国文化，本民族传承的文化并不具备使自己达到那些标准的必要条件。因此，"东方"型民族主义意味着从文化上"重新武装"这个民族，要改造它的文化。但这并不是简单地模仿异族文化，因为这样民族将会失去自己的特性。因此要尝试去复兴民族文化，使其适应进步的需要，同时保留其独特性。[1]

中国现代文化与文学的发展，阶段性地诋毁祖先的文化和文学传统，或阶段性地归依祖先的荣光，或阶段性地从与"资产阶级文明"疏离、与封建地主对立的底层民众身上寻找原生力量，唯有殖民主义总是阴魂不散，盘绕在祖先追述、阶级角逐、民族自强的文化和文学历史的舞台上。在不同阶段，半殖民文化作为"新兴的"或"主导的"或"残余的"[2] 文化形态，或隐或现，牵制着中国现代文学的发展。

---

① ［印］帕尔塔·查特吉：《民族主义思想与殖民地世界：一种衍生的话语?》，范慕尤、杨曦译，译林出版社 2007 年版，第 2 页。

② ［美］周蕾：《理想主义之后的伦理学》，吴琼译，河南大学出版社 2013 年版，第 236 页。

四、"半殖民与解殖民"的文学史观

柯文认为,把帝国主义作为一把打开近代中国历史的"总钥匙"是一种神话,但不能否认"帝国主义"概念确实对近代中国的历史文化具有重要的阐释力。[①] 中国最初被拖入由西方定义的"现代文明"境遇,以及从"天下"到"万国"、从"天朝"到"病夫国"观念的转变,都与帝国主义势力在中国的扩张有密切关系。清末知识分子就认识到中国对"现代文明"的追慕与"殖民"的关系:"中国今日所谓新学,皆泰西之旧学,经前数世纪学哲研究而出者也。泰西近数十年最新之学说,为殖民政策一科。此学发明以后,列强争汲汲焉:设置殖民官厅,创立殖民学校,联合殖民会社,各图殖民事业之突飞进步,遂以演成二十世纪最激烈、最悲壮之活剧者也。"[②] 正因如此,近代中国的社会文化与文学艺术的转向、演进,一直难以撇开殖民帝国主义的现实影响和历史残余,使中国的现代化之旅笼罩在殖民帝国的斑驳阴影下。然而,近代中国并未整体被殖民,在身份上归属主权国家的知识分子不能算是严格的受殖者,照搬(后)殖民主义理论来阐释近代中国的文化与文学发展,显得有些牵强,因此(后)殖民主义的讨论更多地停留在文化理论层面,很少进入文学史的操作实践。

"半殖民性"概念的提出,"解殖民"概念的诠释,以及对现代、民族、启蒙、革命与殖民关系的辨析,为考察、理解中国现代文学的发展提供了新思路、新观念、新方法、新框架。从"半殖民与解殖民"的角度出发,既能勾连起"现代性""启蒙""革命""民族性""世界性"等重要文学史概念和文学史观,又能重新评估这些概念和史观,从而

---

① [美] 柯文:《在中国发现历史——中国中心观在美国的兴起》,林同奇译,中华书局 2002 年版,第 155 页。

② 周仲曾编著:《殖民政策》,湖北法政编辑社 1905 年版,第 1 页。

建构新的史述逻辑，呈现中国现代文学发展的另一幅图景。从对文学史的历时梳理来看，"半殖民与解殖民"观念轻松突破了文学分期所构设的壁垒，形成了自身的史述线索，既充分考虑社会、时代、政治背景与文学发展的关系，又能超越政治的偏至狭隘对文学史叙述的操纵；从文学的空间关系来看，"半殖民与解殖民"观念具有整合和区分的优势，既能向内整合大陆与港澳台文学，辨析区域分化（如主权地区、殖民地与租界，抗战时期各区域）的文学景观，又能向外勾连世界文学与中国文学的影响关系，并把离散写作纳入史述框架。另外，"半殖民与解殖民"观念还为重新评估翻译文学提供了新的视野。"半殖民与解殖民"观念不仅能对文学作出思想文化的分析，也具有艺术评析的功能。

"半殖民与解殖民的中国现代文学"的讨论，不是（后）殖民理论在中国文学中的一场简单操练。在研究中我们需要警惕把（后）殖民理论纳入普世主义范畴，需要进入近代中国特定的历史、空间，还原中国半殖民文化语境的复杂情形，才能从半殖民与解殖民的角度揭示现代中国现代文学生发、变动的情态和呈现的风貌。同时，还要注意到殖民、半殖民、后殖民、反殖民、解殖民等所构成的文化系统，其内部不断相互衍生、冲撞、分裂，从而推动并丰富着中国现代文学的发展。

中国现代文学的发展，与其看作现代性的展开过程，不如看作殖民性的衍化与抹除的双向互动过程，"半殖民和解殖民"观统着近代中国文化和文学的走向与愿景。这只是笔者的一个初步论断，详尽情形如何，还需要对半殖民与解殖民历史进行细致考辨，还需要对半殖民性与现代性、民族主义、启蒙、革命等之间的复杂交互关系作出全面考察，在此基础上进入文学发展和文学现象的肌理，问题方能得到切实的解决。

第二章 半殖民地中国"假洋鬼子"的文学构型

由于中国的现代是"欧洲强加的产物"①,"向西转"与半殖民境遇有着连带关系,因此,接近洋人和接触西洋文明的中国人,既被寄予"为己国造新文明"②的厚望,又不断遭受来自各方面的非议。在非议中,"假洋鬼子"的构型进入了文学创作的视野,李伯元、吴趼人、梁启超、鲁迅、郭沫若、茅盾、老舍、许地山、曹禺、师陀等作家都塑造过"假洋鬼子"形象,从而形成了现代中国的"假洋鬼子"书写史。

"假洋鬼子"形象的研究成果,十之八九是针对《阿Q正传》中的钱少爷形象,得出诸如"不准阿Q革命""崇洋媚外""封资合流的新权贵"等类似结论。近年也有学者对钱少爷形象进行翻案,其中见解新锐且引发争议的是史建国的观点,他认为钱少爷是一位"新人",鲁迅对他的"同情和理解多于厌恶"。③虽然看待"假洋鬼子"的观念日渐多元,但少有学者对"假洋鬼子"形象进行整体研究,目前只有陈惠芬和李兆忠作过系统深入的考察。陈惠芬从思想文化角度,探讨了"剪辫易服"的"假洋鬼子"与"摩登女郎"带给中国的"骇怪"体验以及引发的性别政治变革,但未讨论文学中的"假洋鬼子"。④

---

① 竹内好:《何谓现代——就日本和中国而言》,见张京媛主编:《后殖民理论与文化批评》,北京大学出版社1999年版,第444页。

② 胡适:《非留学篇》,见《胡适文集》第9卷,北京大学出版社2013年版,第639页。

③ 史建国:《鲁迅与"假洋鬼子"》,《书屋》2004年第7期。

④ 陈惠芬:《"骇怪":从"假洋鬼子"到"摩登女郎"》,《中国图书评论》2013年第3期。

文学中的"假洋鬼子"形象以海外留学生为主，早在 20 世纪 80 年代，赵园就对中国现代小说中的留学生形象进行了开创性研究，分析了五四时期与20世纪三四十年代留学生形象的塑造差异。[①]而真正把"假洋鬼子"与留学生联系起来，并对文学中的"假洋鬼子"形象加以系统研究的是李兆忠。[②]李兆忠把现代中国文化看作中西杂交的"骡子文化"，把"假洋鬼子"区分为"封资合污的文化泡沫"与"中西合璧的文化精英"两种类型，对李伯元、梁启超、鲁迅、老舍、许地山、钱钟书等作家笔下的留学生形象进行了文化分析。

关于"假洋鬼子"的研究，无论在对象范围还是内涵阐释上，都留有继续拓展的空间。相关成果集中讨论了社会舆论、他人眼光中的"假洋鬼子"形象，但不大关注"自叙型"的"假洋鬼子"；倾向于从新旧文化关系来考察"假洋鬼子"形象，未能充分阐明"假洋鬼子"的文化间性与半殖民语境的同构关系；"假洋鬼子"是一种有着特殊标识的文化身份，其身份政治、身体修辞应是研究的重点，相关成果在这一方面却显得薄弱。有鉴于此，我们将"假洋鬼子'形象置于半殖民地中国的文化语境中来考察，辨析其形象的类型与变迁，探究"假洋鬼子"的自我体验、身体政治与文化身份，从而阐发文学中"假洋鬼子"的复杂面影及文化意义。

"假洋鬼子"的文化身份原本暧昧不明，显得模棱两可、矛盾含混、分裂对冲、进退失据，仿佛供奉耶稣神像的中国寺庙或"西式装订"的中国书，中西捏合，身份错位，内外难以协调。同时，在现代中国，"假洋鬼子"不断经受来自排外仇洋观念、保守主义、民族主义和阶级意识的审视，其存在显得尴尬而可疑。即使主张"以夷变夏"

---

① 赵园：《中国现代小说中的"留学生"形象——由郭沫若早期作品说开去》，见赵园：《艰难的选择》，上海文艺出版社1986年版。

② 李兆忠在 2007 至 2010 年先后发表了《晚清文学中的"假洋鬼子"》《鲁迅与"假洋鬼子"》《一言难尽的"假洋鬼子"》《假洋鬼子的沉浮：中国现代文学中的留学生形象》四篇文章，其中，最后一文收入《喧闹的骡子：留学与中国现代文化》一书。

的启蒙知识分子，也不时被民众或保守势力视为"里通外国"的"假洋鬼子"，受到嘲弄和排斥。可以说，"假洋鬼子"既是半殖民地中国的文化产物，又是透视半殖民地中国文化转型中的意愿分歧与西化病症的一面镜子，梳理、解读文学中的"假洋鬼子"形象，无疑是反思现代中国文化境遇和民族心态的一条路径，并能为当代中国的文化发展提供借镜。

一、"假洋鬼子"形象的类型

何谓"假洋鬼子"？概括言之，"假洋鬼子"是指接触过洋人或西洋文明，有着崇洋心理，并刻意模仿洋人装扮、做派和观念的中国人。"假洋鬼子"是半殖民地半封建中国社会的一种人物类型，其仿洋品性与中国身份存在错位，看起来像外国人，根柢还是在中国。在文化观念和生活方式上，"假洋鬼子"有着二重性格，游走于中西文明的边缘地带，缺乏信仰、定力、自我主体性，是新旧过渡时代的人物。

细究起来，"假洋鬼子"这一称谓由"鬼子"和"洋鬼子"推演而来，它的出现有着确定的背景：太平军围攻上海之际，美国人华尔受清朝官方委派，招募外国人组成洋枪队，帮助清廷镇压太平军；1862 年清廷对洋枪队进行改组，改组后的洋枪队除了少数军官为洋人，所有兵勇都是中国人，这些兵勇接受西式训练，穿西人军装，"上海地方人士，见及此批常胜军，一概呼为'假洋鬼子'。其起始实在专指此支军队。后世转化，始演变为一般泛称"①，用来指称模仿洋人装扮、做派、观念的中国人。从出典来看，"假洋鬼子"最初的意指包含了表相与内在、形式与内容的不一致，也包含了中西文化在同一主体内的

① 王尔敏：《中国近代思想史论续集》，社会科学文献出版社 2005 年版，第 177 页。

并置共存，还隐含了西方文明作为现代的、殖民的力量对中国社会发展的干预。尽管"假洋鬼子"在发展中不断被赋予新的意义，但其最初的内涵一直墨迹鲜明，从而使得"假洋鬼子"成为备受争议的人物形象。

需要指出的是，学界常常把"假洋鬼子"与"西崽"混为一谈，实际上，"假洋鬼子"和"西崽"都属于半殖民地中国的人物类型，在文化性格上虽存有共性，但也有区别。"西崽"一词由英文"boy"、音译"仆欧"和汉语"侍者"音义结合而产生，一般是指洋行和西式餐馆、旅店中服杂役的中国人；因杂役身份低下，再加上在洋人手下做事，故"西崽"一词往往带有贬义，并衍生出"洋奴"的含义，其对象范围也因此进一步扩大。①"假洋鬼子"留过学，算是亲历过欧风美雨或东洋风景的人物，"西崽"则是土生土长，但作为一种特殊文化人格的"西崽"则包括西崽、巡捕、学贯中西的"高等华人"以及媚外惧外的政客等人物。在文学中，"假洋鬼子"的文化性格落在西洋装扮与中国身份的错位，以及"中"与"西"的合流（或合污）上；而"西崽"的特性则落在"洋"与"奴"的结合，以及"西崽"对洋人、华人的双重态度上。不过，"假洋鬼子"与"西崽"并不是截然分开的两种文化性格，在李伯元、老舍、师陀的笔下，如《文明小史》中的劳航芥，《文博士》中的文博士，《结婚》中的黄美洲，就兼有"假洋鬼子"和"西崽"的文化性格。

文学中的"假洋鬼子"，往往与以留学生为主的一群人物有关。据统计，1900—1937年留日的中国学生超过13万人，1854—1953年留美的中国学生为2万余人。②向海外输送留学生，最初并不被看作是一件光彩的事情。胡适曾撰文"正告"国人："留学者，吾国之大

① 陈五云：《方俗语源杂释》，《上海师范大学学报》（哲学社会科学版）1993年第4期。

② 李兆忠：《喧闹的骡子：留学与中国现代文化》，人民文学出版社2010年版，自"序"第1页。

耻也。"胡适之所以把留学现象归入国耻，是因为留学乃殖民宰制的结果，"国威日替，国疆日蹙，一挫再挫，几于不可复振"，"惩既往之巨创，惧后忧之未已，乃忍辱蒙耻，派遣学子，留学异邦"，"北面受学，称弟子国"。① 也就是说，留学生与半殖民地中国的屈辱有着关联性。当然，并非所有具有留学背景的知识分子都被赋予"假洋鬼子"的恶谥或谑称，只有那些在服装、身体与生活方式方面明显西化的留学生，才有可能被指认为"假洋鬼子"。而且，"假洋鬼子"并不限于留学生，它有时被随意用来泛指与"洋"沾边的各类人物。例如：短篇小说《一般卡员》没来由地以"假洋鬼子"来指称一位收税卡员②；《小酌》中教英文的C君会说洋话，"学生们便冠他一个'假洋鬼子'的头衔"③；《黑旋风》里的洋装学生说了一句英语，便被骂作"假洋鬼子"④；在左翼作家笔下，"戴眼罩儿"的西医被乡民视为"俗气的假洋鬼子"⑤。我们讨论的，不是这一类泛指的、被随意贴上标签的"假洋鬼子"，而是有着特殊文化性格、作为半殖民地中国特有人物类型的"假洋鬼子"，这类形象更具时代意义，能够折射出中国社会文化转型中的困惑、怨愤和病症。

留学归来的知识分子，加上本土教会学校、西人学堂毕业的学生，以及与洋人交往密切的买办、翻译等人物，在现代中国足以造就一种特别的文化群体和社会风尚，形成"假洋鬼子"现象。这种现象的形成，根源于中国的半殖民地半封建语境。半殖民地半封建中国是中西、古今文明并存的社会，中西文化处于并置状态，尚未融合，"许多事物挤在一处"，"只能煮个半熟"。⑥ 这是半殖民地半封建中国

---

① 胡适：《非留学篇》，见《胡适文集》第9卷，北京大学出版社2013年版，第636—637页。
② 陈福熙：《一般卡员》，见《迷恋的情妇》，光华书局1930年版，第47—55页。
③ 章焕文：《小酌》，《东方杂志》1926年第19期。
④ 穆时英：《黑旋风》，见《南北极》，湖风书局1932年版，第17页。
⑤ 张天虚：《铁轮》，东京文艺刊行社1936年版，第128页。
⑥ 唐俟（鲁迅）：《随感录（五十四）》，《新青年》1919年第3期。

社会文化的整体状况。从动态发展来看，就出现了"东壁打到西壁"的纷乱浮躁，"国中的思想忽而复古，忽而维新"，"各有成见派别"，文化观念迷乱，"只有冲突，没有调和"，难以"融会古今，贯通中外"。[1] 林语堂所指陈的"东壁打到西壁"的情形，反映了"东西交汇青黄不接之时"中国的文化状况，这是半殖民地半封建中国在现代化进程中必然遭遇的迷局。如此中国，孕育了"二重思想"和"彷徨的人种"。为民众或知识精英所诟病的"假洋鬼子"，就是半殖民地半封建中国的伴生物，与现代中国文化的二重性相互印证。

"假洋鬼子"集中于外国势力盘踞的通商口岸、租界、租借地等具有殖民性、欧化色彩的城市，尤其是上海。古今中西文化的并置及其滋生的二重思想，在号称"东方巴黎"的上海表现得最为典型。"东方"与"巴黎"的组合，本身就表明了上海的"假洋鬼子"身份。华洋杂处的租界化上海是中西文化交流的前沿阵地和中心城市，充满悖论和反差，仿佛"一幅光彩夺目的巨型环状全景壁画，一切东方与西方、最好与最坏的东西毕现其中"[2]。租界化上海的反差、悖论、杂糅，是中国半殖民文化的极端表现形态———一部分西方和一部分中国嫁接在一起，杂合成"非驴非马之上海社会"[3]。上海的欧化景观和观念是仿拟的、移植的、杂交的，恰与"假洋鬼子"的文化身份相呼应。由于仿拟、移植的欧化城市景观和观念是列强殖民事业的衍生物，为殖民强权所操控，因此"假洋鬼子"的崇洋观念、西化身份，不可避免地与殖民文化暗中沟通。张京媛指出，"殖民化"包含帝国主义对"不发达的"国家"在社会和文化上进行'西化'的渗透，移植西方的生活模式和文化习俗，从而弱化和瓦解当地居民的民族意识"[4]。在

---

① 林语堂:《今文八弊（上）》,《人间世》1935 年第 27 期。
② 熊月之:《历史上的上海形象散论》,《史林》1996 第 3 期。
③ 姚公鹤:《上海闲话》下册,商务印书馆 1917 年版,第 67 页。
④ 张京媛编:《后殖民理论与文化认同》,（香港）麦田出版有限公司 1995 年版,"前言"第 10 页。

半殖民地中国，现代化很大程度上就是以"西化"或"苏俄化"为目标，并与殖民化纠缠在一起的。伴随国内外局势的变动和文化思潮的起伏，政府、民众以及知识分子内部对西化的态度并非完全一致，也非始终如一。这样一来，对作为西化标本和代言人的"假洋鬼子"形象的塑造，就体现出阶段性、时代性的特点，"假洋鬼子"也因此呈现出多种类型。

"假洋鬼子"形象繁复多样，歧义丛生，为了把握其特性和价值，有必要先对其进行分类阐释。着眼于作者态度、叙事视角和价值判断，可以把"假洋鬼子"分为喜剧型、悲剧型和悲喜混合型三种类型。悲剧和喜剧的区分，大致采用鲁迅的看法，他说："悲剧将人生的有价值的东西毁灭给人看，喜剧将那无价值的撕破给人看。讥讽又不过是喜剧的变简的一支流。"①

（一）喜剧型的"假洋鬼子"

此类"假洋鬼子"在文本中处于被观察、被评论的位置，是"中西合污"的否定性人物。普通民众和保守分子对"假洋鬼子"的看法，包含了"中国人对异域妖魔式的想象，有'非我族类'的义和团式的排外，有'大中华'的妄自尊大，又有对真洋鬼子的敬畏，甚至还有对无法变成真洋鬼子的绝望"②。这类形象主要存在于清末和20世纪三四十年代的文学中。在清末知识分子"中体西用"的观念视野下，模仿洋人皮相而缺乏国学根柢和传统人格的留学生、革命党、买办，被认为是士林败类，是"里通外国"的"假洋鬼子"。李伯元、吴趼人、梁启超的小说中多有这类"假洋鬼子"形象。三四十年代作家提供的则是表面洋派、内里空虚，且谙于"逢节送礼，递片托情等中国处世

① 鲁迅：《再论雷峰塔的倒掉》，《语丝》1925年第15期。
② 李兆忠：《喧闹的骡子：留学与中国现代文化》，人民文学出版社2010年版，第264页。

奇方"① 或数典忘祖的"假洋鬼子"形象，如曹禺话剧《日出》中的张乔治，师陀小说《离婚》中的黄美洲，老舍小说《牺牲》中的毛博士、《文博士》中的文博士。作为否定性形象的"假洋鬼子"，他们的仿洋、崇洋观念与中国市侩哲学在利己、享乐原则下相互借用，他们是西洋文明皮毛与封建文化糟粕生硬结合而开出的恶之花，作家借此表达了对半殖民地半封建文化歧途和病态人格的忧虑与批判。

（二）悲剧型的"假洋鬼子"

此类"假洋鬼子"多带有作者的自叙色彩，他们是半殖民地中国文化转型过程中的前行者和负重者，较早体验到殖民帝国对中国身份的轻慢和歧视，感受到文化新人在国内所遭受的冷眼和误解，认识到传统社会、民族性格对个体价值的挤压，因而愤激焦虑、彷徨两难。郭沫若的《牧羊哀话》《行路难》《月蚀》和郁达夫的《两夜巢》等小说，立足于殖民时代中外民族的文化冲突，聚焦留日知识分子的身份焦虑，构设出带有自叙色彩的"假洋鬼子"形象。鲁迅关于"假洋鬼子"的书写，则把中外文化冲突转换为新旧文化冲突，质疑民族内部对"假洋鬼子"的态度，"假洋鬼子"的悲剧性体验被置于思想启蒙的主客体关系之中。在鲁迅的小说中，"假洋鬼子"与叙事者构成了平等对话的关系，获得了部分自叙权力，能够袒露自身的两难和忧愤，从而成为应当获得理解和同情的人物形象，其悲剧命运有力地控诉了因循守旧的中国社会。代表性的人物如魏连殳、N 先生、吕纬甫等。《孤独者》中的魏连殳被乡民"当作一个外国人看待"，是乡民眼中的"异类"和"吃洋教"的"新党"。他常说家庭要破坏，同时又极有孝心，每个月一领薪水，立即寄给祖母，祖母去世后也同意遵照繁琐的旧礼仪办理丧事。鲁迅非常擅长表现在新与旧、中与西之间彷徨的人物和

---

① 塔塔木林（萧乾）：《红毛长谈》，观察社 1948 年版，第 47 页。

文化心理。鲁迅把他们的人生悲剧归于旧势力的威压和启蒙的焦虑，揭示作为"历史中间物"的新式知识分子的悲凉沉痛。不过，叙事者所持的哀婉同情态度，掩盖了过渡时代"假洋鬼子"自身文化人格所潜伏的悲剧性，研究者在解读时容易把悲剧的责任一味推给"铁屋子"般的中国社会。实际上，小说的思想结构和人物的观念世界，仍未能脱离"二重思想"和"彷徨的人种"的大框架。悲剧型的"假洋鬼子"形象之所以隐而不彰，是因为研究者过于在意这些人物的"新式"知识分子身份，凸显他们与旧势力的对立，以及他们被黑暗社会吞没的精神之痛，而不大在意他们自身新旧并存的文化人格。

（三）悲喜混合型的"假洋鬼子"

鲁迅《阿 Q 正传》中的钱少爷与茅盾《创造》中的君实即是此类"假洋鬼子"的代表。他们的文化人格新旧合流、中西杂陈，带有"因地制宜，折衷至当"[①] 的"调和论"色彩。《阿 Q 正传》中的"假洋鬼子"钱少爷通常被当作负面的、可笑的、反动的人物形象。实际上，钱少爷是喜剧型和悲剧型"假洋鬼子"的综合，只是其形象的复杂性被小说的"冷嘲"[②] 笔法掩盖了。钱少爷之所以被误解为令人"深恶痛绝"的可笑人物，是因为人们把阿 Q 看待钱少爷的态度当作鲁迅的态度。如果从作者经历、互文性层面来理解，即结合鲁迅被当作"假洋鬼子"的屈辱体验，以及《头发的故事》《藤野先生》《孤独者》《在酒楼上》等作品中"假洋鬼子"或"新旧合流"的知识分子形象来看，则可以认为鲁迅对钱少爷的态度是复合型的，既包含对悲剧型的"假洋鬼子"的自嘲，也包含对喜剧型的"假洋鬼子"的"他嘲"，还包括借戏谑的

---

① 俟（鲁迅）:《随感录（四十八）》,《新青年》1919 年第 2 期。
② 周作人:《关于阿 Q 正传》, 见《鲁迅的青年时代》, 河北教育出版社 2002 年版, 第 111 页。

文本风格来"舒愤懑"。《创造》①提供了中国"假洋鬼子"文化的典型隐喻，小说中的君实是这一隐喻的承载人物。君实所处的上海社会是"迷乱矛盾的社会"，他因此萌生了中西调和的文化理想，具体的实践目标就是"创造"一个"中正健全"的理想伴侣。他想找一位混沌未凿、生长在不新不旧家庭中的女子来"创造"，因为现实中的女子要么旧传统思想过浓，要么"新到不知所云"。甚至外国女子也不是他的理想夫人，因为她们"没有中国民族性做背景，没有中国五千年文化做遗传"。最终，君实选择表妹娴娴作为理想夫人的改造对象，把娴娴由娇羞宁静、达观出世的传统女性，改造成了活泼好动、追求肉感刺激、热衷于政治生活的新女性。然而，由于改造后的娴娴有了自由观念、独立人格和政治热情，逸出了"中正健全"的限度，超出了君实所掌控的范围，让他感到极为不安。君实在中西、新旧文化交会的中国社会，产生了文化观念上的彷徨苦闷和迷乱矛盾，因此试图"执中之道"以调和中西文化，从而"创造"理想的人物，但终归失败。君实的文化心态，流露出半殖民地半封建中国在文化现代转型过程中的焦虑和矛盾心理，象征着半殖民地半封建中国陷入了进退失据的文化窘境。

　　"假洋鬼子"的三种类型及其价值评判，固然是时代精神的写照，但也为作家主观化的叙事立场和文化旨趣所操控。"假洋鬼子"应当受到读者的体谅尊重还是憎恶鄙视，多少取决于文本通过辩解、夸张、嘲讽等语言策略所形成的叙事效果。"假洋鬼子"是连接中西文明的"中间人物"，他们因本土经验与异国经验的双重塑造，形成了"文化间性"，这种文化间性不是整体意义上的西方文化与中国文化简单相加的结果，而是两种文化经"假洋鬼子"的体验、比较和挑拣所形成的不中不西、亦中亦西的混合物，其中还掺杂着受殖体验以及民族身份的违和感。半殖民地半封建语境不可能造就成熟、健全的文化"中间物"，"假洋鬼子"的文化意义在于映照出中国"向西转"过程

---

① 茅盾：《创造》，《东方杂志》1928 年第 8 期。

中的艰难、迟疑与歧途。

二、"假洋鬼子"形象的嬗变

文学中的"假洋鬼子"形象并非固定不变的。随着列强殖民政策的调整、中国现代化程度的加深和受殖体验的变化，以及本土文化精神、民族意识与阶级观念的强化，"假洋鬼子"的构型亦有所改变，生发出由"中西合污的纨绔子弟"到"新旧彷徨的启蒙先锋"和"身份犹疑的留日学生"，再到"挟洋自重的市侩洋奴"的形象变迁。

（一）"中西合污的纨绔子弟"

这是文学中"假洋鬼子"的最初构型，为清末维新知识分子所提供，梁启超、吴趼人、李伯元等新小说的倡导者和实践者，以嘲弄的态度对之进行了描画。"中西合污的纨绔子弟"拥有二重思想，装着两副面孔，随时转换。例如：在上海参加张园开花榜活动与参加"拒俄会议"的为同一拨洋派人士（《新中国未来记》）[1]；"洋装元帅"魏榜贤骨子里对小脚存有淫念，却又堂而皇之发表女子不缠足能"保国强种"的宏义（《文明小史》）[2]；谭味辛和王及源一向高谈革命和新学，但一听有利可图，马上转向，表示愿意写歌颂朝廷的书（《上海游骖录》）[3]。"中西合污的纨绔子弟"把西方观念推向歧途，又把旧文人的恶习发挥到了极致。他们的洋做派也好，革命、自由、平等的观念也罢，不过是欺世盗名的招牌，招牌底下露出的是传统的恶趣味，是小

---

① 饮冰室主人（梁启超）著、平等阁主人（狄葆贤）批：《新中国未来记》，《新小说》1903 年第 7 期。

② 南亭亭长（清李伯元）：《文明小史》第十九回，《绣像小说》1903 年第 19 期。

③ 我佛山人（清吴趼人）：《上海游骖录》第七回，《月月小说》1907 年第 7 期。

脚、鸦片、狎妓、发财，西洋文明观念经他们生吞活剥，竟成了寻欢作乐的"洋"借口。这就是鲁迅所说的"学了外国本领，保存中国旧习"①，"借新文明之名，以大遂其私欲"②。

（二）"新旧彷徨的启蒙先锋"和"身份犹疑的留学生"

五四时期是新文化观念狂飙突进的年代，也是知识分子自我抒情的年代。此时期，"假洋鬼子"的构型更多属于知识分子的"夫子自道"。五四新文学家从"新旧彷徨的启蒙先锋"和"身份犹疑的留学生"两个维度来构设"假洋鬼子"形象，由此袒露了留洋经历带来的观念重塑与身份困扰，以及与周围环境格格不入的苦恼。鲁迅擅长书写"新旧彷徨的启蒙先锋"，其具体特性可参见前文对悲剧型"假洋鬼子"形象的阐述。创造社的作家则集体性地聚焦于"身份犹疑的留日学生"，他们自觉"读的是西洋书，受的是东洋罪"③，亲身体验过日本人的种族歧视。郑伯奇在小说《最初之课》中详细书写了日本人对中国、中国留学生极度歧视的殖民心态。然而，他们回国后又面临西洋留学生对"小小的个东洋留学生"④的轻视，欧化的上海社会也对他们的日本经验构成了威压，他们一时难以适应上海洋场，找不到家国感。郭沫若感觉回到上海"等于是到了外国"⑤，郁达夫在上海自我感觉是"一个无祖国无故乡的游民"⑥。他们"对于外国的（资本主义的）缺点，和中国的，（次殖民地）的病痛都看得比较清楚；他们感

---

① 俟（鲁迅）:《随感录（四十八）》,《新青年》1919 年第 2 期。
② 迅行（鲁迅）:《文化偏至论》,《河南》1908 年第 7 期。
③ 郭沫若:《三叶集·郭沫若致宗白华》, 见《郭沫若全集·文学编》第 15 卷, 人民文学出版社 1990 年版, 第 140 页。
④ 老舍:《东西》, 见《火车集》, 文聿出版社 1945 年版, 第 83 页。
⑤ 郭沫若:《创造十年》, 见《郭沫若全集·文学编》第 12 卷, 人民文学出版社 1992 年版, 第 89 页。
⑥ 郁达夫:《海上——自传之八》,《人间世》1935 年第 31 期。

受到两重失望，两重痛苦"①。由此，创造社作家的文化身份认同陷入了惶惑。郭沫若笔下的"假洋鬼子"倾向于以乔装来掩饰真实民族身份，认同感游离在日本、西洋和中国社会之间。陶晶孙的小说《到上海去谋事》的叙事者存在身份的犹疑，从日本留学回来的中国人"我"竟感叹被中国"同化"了，在欧化摩登的上海找不到位置，失望于中国的教育，宁可返回日本"做研究"。

（三）"挟洋自重的市侩洋奴"

20 世纪三四十年代文学中出现的"假洋鬼子"构型多为"挟洋自重的市侩洋奴"。挟洋自重的"假洋鬼子"盲目崇拜西洋文明，以留学身份为傲，把留洋经历看作稀有、高贵的资本，以此自居众华人之上。《文博士》中的文博士认为洋博士就是当代的状元，因此，地位、事业，理应给他留着，就是富家的女儿也应当连人带财双手奉送过来。他们刻意在仿洋身份上做文章，借整套洋行头来虚张声势，维持自我身份与价值的特殊性。文博士以及《结婚》中的黄美洲、《日出》中的张乔治、《东西》中的郝凤鸣，与《牺牲》中的毛博士一样，刻意"'全份武装'的穿着洋服"②，显摆自己的洋绅士派头。他们回国后对西洋身份的刻意模仿与保留，显然是洋奴意识作祟。唯洋是崇，故对中国的一切产生憎恨与厌弃。毛博士自感"为中国当个国民是非常冤屈的事"③；黄美洲觉得"中国人永远搞不好"④；文博士认为中国是"一个瞎了眼的国家，一个不识好歹的社会"⑤。"挟洋自重"所重的是

① 郑伯奇：《中国新文学大系·小说三集》，良友图书印刷公司 1935 年版，导言第 12 页。
② 老舍：《牺牲》，见《樱海集》，人间书屋 1935 年版，第 34 页。
③ 老舍：《牺牲》，见《樱海集》，人间书屋 1935 年版，第 66 页。
④ 师陀：《结婚》，晨光出版公司 1947 年版，第 60 页。
⑤ 老舍：《选民》（连载题为《选民》，1940 年单行本的题目改为《文博士》），《论语》1936 年第 98 期。

个人的利益和脸面，自重转向自私，个人欲望膨胀。在阐释个人欲望的正当性时，留洋身份是当然的借口，他们认为"有妻小，有包车，有摆着沙发的客厅，有必须吃六角钱一杯冰激凌的友人……这些凑在一块才稍微像个西洋留学生"①。而实现欲望的手段则为市侩哲学那一套。黄美洲的把戏是招摇撞骗、敲诈勒索；文博士投机钻营，不择手段"打进"中国的权势社会；《牛老爷的痰盂》中牛老爷弄权耍威风，以"中国书而西式装订"②的面目应对新旧人物；《猫城记》里那群"青年学者"，制造一些莫名其妙的"主义""党派"，以此欺骗老百姓。"挟洋自重的市侩洋奴"兼有洋奴意识与市侩嘴脸，他们"爱挂洋气"③，无根底，但已不像清末"假洋鬼子"那样能引起民众对新文明的惊诧感，也不像五四时期的"假洋鬼子"那样有着思想启蒙的使命感。他们更像是西洋的资本主义文明与中国的封建特权观念共同孕育的文化怪胎，双方的可取之处全没继承，身处中国却想过西洋生活，利用西洋留学经历的残余价值，"打进"半新半旧的中国社会（如文博士、牛博士），混迹于邪恶淫荡的洋场社会（如黄美洲、张乔治），做乱世奸雄（如郝凤鸣、"青年学者"）。

"假洋鬼子"形象的嬗变，究其缘由，主要有以下几个方面。

首先，列强的殖民行径与中国的受殖体验在变化，这影响了"假洋鬼子"的文学构型。

晚清时期，殖民帝国凭借船坚炮利打开了中国的门户，其所作所为带有早期殖民主义的特征——残暴、野蛮、血腥，让中国人产生亡国灭种的危机感。中国人在挨打的过程中接受了"西方比中国更'文明'"的观念，并以学习西方作为"自强保种"的不二选择。暴力殖民的行为，既推动了"师夷长技以制夷"的变革潮流，也激发了仇洋

---

① 老舍：《东西》，见《火车集》，文聿出版社1945年版，第83页。

② 老舍：《牛老爷的痰盂》，见《老舍小说全集》第11卷，长江文艺出版社1993年版，第349页。

③ 老舍：《浴奴》，见《火车集》，文聿出版社1945年版，第105页。

排外的民族情绪。洋人可恨，近洋的"假洋鬼子"便被当作"里通外国"的人，成了仇洋心理的发泄对象，因此通常被塑造成士林败类。

中华民国成立之后，列强的殖民政策减少了暴力的成分，殖民势力以"文明使命"相标榜，以都市景观、现代工业、商业贸易、文化传播的形式而存在，并造成一种似是而非的认知：在华的西方势力有助于建设更好的中国，其所作所为属于"良性殖民主义"。上海、天津各国租界的外国人士都曾这样宣称。在这样的风气之下，近洋、西化就等同于现代化，"假洋鬼子"也因此成了"新人"，成了改变旧中国的先行者。五四时期，这种观念更是达到了顶峰。于是就出现了《两夜巢》中的"发种种的少年"、《头发的故事》中的 N 先生、《孤独者》中的魏连殳之类的"假洋鬼子"形象。

到了 20 世纪 30 年代，日本侵华带来了新的民族危机，民族意识高涨，同时，国内的政党、阶级斗争进一步加剧，无产阶级观念广泛传播，国民政府开始倡导传统文化，强化民族认同。在这些因素的影响下，欧化、奢靡、享乐的资产阶级生活方式成了众矢之的，消费娱乐和生活趣味的西化成了一种可疑的品性。三四十年代文学中的"假洋鬼子"因而具有资产阶级的特性，他们因留学经历而获得的"洋"习性、"洋"观念在叙事中被负面化处理。黄美洲、郝凤鸣、毛博士、文博士等借以傲人的留洋身份和西洋派头，都被世俗化、功利化，"化为济私助焰之具"[1]，他们最终成了洋派的市侩之徒。

其次，半殖民地中国的"西化"程度影响了知识分子的观念立场，进而影响到"假洋鬼子"的构型。

晚清时期，"西方"像一头暴虐的野兽突然闯入中国，怀抱"自强保种"观念的知识分子来不及弄明白西洋文明的真谛，就在挫折与自强的焦虑中呼吁西化。梁启超后来坦言："这班人中国学问是有底子的，外国文却一字不懂。他们不能告诉人'外国学问是什么，应该

---

① 鲁迅：《偶感》，见《鲁迅全集》第 5 卷，人民文学出版社 2005 年版，第 506 页。

怎样学法',只会日日大声疾呼,说'中国旧东西是不够的,外国人许多好处是要学的'。"①早期中国留学生以为"中国仅仅模仿其形式,即可享用其实际",尤其是留日学生,"大多数仅只滞留一二年,获得新思想些许皮毛,即回至中国大唱改革中国之论,辄自信以其肤浅学识即可致中国于郅治,仅一反掌之劳耳","是以理想虽高,热忱虽笃,而终无裨于实际也"。②这就使得最初效仿西洋文明的知识分子难免遭人诟病。同时,在中西文明相遇的最初阶段,观念的两极分化和激烈争锋在所难免。这就出现了吴趼人所说的情形:"顽固之伦,以新学为离经叛道;而略解西学皮毛之辈,又动辄诋毁中国常经。"③在清末,西风东渐已具不可阻挡之势,而传统文化的根基尚未撼动。因此,洋派知识分子需要穿梭、应对两种文明,就如上海买办的装束,中西混搭,"上半截'洋体'是为应付大班的","那下半截却深深埋在国粹里"④。"假洋鬼子"脚踏中西两只船的文化态度,使得清末改良派知识分子在讥讽他们时左右开弓,既嘲笑"假洋鬼子"西学不精而崇洋媚外,又批判其不谙国粹却集下流文人的坏毛病于一身。

到了五四时期,面对西方文明,"令人担忧的当然就不再是'以夷变夏',而是能不能真正地'以夷变夏';如果说此前对'假洋鬼子'的抨击是站在'大中华'的立场的话,那么如今对'假洋鬼子'的批判,就是站在'西方'的立场,以'真洋鬼子'为榜样"⑤。五四知识分子在观念上认定"西化"为新文化的发展方向,故而有时把"假洋鬼子"塑造成启蒙者的形象。但是,由于西化观念与民族文化身份的冲突问

① 梁启超:《五十年中国进化概论》,见申报馆编:《最近之五十季》,申报馆1923年版,第3页。
② 卡拉克:《中国对西方文明态度之转变》,《东方杂志》1927年第14期。
③ (清)吴趼人:《吴趼人哭》,见《吴趼人全集》第八卷,北方文艺出版社1998年版,第234页。
④ 塔塔木林(萧乾):《红毛长谈》,观察社1948年版,第47页。
⑤ 李兆忠:《喧闹的骡子:留学与中国现代文化》,人民文学出版社2010年版,第271页。

题未能真正获得有效解决，"假洋鬼子"因此不免陷入"新旧彷徨""身份犹疑"的文化纠缠中，承受思想启蒙的焦虑和文化身份的苦恼，同时亦享受文化先锋的荣光。

20世纪三四十年代则是反思五四观念和西方文明的年代，也是复兴民族传统的年代。此时知识分子的立场无论偏向"西方"还是"中国"，都对"酱缸文化"极为不满，"假洋鬼子"因此受到来自"西方"和"中国"的双重指责。从西方立场来看，毛博士、文博士、张乔治、黄美洲等洋派人物仅得"洋"皮毛，未得"洋"精神。如毛博士常把"美国精神"挂在嘴边，然而，他的"美国精神"不过是"家里必须有澡盆，出门必坐汽车，到处有电影院，男人都有女朋友……"，他只对金钱、洋服、女人、结婚、美国电影感兴趣。甚至他们的"洋"光环也被作者消解，如黄美洲"博士"并没有留过学，方鸿渐的博士学位是从骗子手里买的，许地山《三博士》中的甄辅仁博士名头纯属子虚乌有。从"中国"立场来看，三四十年代的"假洋鬼子"都崇拜西洋文明，以中国人身份为耻，认为中国人愚蠢、肮脏、野蛮。这类"假洋鬼子"的民族文化身份不明，正如黄美洲的名字，原名黄承祖，化名黄美洲，然而，他既未继承祖先的优秀文化遗产，更未了解美洲文化的真谛。因此，三四十年代的"假洋鬼子"必然会遭到来自"西方"立场和"中国"立场的双重指控。

最后，"假洋鬼子"构型的演进，还在于围绕"假洋鬼子"的人物关系发生了根本性变化。

"他者"视野与自叙色彩的"假洋鬼子"形象存在较大反差。在清末小说中对"假洋鬼子"进行观察、评判的是维新人士。行使观察、评判功能的维新知识分子被塑造成知识和道德的楷模，他们不仅深明民族大义，富有道德操守，而且国学功底深厚，喜好新学知识。在维新知识分子的打量和映衬下，以留学生、革命志士为主的"假洋鬼子"就显得鄙俗不堪。中华民国成立之后，中国社会步入"假洋鬼子"参与缔造的时代，时代话语的操纵权也转到了昔日的"假洋鬼子"手中。

曾长期留学海外、深度浸染东洋或西洋文明的新文学家，回头审视辛亥革命前后"假洋鬼子"的"行状"，自是另一番风貌和旨趣。在五四文学中，围绕"假洋鬼子"所设置的人物关系，不再是维新知识分子对"假洋鬼子"的评头论足，而是"假洋鬼子"与庸众、殖民特权、种族歧视的对峙；作品的话语价值体系也不再归于道德和知识，而是归于思想启蒙、文化身份和反殖民意识。到了三四十年代，知识分子已历经现代文明的深度洗礼，老舍、曹禺、师陀等作家或立足于现代精神来打量"假洋鬼子"，如《文博士》中的唐振华、《牺牲》中的"我"，都被用来衬托"假洋鬼子"的形象；或以被虎狼社会、奢靡都市所吞噬的悲剧人物来打量"假洋鬼子"，如《日出》中的陈白露、《结婚》中的胡去恶是旁观和评述张乔治、黄美洲的人物。在三四十年代，"假洋鬼子"被看作罪恶、浮华、势利社会的一部分。

由于时代语境、作家立场和人物关系的变更，"假洋鬼子"在不同时期就被赋予了不同的文化内涵和形象价值，承载着精英知识分子对西方文明 / 殖民文化的追慕或祛魅观念。"假洋鬼子"形象的演进轨迹，与半殖民地中国对待西方文明、殖民现象和传统文化的态度相关联，是透视半殖民地中国文化转型的阶段性特征和深层症结的重要窗口。

三、"假洋鬼子"的文化身份建构与形象价值

说到底，"假洋鬼子"是一种文化身份，是在半殖民语境下由中西文化共同建构的一种文化身份。这种文化身份在文学中具有多重意指和功能。作为身体身份，它具有革命和启蒙的效应；从民族身份角度来看，它涉及文化认同问题；而作为一种社会身份，它成为"打进"半殖民地中国权势圈的一种资本。经由对身体身份、民族身份和社会身份的深度书写，"假洋鬼子"成了现代中国文学史上构型独特、蕴

涵丰厚的重要形象。

(一)"假洋鬼子"的辫子与"舒愤懑"的启蒙

"假洋鬼子"的构型绕不开身体政治。"假洋鬼子"的身体经过了西洋、东洋文明的重塑,就如《阿Q正传》中的钱少爷,从日本留学回来后,"腿也直了,辫子也不见了"。"假洋鬼子"身体的重塑,既是"以夷变夏"的文化革新局面的一部分,也参与了革命、种族等政治话语的建构。在"辫子"问题上,"假洋鬼子"的身体话语功能得到了深刻的表现。可以随时戴上、拔下的假辫子,是近代"假洋鬼子"形象最突显的外在标识。正如歇后语所言:"假洋鬼子的辫子——装上容易,拔下来也不难。"辫子问题在中国历史上并非小事,它的变迁是一部"血史"。清政府强迫汉人剃发留辫,"这辫子,是砍了我们古人的许多头,这才种定了的",辫子提醒着"满汉的界限"[1],是"羞耻与归顺"[2]的身体烙印。因而,以"驱除鞑虏,恢复中华"为宗旨的近代革命,把剪辫作为具有象征意义的身体标识。尽管发式的改变属于近代革命的一部分,但最终并没有返归汉族的传统发式,而是以西方的现代发式来置换清朝发式。如此,剪辫在半殖民地中国除了关联着革命造反,也意味着归顺西方的身体话语,从而成为现代中国启蒙观念的一部分。

在清末小说中,辫子的文化喻意并非指向"满汉的界限",而是指向"华洋之别",是中外民族身份的确证,也是鉴别新旧人物的身体符号。在《文明小史》中,潜心研习西学的王济川去民权学社,"只见那些学生,一色的西装,没一个有辫子的",在区隔于社会大环境

---

① 鲁迅:《病后杂谈之余——关于"舒愤懑"》,见《鲁迅全集》第6卷,人民文学出版社2005年版,第193页。

② [美]孔飞力:《叫魂:1768年中国妖术大恐慌》,陈兼、刘昶译,生活·读书·新知三联书店2012年版,第72页。

的新式"学社"空间，他拖着辫子穿着长衫的"常态"身体反而显得怪异可笑，让他"自惭形秽！"[1] 第二次去，王济川就换上了以前在洋学堂穿的操衣，把辫子藏在帽子里。洋学问与短发、洋装的搭配，是文化新人的典型形象。然而，短发、洋装的新派人物，常常给人以民族身份的错觉，被当作"外国人"，从而成为需要加以警惕和排斥的人物。为了摆脱被排斥、被拒绝的窘境，新派人物有时不得不戴上假辫子，归返"中国身份"。既维新又惧洋的社会语境，逼迫文化新人时常展现"假洋鬼子"的两副面孔。头发样式具有新旧文化、中外身份的转换功能，"假洋鬼子"的辫子也因此衍生出诸多意指，反映了半殖民地中国在被动"向西转"的过程中，难以纾解"以夷变夏"所带来的不安。社会改良派既欲推动社会西化，又对身体西化充满疑虑，害怕"'中国人'这名目要消灭"[2]，想以身体和国粹作为民族身份的最后防线。辫子作为中国身体的喻指，就成了民族意识、国粹思想和西化观念交锋的特殊载体，也让文化新人频频经受来自各方面的诘难。

　　到了五四时期，已成为历史的剪辫与假辫问题，又被启蒙观念重新照亮。对于曾留学东洋、西洋的知识精英而言，亲历的辫子事件不仅涉及排满与民族认同问题，还关乎种族歧视、民族尊严、思想革命等身体政治问题。对此，他们在留学与回国之后都曾深有体验。于是，"假洋鬼子"的辫子化为作家笔下的启蒙意象。同时，选择发辫作为启蒙意象，还因为"头发是'身'中唯一的可以以部分而象征'身'整体的'喻体'，也因此，身体政治常常以头发为中心"[3]。对辫子的启蒙意蕴开掘最深的是鲁迅。鲁迅的启蒙立场与"假洋鬼子"的辫子之间，有着隐秘的内在关联。《藤野先生》开头两段对清国留学生的描绘，憎恶之感溢于言表，这憎恶首先缘于辫子。清国留学生把辫子

---

① 南亭亭长（清李伯元）：《文明小史》第二十五回，《绣像小说》1903 年第 23 期。

② 俟（鲁迅）：《随感录（三十六）》，《新青年》1918 年第 5 期。

③ 葛红兵、宋耕：《身体政治》，上海三联书店 2005 年版，第 58 页。

盘在头上加以掩饰的折中做法——既顺应满族统治者对汉人的身体规训，又掩饰自己的中国身份——属于典型的"假洋鬼子"的心态和行为，鲁迅对之给予了辛辣的嘲讽。这些清国留学生特指"速成班"的学生。他们不大读书，热衷于赏樱花、学跳舞，把洋娱乐当"时事"来精通。鲁迅勾勒出的清国留学生形象，与清末小说中的喜剧式的"假洋鬼子"形象遥相呼应。

鲁迅自己也曾被民众骂作"假洋鬼子"，同样是缘于辫子的有无和真假，故他多次写到辫子问题，坦言深受"无辫之灾"，并说："假如有人要我颂革命功德，以'舒愤懑'，那么，我首先要说的就是剪辫子。"[1]《头发的故事》就是一篇以辫子的真假和去留为题材的自叙传小说，抒写了鲁迅"所受的无辫之灾"与启蒙者的悲哀。《头发的故事》既满足了曾戴假辫的鲁迅"舒愤懑"的需要，又借"头发的故事"表达了启蒙知识分子与"庸众"、学生的关系，由此吐露了半殖民地中国的启蒙知识分子的屈辱与荣光、抗争与犹疑。剪掉辫子的N先生回到家乡，无论戴不戴假辫子，不管穿洋装还是大衫，都遭到乡人的讥讽嘲笑，被骂作"假洋鬼子"，于是手里添了一支手杖，拼命打了几回路人后，他们才"渐渐的不骂了"。以西洋文明棍敲打路人这件事让N先生感到"悲哀"，因为洋人/殖民者也是这样对待中国民众的。可见，"假洋鬼子"与民众的关系，类似于洋人/殖民者与中国民众的关系——既是推动中国"向西转"的启蒙者，又为民众所敌视。"假洋鬼子"/启蒙者为此承受了不少的"冷笑恶骂"和猜疑排挤。N先生是有着二重思想的"假洋鬼子"，他本身就是一个悖论：自己剪辫子，把剪辫当作革命，又不同意学生剪辫子，却还要感叹"造物的皮鞭没有到中国的脊梁上时"，"绝不肯自己改变一支毫毛"。[2]不过，

[1] 鲁迅：《病后杂谈之余——关于"舒愤懑"》，见《鲁迅全集》第6卷，人民文学出版社2005年版，第194—195页。
[2] 鲁迅：《头发的故事》，见《鲁迅全集》第1卷，人民文学出版社2005年版，第488页。

由于 N 先生在独白中提到辛亥革命的流血牺牲,提到《革命军》作者邹容的抗争和就义,因此他的"假洋鬼子"形象就向革命与牺牲的历史意义靠拢,获得了言说的正义性。但是即使到了民初,"假洋鬼子"与民众仍然相互隔离,曾被"假洋鬼子"用文明棍敲扩的"庸众",曾被"假洋鬼子"劝告不要剪辫子的学生,有多少人会记得"假洋鬼子"为变革社会所历经的艰辛、承受的屈辱和作出的牺牲呢?这正是"假洋鬼子"的悲哀,也是他们的愤懑所在。

不过,以"假洋鬼子"的名义倡导启蒙,似乎难以理直气壮。"启蒙在很大程度上被符号化为反封建和拥护西方的代名词"①,"假洋鬼子"在半殖民地中国想要扮演启蒙者的角色,就有可能落下"里通外国"的骂名。启蒙者的"假洋鬼子"身份,影响了其话语的合法性,难以获得底层民众的广泛认可,这也是"革命压倒启蒙"的一个原因。正因为身份的顾忌与局限,围绕"假洋鬼子"构设的启蒙话语,不得不选择辫子作为切入点,将故事时间定在清末民初。这就造成了"假洋鬼子"的启蒙叙事不是直面当下,而是指向"苦于不能全忘却"的过去(《〈呐喊〉自序》)。在五四时期,西方文明被新式知识分子奉为进步、优势文明,反封建、反传统的观念极为盛行,这就使得大家更多关注传统之"恶",较少关注西方殖民之"恶"。这有利于"假洋鬼子"此时期以正面形象出场,实际上,"假洋鬼子"唯有在五四时期,在关于辫子的叙述中,才敢"舒愤懑",才以文化变革先锋自居,主动呈现自我的精神塑像。

(二)乔装与"假洋鬼子"的民族身份认同

"假洋鬼子"是一种乔装、错位的文化身份,是对西洋文明具有

---

① [美]史书美:《现代的诱惑:书写半殖民地中国的现代主义(1917—1937)》,何恬译,江苏人民出版社 2007 年版,第 43 页。

象征意义的臣服。乔装主要借助于洋装。作为半殖民地中国的国民，以洋装来修饰民族性的身体，并不能让知识分子感到心安理得，服装与民族身份的关系，有可能把知识分子带入中华民族与帝国主义的话语纠缠中。在小说《东野先生》中，曾留学日本的东野就对模仿西洋的服装与礼仪进行质疑，认为中国人学外国人穿洋装，"便是自己在精神上屈服了人家，这还成一个民族吗？"①

乔装缘于对自我真实身份的不自信。因民族身份不被尊重，同时又不愿遭受异族歧视，于是便乔装，借用洋人身份来规避难堪的境遇。这在留日知识分子身上表现得尤为明显。乔装涉及服装、语言和国族。乔装日本人或西洋人，自然属于"假洋鬼子"的行为和心态。乔装的"假洋鬼子"内心是分裂的，有着自我羞耻感。同时，乔装并不能使他们真正摆脱殖民主义制造的羞辱，反而加剧了他们的民族自卑自贱感，强化了对西洋权势和被洋人"凝视"的愚昧同胞的反感。在被"凝视"中，留日知识分子的民族情感受到伤害，转而把怨恨投射到同胞身上，以缓解"受连累"而生的屈辱感，并对国民性格、中国社会进行指控，从而构成了半殖民地中国特有的启蒙观念文本。郁达夫的《两夜巢》②以漫画的笔调叙述了三个留日学生接待华人代表团的情形。三个留日学生的称谓、服装、语言、体貌都被赋予了文化身份的喻指。"发种种的少年"戴着金丝眼镜，"外貌竟被外国人同化得一丝不剩"，但他自认有一颗中国"丹心"。"乳白色的半开化人"外语流利，外国事情懂得多。"乳白色"指面肤偏白，与"半开化的文明人"的文化属性相结合，仿西洋人的面相不言而喻。同为留学生，"阳明崇拜者"则以小丑的面目出现在小说中，让两位充分洋化的同学感到耻辱，因为他的容貌举止和言语"无一不带有中国人的气味"。由于中国身份在日本受歧视，两位留学生便以"中国人的气味"为耻。

---

① 落华生（许地山）：《东野先生》，见《解放者》，星云堂书店 1933 年版，第 128 页。
② 郁达夫：《两夜巢》，见《郁达夫全集》第 1 卷，浙江大学出版社 2007 年版。

在两位"仿洋"的留学生眼中，同胞们的王阳明风度、中国衣服、中国书画、蹩脚外语等，一概是劣等民族的表征，并将其上升到了民族耻辱的层面。去除民族耻辱的办法，则是从容貌、服装到语言、性格全面抹除民族身份表征，变得像"外国人"。而"同化"恰恰是殖民化的重要策略，被异族同化之后，"民族"的差异性表征其实已经被掏空。爱国、民族自卑、国民性批判、沾沾自喜于"仿洋"身份等混杂在一起，构成了留日学生的精神写照，但他们因立于俯视、嘲讽（启蒙）国人的叙述位置以及满溢的自怜自哀的国族抒情，便成了被同情、肯定的人物形象，其"假洋鬼子"属性显得隐晦，而人们也难以对之义正辞严地加以指责。

学日本最终是为了"学到象欧洲"[1]，这就注定了留日知识分子的"假洋鬼子"身份带有次等的、二次模仿的色彩，郁积了更多的心酸与惶惑。郭沫若《月蚀》[2]中的"我"穿西装冒充日本人的策略折射了这种尴尬境遇。在郭沫若的创作中，"假洋鬼子"既包含中国、日本、西洋身份的混杂、错位，也包含自我身份认同在中外之间的彷徨、迷乱。在郭沫若的"身边小说"中，带有自叙传色彩的主人公的服饰常常被刻意指明，不仅用来确证文化身份，而且被视为西洋、日本、中国之间权力与尊严较量的符号。

郭沫若的作品中反复出现两套服装，一套是日本帝大的学生制服，另一套是西装。服装不是与身份无关的装饰物，"身体政治的潜规则，服装（身体的遮蔽和敞开）不仅仅作为私人形式，更重要的是作为公共政治场域而存在的，它是一种政治技术工具，是政治意义相互斗争和争夺的场所，它生产政治权利关系，又被政治权利关系生产"[3]。服装的政治表意，在郭沫若的作品中具体表现为服装与民族身份的冲突。日本帝大的学生装总是关联着被低估、被歧视、被侮辱的

---

[1] 孙中山：《三民主义》，见《孙中山全集》第9卷，中华书局1986年版，第190页。

[2] 郭沫若：《月蚀》，《创造周报》1923年9月2日。

[3] 葛红兵、宋耕：《身体政治》，上海三联书店2005年版，第55页。

主体。身穿日本学生装的郭沫若，与现实中国难以相互安放。回国后他仍然穿着十多年前的学生装，包含不想与一般国人相混同，以之标明身份界限的意图，并以留日身份向西洋挑战。旧学生装以落魄的、边缘的、殖民地知识分子的姿态，提醒着与殖民西方的界限。《亭子间中的文士》①对爱牟的学生装有着细致的描绘，旧学生装延续、铭刻了爱牟的留日身份，进而与西洋发生现实对话，其中混合着对西洋人的艳羡与怨恨，并以"昔年豪贵信陵君，今日耕种信陵坟"来释怀。当学生装指向日本身份，并执行国民性批判时，服装的身份标识与自我怨恨的民族意识之间就出现了难以弥合的裂隙。诗歌《沪杭车中》对吃喝玩乐的同胞进行批判，虚假的日本人身份与真实的中国人身份在批判中达成了视界融合。日本帝大的制服让日本人把"我"误认作同胞，服装背叛了"我"的民族身份，而真实的民族身份反而遭到了服装的嘲弄。

西装的乔装功能所引发的文化身份问题更为复杂。当西装在跨国际、跨种族、跨文化的交际中使用，并用来乔装异邦民族身份时，西装就具有为"假洋鬼子"塑形的符号功能。西装在郭沫若的作品中具有隐匿自我民族身份、乔装异邦民族身份的功用。《月蚀》中的"我"穿西装"假充东洋人"。然而，西装的乔装功能并不能缓解民族身份的焦虑，"'躲'在服饰中的'双重生活'"②反而把留日知识分子变成了"二重人格的生活者"③。集中表现以西装掩饰民族身份的作品是"身边小说"《行路难》。在小说中，西装是爱牟与日本社会交往的身份装置，他想以西装来解除身份的卑怯感，却因与真实身份冲突而被嘲弄。由于自身的民族身份、经济状况与漂亮西装并不相称，故容易露马脚。西装在小说中出现多次，第一次是爱牟想以西装身份与日本房

---

① 郭沫若：《亭子间中的文士》，《现代评论》1925 年第 8 期。

② 蔡翔、董丽敏等：《空间、媒介和上海叙事》，上海大学出版社 2013 年版，第 100 页。

③ 郭沫若：《喀尔美萝姑娘》，《东方杂志》1925 年第 4 期。

东进行平等交流，却因破草帽暴露了西装的故作声势而自取其辱。第二次是去租房，爱牟身穿西装去一处豪华宅院求租，庭院的炫目陈设和日本房主的上流社会气度给了他很大的心理压力，即使身着西装亦难以完全抵御，不得已而假冒对方民族，假造"桑木海藏"这个签名来抹除身份的压力。爱牟自我尊严的维持，依靠的是西装身份，一旦西装与真实民族身份的关系被拆穿，他就备感受辱并生出民族主义的怨恨。尽管如此，爱牟仍然执意维系西装与阶层身份的联系，当日本工人向他推荐一处简陋的小房子时，爱牟觉得他未免太瞧不起自己："啊，你没有看见我身上穿的这一套西装吗？"[1] 这时，西装成了自我肯定的符号和阶层边界的标识。第三次，西装以不在场的方式维持爱牟的尊严。在日本再一次迁居时，爱牟没有穿西装而是坐豪华车厢，感受到了日本有钱夫妇对他的不屑。因西装并不在场，不能抵挡对方加诸其身的凌辱眼光，爱牟不得不通过其他方式来弥补身份弱势，于是拿出一本德文剧本轻声念起来。由衣装的社会身份较量转向西洋语言和知识的较劲，同样借助了异族的媒介符号，仍然是"假洋鬼子"心态的体现。

"服装作为物化的人与场合的主要坐标，成为文化范畴及其关系的复杂图式"[2]，一般情况下，服装与场合互相协调，共同构设人的主体形象。"假洋鬼子"显然背离了这一规则，服装、人、场合相互犯冲，民族意识、受殖体验、反殖观念、国民性批判与文化身份等形成了交混、倒错的关系，呈现出半殖民地知识分子特有的生命体认。

（三）半殖民地中国的权势结构与复制西洋时光的"假洋鬼子"

半殖民地中国有着特殊的权势阶层结构，这就是鲁迅所批判的，

---

[1]　郭沫若：《行路难》，《东方杂志》1925 年第 7 期。

[2]　[美] 保罗·康纳顿：《社会如何记忆》，纳日碧力戈译，上海人民出版社 2000年版，第 32 页。

"中央几位洋主子，手下是若干颂德的'高等华人'和一伙作伥的奴气同胞。此外即全是默默吃苦的'土人'"①。半殖民地中国的权势阶层结构，同时也是一种文化取向和生活方式的差异结构，上流社会多崇尚西洋文化，模仿洋人的生活样态，普通民众则照旧过着"中国式"的生活。身处这种社会结构中，老派的"假洋鬼子"把自己的"中间物"特性变成一种世俗生存的优势，以两副面孔应对半殖民地半封建社会，"既许信仰自由，却又特别尊孔；既自命'胜朝遗老'，却又在民国拿钱；既说是应该革新，却又主张复古"②。老舍对"假洋鬼子"的这种生存哲学有着深透的表现，他笔下的牛博士，即牛老爷，少年中过秀才，二十八岁在美得过博士，通吃新旧人士，因为"平常人，懂得老事儿的，不懂得新事儿；懂得新事儿的，又不懂得老事儿"③。牛老爷床头的"西式装订"的中国书，是他的文化性格和生存谋略的写照，与人交流时，"客人要是老派的呢，他便谈洋书；反之，客人要是摩登的呢，他便谈旧学问；他这本西装的中书，几乎是本天书，包罗万象，而随时变化"④。这类老于世故的"假洋鬼子"既无二重人格的痛苦，也不承受文化身份所带来的焦虑，更无意于推进西洋文明的"在地化"。

在半殖民地中国的阶层权势结构中，也有执着于"仿洋"身份的"假洋鬼子"。他们渴望利用自己的文化身份来分享殖民帝国和洋人主子的特权与荣耀，因而固守自己的"仿洋"身份，以"准洋人"自居。不过，他们的"仿洋"身份全赖"洋"皮相来支撑。曹禺《日出》中的张乔治，以外国话比中国话讲得更顺溜而自傲，生活也极其欧化，

① 鲁迅：《再谈香港》，见《鲁迅全集》第 3 卷，人民文学出版社 2005 年版，第 565 页。

② 唐俟（鲁迅）：《随感录（五十四）》，《新青年》1919 年第 3 期。

③ 老舍：《牛老爷的痰盂》，见《老舍小说全集》第 11 卷，长江文艺出版社 1993 年版，第 348 页。

④ 老舍：《牛老爷的痰盂》，见《老舍小说全集》第 11 卷，长江文艺出版社 1993 年版，第 349 页。

他的"洋服最低限度要在香港做",甚至动作都要模仿好莱坞明星的样子。老舍《文博士》中的文博士有一套从美国贩运过来的洋服和规矩。师陀《结婚》中的黄美洲,无论如何落魄潦倒,一身英国料子的西装必然烫得笔挺,把自己打扮成十足的英国派绅士的模样。

由此可以见出,刻意"仿洋"的"假洋鬼子"是一种空间错位的主体存在。由于其"洋"是在留学经历中习得的西洋做派和生活观念,回国后,他们的洋习性、洋做派、洋享乐便失去可依托的特定语境。而且,他们并未揣摩到西洋文明的精髓,无法凭借真才实学在社会立足,如果放弃仅有的洋习性、洋做派,则会失去主体价值的特殊性。而主体的特殊性,正是这些"假洋鬼子"借以傲世、混世的资本或自我认同的根基。所以《牺牲》中的毛博士顶讲究"美国规矩",他穿洋装,"好像是为谁许下了愿,发誓洋装三年似的",把"'全份武装'的穿着洋服"当作"一种责任,一种宗教上的律条"。[1]"假洋鬼子"为了强化自我的优越感,维持自身社会价值的稀缺性和特殊性,便把"身在"的中国社会与"曾在"的西洋社会的差异加以戏剧化,以遥远的美国、英国大都会的社会生活为标准,来评判中国社会。他们曾经在美国、英国混过文凭,便以这段时光为依据,向中国社会索取回报,同时偏执地在中国怀想、复制自己的西洋时光。

"假洋鬼子"热衷复制西洋时光,多少与中国半殖民地境遇的怂恿有关。"现代殖民主义之所以大获全胜,主要不是倚靠船坚炮利和科技卓越,而是殖民者有能力创造出与传统秩序截然两样的世俗等级制度。这些等级制度为很多人(尤其是那些于传统秩序中被剥削被排斥的人)敞开新天地。"[2]对于"假洋鬼子"来说,他们不是被这种等级制度的"公义平等"所吸引,而是利用留洋、仿洋的社会身份向半殖民地中国的权势中心投诚,像文博士那样"打进"中国社会。

---

① 老舍:《牺牲》,见《樱海集》,人间书屋1935年版,第34页。

② 南迪:《亲内的敌人(导论)》,林霭云译,见许宝强、罗永生选编:《解殖与民族主义》,中央编译出版社2004年版,第60页。

"假洋鬼子"实际上成了殖民主义的响应者。殖民主义在建构西方文化霸权的过程中，"把现代西方这个概念，由一个地理及时空上的实体，一般化为一个心理层次上的分类"，让"西方变得无处不在，既在西方之内亦在西方之外，它存在于社会结构之中，亦徘徊在思维之内"①。"假洋鬼子"对西洋时光的刻板复制，助推了西方霸权在中国社会的扩张进程，同时，他们也以西洋时光的复制作为资本，借此挤入半殖民地中国权势结构的中心圈。

无论借辫子问题进行启蒙，还是以乔装来维持自尊，或者以复制西洋时光来"打进"权势社会，文学中所书写的"假洋鬼子"，都与中国传统社会构成了一种紧张关系。他们的文化性格和生命世界是撕裂的，与自我撕扯，与庸众撕扯，与种族偏见撕扯，或者与文化空间的错位撕扯。在撕扯中，半殖民文化所带给生命的沉重感得到了深度透视，"假洋鬼子"形象也因此在文学史上留下了特异的面影，成了文学史上不可替代的典型形象。

就文学史研究的推动来说，"假洋鬼子"形象也有其特殊的价值。对之的研究，有利于拓展对中国现代文学的思想成色与艺术力量的认识。过往的中国现代文学研究过多纠缠于新与旧、现代与传统的关系，而不够关注中与西在文化主体内的碰撞情形。实际上，"新""现代"很大程度上就等于"西化""洋化"。推动"西化""洋化"的知识分子自身的文化身份、民族认同、启蒙动因、生存状态等问题如果得不到细致的剖析，关于文学史风貌与发展的解读自然就有其局限性。"假洋鬼子"的文化间性以及与半殖民地中国的伴生关系，为理解知识分子和中国现代文学的"西化""洋化"问题提供了特殊的借镜，映照出新文化和现代化进程中如影相随的半殖民地面影。

_____

① 南迪：《亲内的敌人（导论）》，林霭云译，见许宝强、罗永生选编：《解殖与民族主义》，中央编译出版社 2004 年版，第 62 页。

四、“假洋鬼子”构型对当代文化建设的启示

“假洋鬼子”是中西文化的混血儿，是半殖民地半封建中国文化人格的典型形态。探究“假洋鬼子”的文学构型，不仅有助于重新理解现代作家的文化身份和现代文学的启蒙机制，而且能够直触半殖民地中国的文化境遇和民族心态，映照出中国“向西转”过程中的彷徨心态、精神阵痛和文化病症，从而为中国当代文化的发展提供借镜。

对于重建中国当代文化而言，“假洋鬼子”形象具有多方面的启示意义，具体表现为三个方面：

其一，狭隘的民族主义观念是不足取的，它可能粗暴武断地把近洋、西化的知识精英冠以“假洋鬼子”“资产阶级”“汉奸”等恶名，从而阻碍中西文化的交流会通。

在半殖民地境遇下，现代中国既认同欧美对“文明”“现代”“进步”的定义，又对西洋文明的扩张充满疑惧，因此在模仿（或对抗）殖民帝国现代化的过程中陷入了“自我的迷失与重拾”的怪圈，以致现代中国的文化意愿一直徘徊在本土与世界、民族化与西化之间。调和中西文明、再造新文明的意愿，为半殖民地境遇和民族主义所干扰。“‘东方’型民族主义意味着从文化上‘重新武装’这个民族，要改造它的文化。但这并不是简单地模仿异族文化，因为这样民族将会失去自己的特性”①。中国文明再造过程因现代、殖民与民族主义的复杂纠缠，必然夹杂着对东西洋权势的怨愤，而近洋、仿洋的“假洋鬼子”则成了怨愤的发泄对象。西洋文明强行进入中国后滋生出的二重思想与现代浮华也让人们惴惴不安，这种不安被归罪于“假洋鬼子”。

---

① ［印］帕尔塔·查特吉：《民族主义思想与殖民地世界：一种衍生的话语?》范慕尤、杨曦译，译林出版社 2007 年版，第 2 页。

正如鲁迅所言：

> 我觉得中国人所蕴蓄的怨愤已经够多了，自然是受强者的蹂躏所致的。但他们却不很向强者反抗，而反在弱者身上发泄……或者要说，我们现在所要使人愤恨的是外敌，和国人不相干，无从受害。可是这转移是极容易的，虽曰国人，要借以泄愤的时候，只要给与一种特异的名称，即可放心剚刃。先前则有异端，妖人，奸党，逆徒等类名目，现在就可用国贼，汉奸，二毛子，洋狗或洋奴。①

以狭隘的"民族主义"的名义，给西化的知识精英扣上"假洋鬼子""二毛子""卖国贼""异端""洋奴"等帽子，无助于文化问题的真正解决。它只是借民族情绪把问题重新封闭起来，以民族主义的坚硬外壳来为本国的柔弱、失败辩解，而文化变革者成了全民公敌。

实际上，在中国文化的现代化进程中，"仿洋""崇西"的"假洋鬼子"恰恰扮演了文化先锋的角色。尽管"假洋鬼子"有时代的局限，甚至可能是中西文化泡沫孕生的怪胎，以至于把文化引向歧途，然而，像阿Q那样对"假洋鬼子"采取"深恶痛绝"的态度，只能导致本土文化的封闭停滞，以致重返国粹主义或封建主义的怀抱。因此，社会上应对这类显得有些"出格"，并且不甚稳健周全的文化先锋持理解宽容的态度。在全球化的时代背景下，中国文化的重建更应当有容纳、消化异域文化的博大胸襟，在中西会通中建构现代中国文化。

"假洋鬼子"在装扮、举止、语言、消费、观念等层面的洋化，比一般人来得更彻底、更扎眼、更乖张，也就更容易成为排外仇洋、恋旧崇祖观念的发泄对象，并被当作"非我族类"的第三种人加以

---

① 鲁迅：《杂忆》，见《鲁迅全集》第1卷，人民文学出版社2005年版，第238页。

排斥。这正如老舍小说《牺牲》对毛博士的描绘:"不像中国人,也不像外国人。他好像是没有根儿。"①身份的跨界和模棱两可,将带来身份认同的困扰,因为"身份认同建立在共同的起源或共享的特点的认知基础之上,这些起源和特点是与另一个人或团体,或和一个理念,和建立在这个基础之上的自然的圈子共同具有或共享的"②。"假洋鬼子"尽管与一般国人有着共同的起源,但部分背离了"固定的""共享的特点"。然而,这不应成为民族主义者激烈攻击的借口,因为民族文化的特性本来就不是固定不变的,它永远处于建构中。在今天,我们对于异族后裔、外侨、混血儿等有着多重文化身份的群体,同样应持宽容理解的态度,如此,中国的民族文化才能走向多元共生。

其二,身份彷徨、二重人格、民族自卑的"假洋鬼子"及其文化后裔,难以完成文化重建的使命。当今中国知识分子面对西方文明时,应有强健宽博的胸怀,以去除"弱国子民""盲目崇洋"的历史遗留心态。

一方面,"假洋鬼子"的文化姿态和行为范式,显然不是文化发展的正途;另一方面,在半殖民地中国的社会语境下,文化的发展不可能直接抵达正途,它不可避免地在茫然、躁动中迂回前进。在迂回前进中,"假洋鬼子"作为中西、新旧的"中间物",无论其助推了文化的变革还是把文化领向了歧途,都为当代文化的发展积累了经验。

中国当代文化战略的选择,首先应考虑中国人不被"从'世界人'中挤出"③,再来谈民族传统的弘扬问题。想要真正解决以上问题,需要文化自信,而"假洋鬼子"最大的性格弱点就是缺乏主体性和文

---

① 老舍:《牺牲》,见《樱海集》,人间书屋1935年版,第39页。

② [英]斯图亚特·霍尔:《导言:是谁需要"身份"?》,见[英]斯图亚特·霍尔、保罗·杜盖伊编著:《文化身份问题研究》,庞璃译,河南大学出版社2010年版第3页。

③ 俟(鲁迅):《随感录(三十六)》,《新青年》1918年第5期。

化自信。如何消解"假洋鬼子"心态，正确处理中外文化关系？鲁迅的看法发人深思："汉唐虽然也有边患，但魄力究竟雄大，人民具有不至于为异族奴隶的自信心，或者竟毫未想到，凡取用外来事物的时候，就如将彼俘来一样，自由驱使，绝不介怀。一到衰弊陵夷之际，神经可就衰弱过敏了，每遇外国东西，便觉得仿佛彼来俘我一样，推拒，惶恐，退缩，逃避，抖成一团，又必想一篇道理来掩饰，而国粹遂成为屠王和屠奴的宝贝。"① 半殖民地中国的文化与文学发展可作如是观：过去是如此，当下亦复如是。

其三，文化的借鉴是一个系统工程，肢解西方文明、只重物质而弃绝精神的"假洋鬼子"做法，很容易激发传统之恶，造成"东壁打到西壁"的文化混乱局面。

梁启超认为："文明者，有形质焉，有精神焉。求形质之文明易，求精神之文明难。精神既具，则形质自生；精神不存，则形质无附。然则真文明者，只有精神而已。"② 虽然文明、文化的形质与精神并不能完全剥离，但精神确实是文明和文化的核心与灵魂，也是最难变更的。一味模仿洋做派，追求洋享乐，或以洋招牌混世的"假洋鬼子"，显然没有领悟西方文明的精髓。这类"假洋鬼子"并不去触动传统文化的深层痼疾，他们有时恰恰扮演着"学了外国本领，保存中国旧习"的角色，就像《文明小史》中的冲天炮，"虽是维新到极处，却也守旧到极处。这是什么缘故呢？冲天炮维新的是表面，守旧的是内容"③。

只重西洋物质的"假洋鬼子"，很容易成为"借新文明之名，以大遂其私欲"的人物，其结果是西洋观念被生吞活剥，在肤浅的意义上作为利己主义和放浪享乐的托词。为了"遂其私欲"，"假洋鬼子"

---

① 鲁迅：《看镜有感》，《语丝》1925 年第 16 期。

② 梁启超：《国民十大元气论》，见《饮冰室合集·文集·第三册》，中华书局 1936 年版，第 61 页。

③ 南亭亭长（清李伯元）：《文明小史》第五十七回，《绣像小说》1903 年第 53 期。

一方面与资产阶级消费主义握手言欢，另一方面与封建特权思想结成同盟，中西合污，封资合流。而中西文化的精神价值由此大大折耗，并造成文化的混乱局面，助推了对西方文化和本土文化进行双重质疑的潮流，使得文化的发展"东壁打到西壁"。

割裂、肢解西方文明的做法，不仅存在于"假洋鬼子"的时代，也存在于当代。中国文化的发展，曾为物质主义付出过代价，也为"精神至上"付出过代价。实际上，文化是一个整体，由内向外建构出生命主体和社会主体的秩序，不可偏废物质，更不能偏废精神。只有当文化的发展以塑造健全生命为目的时，中西文化的会叙才会有方向感。当代文化的重建也应着眼于此。

文学中的"假洋鬼子"形象，其"假"含义丰富，包含"模仿""乔装""伪冒"等内涵。"模仿"又可区分为对"洋鬼子"精神的模仿、表象的模仿、全盘模仿等情形。再加上殖民文化、封建文化的参与，"假洋鬼子"形象因此显得繁复多样。各个时代、不同作家笔下的"假洋鬼子"形象旨趣各异，他者视野与自叙色彩的"假洋鬼子"形象存在较大反差。从价值类型来看，有悲剧型、喜剧型与悲喜混合型。从形象发展来看，先后出现了"中西合污的纨绔子弟""新旧彷徨的启蒙先锋""身份犹疑的留日学生""夹洋自重的市侩洋奴"等类型。"假洋鬼子"书写在审美上有着类似的特征，那就是嘲讽风格，包括揭丑的嘲笑与心酸的自嘲。露丑的"假洋鬼子"是漫画风格的，自嘲的"假洋鬼子"则侧重精神组描。无论露丑还是自嘲的"假洋鬼子"，都是不为"常态"社会所接纳的人物，因此这类文本最终流露出生命的荒诞感以及对社会的绝望。不论是作为被嘲弄的对象还是作为自我精神的塑形，"假洋鬼子"都是时代的产物，隐含着半殖民地知识分子特殊的生命境遇与文化心理，映射出半殖民地中国的现代文化建构必然充满曲折、争议和尴尬。

"假洋鬼子"形象为反思中国的现代化进程、新式知识分子的身份认同与民众的文化心态提供了特别路径。"假洋鬼子"的文学构型，对于今天的文化发展也颇有借镜的意义。我们今天讨论"假洋鬼子"形象，最终是为了走出文化上的"假洋鬼子"时代。

第三章　鲁迅与"西崽"

　　半殖民地半封建中国是中西、古今文明并存的社会。"中国社会上的状态，简直是将几十世纪缩在一时：自油松片以至电灯，自独轮车以至飞机，自镖枪以至机关炮，自不许'妄谈法理'以至护法，自'食肉寝皮'的吃人思想以至人道主义，自迎尸拜蛇以至美育代宗教，都摩肩挨背的存在。"① 中西文化矛盾并存，"四面八方几乎都是二三重以至多重的事物，每重又各各自相矛盾"，"许多事物挤在一处"，"只能煮个半熟"。② 这种半殖民地半封建文化语境孕育了有着二重思想和二重人格的人物类型。这类人物"早上打拱，晚上握手；上午'声光化电'，下午'子曰诗云'"③，"见了洋大人，他的中国人那一套出笼；见了中国人，他的洋大人那一套出笼"④。这类人物被世人称为"西崽"，他们属于中西、新旧文化一锅炖且只"煮个半熟"的人物。

　　文学中的"西崽"最初是指一类职业，20 世纪后才成为一类具有特殊文化人格的形象。鲁迅、林语堂、胡风、柯灵等作家都对"西崽"进行过构型。鲁迅与林语堂还在"西崽"问题上有过一次激烈的交锋，互相指责对方为"西崽"。由于作为文化人格的"西崽"是半殖民地中国的投影，"近洋""崇西"的知识分子、买办通事、军阀政客同样难以与之撇清干系，因此，关于"西崽"的论说便进入了半殖

---

① 唐俟（鲁迅）：《随感录（五十四）》，《新青年》1919 年第 3 期。
② 同上。
③ 俟（鲁迅）：《随感录（四十八）》，《新青年》1919 年第 2 期。
④ 柏杨：《崇洋：西崽情意结》，现代出版社 2010 年版，第 32 页。

民文化与民族主义相互纠缠的话语系统。

一、文学中的"西崽"形象

提到文学中的"西崽"形象，许多人会想当然地把它归为鲁迅的首创。实际上，作为一种文化人格的"西崽"形象，在李伯元的《文明小史》中就已出现，小说中的劳航芥兼有"假洋鬼子"和"西崽"的文化人格。劳航芥进过洋学堂，到日本、美国留过学，回国后在香港做律师，后因朋友介绍，到安徽给黄巡抚做顾问官。劳航芥熟悉洋务，以洋派头为傲，讨厌华装。但是，劳航芥在上海遇到妓女张媛媛后，为了投其所好，换上了他所讨厌的华装，并装了一条假辫子，以"中国人"的面目出现。到了安庆，他又恢复了"外国人"的装扮，引得安庆街上的民众议论纷纷。这是劳航芥属于"假洋鬼子"的一面。同时，劳航芥也有着"西崽"的文化人格。他因在香港时与上等外国人有些往来，故"自己也不得不高抬身价"，并想：自己是"在香港住久的人了，香港乃是英国属地，诸事文明，断非中国腐败可比，因此又不得不自己看高自己，把中国那些旧同胞竟当做土芥一般。每逢见了人，倘是白种，你看他那副胁肩谄笑的样子，真是描也描他不出，倘是黄种，除日本人同欧洲人一样接待外，如是中国人，无论你是谁，只要是拖辫子的，你瞧他那副倨傲样子，比谁还大。"① 中国各地，他认为"只有上海，经过外国人一番陶育，还有点文明气象，过此以往，一入内地，便是野蛮所居"②。劳航芥瞧不起中国人，但也有例外，那就是"到过外洋"的有钱有权有势的中国朋友，方能成为他"心上崇拜的人"。劳航芥这种崇洋媚外、耻为华人、"事大"、"事强"

---

① 南亭亭长（清李伯元）：《文明小史》第四十七回，《绣像小说》1903 年第 43 期。
② 同上。

的奴才心态，与鲁迅、林语堂后来所批判的"西崽"非常近似。

"西崽"的构型不是始自鲁迅，也不是终于鲁迅。胡风、林语堂、柯灵、钟子芒，以及日本作家池田幸子都曾为"西崽"造影。在20世纪三四十年代的文学中，"西崽"主要不是作为一种职业形象来塑造，而是作为一种文化人格和心态来呈现的，并且被纳入中日战争、殖民文化与民族主义的表述框架中。胡风的《"西崽哲学"》①（1933年）和池田幸子的《西崽的故事》②（1938年）中的"西崽"在文化心态上较为接近，有着半殖民地中国的二重思想。《"西崽哲学"》中的西崽会说英文，畏惧洋人，同时讲究乡间的"老规矩"，是位"国粹主义者"。《西崽的故事》中的张忠明有着"西崽"的种族意识和文化观念。他染上了洋人的一些习性，经济拮据却自己掏钱买鱼喂洋主人的猫；他同情谎称南洋华侨的日本人鹿他，因为他误认为鹿他是西洋人和华人所生的"杂种"；他瞧不起白俄，鄙视白俄太太没见识，把普通中国瓷器当宝贝，但受了白俄太太的无理欺压却不敢去争辩。

《"西崽哲学"》和《西崽的故事》对"西崽"的身份定立虽然近似，叙事的态度和通达的主题却大异其趣。日本反战作家池田幸子的短篇小说《西崽的故事》以1937年日军进攻上海为背景，对西崽张忠明的画像，交织着仇恨侵略与同情难民、民族自卑与自强的复杂情感。张忠明痛恨"东洋人"，因为东洋人侵略中国；他对战乱中的难民抱有同情心，把自己的裤子送给逃难的穷人；他关心抗日前线的战况，听说打下了几架日本飞机，便欣喜若狂，但听说上海南市被日军占领，大批难民深受战火之苦，他又为此痛哭流涕；他乐意为抗战尽一份力，买救国公债。但他缺乏民族自信心，受到洋人欺负时只能一味忍声吞气，并痛苦地承认"没有法子，中国人是不行的"，"中国人太弱了，太老实……中国人无论什么时候都敌不过人家的"。③胡风

①　古飞（胡风）:《"西崽哲学"》,《申报·自由谈》1933年7月20日。

②　[日]池田幸子:《西崽的故事》,《七月》1938年第11期。

③　同上。

《"西崽哲学"》的主要内容为西崽如何处理自家小孩与"绿眼睛黄头发"的"上等种"和"上等人"的孩子的冲突问题，由此引申出中国人的"不抵抗主义"人生哲学，暗讽"一·二八"之后国民政府对抗日言论的禁锢。胡风在作品中把西崽和当局都看作崇尚"国粹"、畏惧洋人的"西崽"。

柯灵的《西崽世界》[①]（1939 年）同样由作为职业的西崽谈起，描画出西崽的文化人格，进而把孤岛上海的大小政客纳入"西崽"的范围，批判了"西崽"的奴才心态，呼唤中国人"挺起脊梁"。西崽自己的"阶级成分大约属于无产阶级"，但极为势利，对人"有时出奇地谦卑，有时又出奇地骄傲"——在洋人面前谦卑，在穷人和乡愿面前骄傲。除了洋主子，西崽"自信是天地间最完美的人"，他们的"不调和的恭顺和傲慢，揉合起来，正是一颗紫色的奴才的心"。上海孤岛的大小政客亦是"西崽"，他们自我膨胀，"忘记国籍，拜敌人为干爷，自己是中国人，却说得中国毫无希望，变成阿Q嘴里的'里通外国的人'了"。

综合几位作家对"西崽"的塑形，可以把"西崽"的文化人格概括如下：崇洋媚外，又因近"洋"而在华人面前显露出个人的自大心态；固守旧习，又因属"华"而难以掩饰民族的自卑心态。由此，"西崽"就成了既自大又自卑，既媚外又惧外，既洋派又守旧的矛盾结合体，成了半殖民地半封建中国二重性的写照。

二、半殖民地中国主奴社会结构中的"西崽"

"西崽"活跃于上海、汉口、香港等殖民性的城市。在租界化的上海，知识精英以及买办、西崽等群体容易滋生崇洋的心理。1906

---

① 柯灵：《西崽世界》，见《市楼独唱》，北社 1940 年版，第 13—15 页。

年吴趼人就曾感叹:"买办也,细崽也,舆人也,厨役也,彼其仰鼻息于外人,一食一息,皆外人之所赐也,彼之崇拜外人,不得不尔也。……胡为乎俨然士夫饱经史、枕典籍者,亦甘侪于此买办、细崽、舆人、厨役之列,而相与顶礼崇拜也?"①盲目崇洋的心理,推动了"欧化"的风潮。郁慕侠对20世纪30年代上海的欧化风尚进行了描述:"现在一般摩登的青年和有钱的富翁,不但对于衣、食、住、行都崇尚欧化,即如起居一切、语言动作,也仿效西式。"②崇洋、欧化的风尚与殖民权力在中国内部构成了同谋关系,对人样进行界分,并改变了中国既有的阶层关系。最明显的例证就是大都市的半殖民权力结构。

鲁迅曾多次对上海和香港的种族、阶层关系的殖民性质进行评说。第一次是1927年2月19日在香港青年会的讲演,演讲的主旨是反对"保存旧文化",认为高唱赞美中国文化的"老调子"的,无论洋人还是国人,都是"要中国人永远做侍奉主子的材料":

> 上海是:最有权势的是一群外国人,接近他们的是一圈中国的商人和所谓读书的人,圈子外面是许多中国的苦人,就是下等奴才。将来呢,倘使还要唱着老调子,那么,上海的情状会扩大到全国,苦人会多起来。③

第二次提到是1927年9月28日,鲁迅乘船经香港前往上海,一个西洋人带领几个中国属员以搜检行李为由,敲诈勒索,存心捣乱,蛮横无理。他因此感慨:

---

① (清)吴趼人:《〈中国侦探案〉弁言》,见《吴趼人全集》第七卷,北方文艺出版社1998年版,第70页。

② 郁慕侠:《上海鳞爪》,上海书店出版社1998年版,第56页。

③ 鲁迅:《老调子已经唱完——二月十九日在香港青年会讲演》,见《鲁迅全集》第7卷,人民文学出版社2005年版,第325页。

> 香港虽只一岛，却活画着中国许多地方现在和将来的小照：中央几位洋主子，手下是若干颂德的"高等华人"和一伙作伥的奴气同胞。此外即全是默默吃苦的"土人"，能耐的死在洋场上，耐不住的逃入深山中，苗瑶是我们的前辈。①

第三次提到是 1929 年 5 月 22 日，鲁迅在燕京大学国文学会讲演，批判革命文学的无根柢，从而呼吁多介绍外国的文化和文艺，顺便又谈到了主从关系的上海权力圈：

> 中国的文化，便是怎样的爱国者，恐怕也大概不能不承认是有些落后。新的事物，都是从外面侵入的。新的势力来到了，大多数的人们还是莫名其妙。北平还不到这样，譬如上海租界，那情形，外国人是处在中央，那外面，围着一群翻译，包探，巡捕，西崽……之类，是懂得外国话，熟悉租界章程的。这一圈之外，才是许多老百姓。②

在鲁迅所描画的上海和香港种族权势的圈层图中，中心为洋主子，接近洋主子的是高等华人和西崽，圈子外面是普通中国百姓。在这样的圈层图中，就会出现鲁迅所批判的"倚徙华洋之间，往来主奴之界"的"西崽"。值得注意的是，鲁迅对中外合谋的主奴社会结构心怀不满，由此推导出的观点却指向批判中国文化，提倡西化。鲁迅的观念反映了自晚清以来半殖民地中国所陷入的文化怪圈。

殖民地知识精英的处境内含难堪的悖论："由仰慕而至仿效，等于就是赞同殖民化，这是可想而知的。但是受殖者一旦顺应了自己的

---

① 鲁迅：《再谈香港》，见《鲁迅全集》第 3 卷，人民文学出版社 2005 年版，第 565 页。
② 鲁迅：《现今的新文学的概观》，见《鲁迅全集》第 4 卷，人民文学出版社 2005 年版，第 136 页。

命运，也就坚决否定了自己，换言之，他是以另一种方式否定了殖民者的现实。否定自我和爱慕他人，是一切欲求同化者的共性。以此寻求解放的人，这两方面是紧密结合在一起的。在对殖民者的爱慕中，潜藏着以己为耻、自我怨恨等等复杂的心态。"① 不过，中国知识分子"主张西化的初衷，其实恰恰来自民族主义的情绪，据说是不想让中国人'万世为奴'"②，他们的民族主义属于"反传统的民族主义"。就鲁迅而言，无论他早期提倡的"任个人而排众数"，还是后期的阶级观念，都把国家当作"个人"和"民众"的对立面。从"立人"来看，鲁迅主张西化，持民族文化虚无主义的立场，理由正当，但是，把遗弃民族文化、模仿西方当作出路，并不能解决半殖民地中国面临的悖论。

西化与殖民化、反殖民与民族主义是一个硬币的两面。"西方文化优越观在中国的确立即意味着此时'西方'已成为中国权势结构的一个既定组成部分。"③ 半殖民地中国面临的世纪性难题是：既要模仿西方（模仿即意味着对西方权威的承认），又要去除嵌入中国内部的殖民权势，这就造成中国文化的发展在西化与民族化之间摇摆不定的情状。

近代知识分子提倡"向西转"，具体分化为两种观念路向 "一个是普遍的世界主义观念"，这种观念"相信世界必然向一个类似于西方列强的方向发展，中国也不例外"；"一个是个别的民族主义观念"，这种观念"相信只有民族和国家的强大，才能够与列国一同存在于世界的现代秩序内，中国当然也不例外"。④ 这两种观念尽管存在不一致，但也可以沟通，这就是葛兆光所指出的："在普遍向西转追随世

① 梅米：《殖民者与受殖者》，魏元良译，见许宝强、罗永生选编：《解殖与民族主义》，中央编译出版社 2004 年版，第 41 页。
② 葛兆光：《中国思想史》第 2 卷，复旦大学出版社 2001 年版，第 499 页。
③ 罗志田：《权势转移：近代中国的思想与社会》，北京师范大学出版社 2014 年版，"原序"第 5 页。
④ 葛兆光：《中国思想史》第 2 卷，复旦大学出版社 2001 年版，第 538 页。

界主义的大势背后，又隐藏着相当深的民族主义取向。"①鲁迅担心的不是"'中国人'这名目要消灭"，而是多数人执意保存"国粹"，中国人将被"从'世界人'中挤出"②，难以存续，因此他提倡西化，以"普遍的世界主义观念"来抵抗"个别的民族主义观念"，既否定中国文化，又批判中国人的奴隶根性。

把中国（人）与西方（人）的关系整体性地理解为"奴"与"主"的性质，在清末比较流行，五四落潮后已淡化。鲁迅却从五四到20世纪30年代，一直持"逆向种族主义"的态度看待中西种族关系和半殖民地中国的文化人格。而且鲁迅认为"满口爱国，满身国粹，也于实际上的做奴才并无妨碍"③。对西方文明的企慕与对中国文化的否定，以及对上海租界乃至整个国家的主奴结构的理解，使得鲁迅把批判的笔锋指向了"西崽"现象。需要说明的是，鲁迅对"西崽"的批判，同时使用了世界主义和民族主义的观念武器。

对"西崽"的批判，隐含着半殖民地知识分子的文化义愤，《民族与民族主义》中的一句话可以挪移过来解释这种义愤："对文化差异的惊讶很容易变成对混合的厌恶，或者变成对差异等级的赞扬。"④鲁迅信奉中西文化的优劣差序，厌恶"染缸式"的混合，故对社会身份与文化心态处于华洋、主奴之间的"西崽"极为不满。

三、中外冲突、西化、民族主义与"西崽"

在回应林语堂对左翼"西崽"的批判之前，鲁迅就把上海的巡捕、

① 葛兆光：《中国思想史》第2卷，复旦大学出版社2001年版，第543页。
② 俟（鲁迅）：《随感录（三十六）》，《新青年》1918年第5期。
③ 鲁迅：《从孩子的照相说起》，见《鲁迅全集》第6卷，人民文学出版社2005年版，第84页。
④ [法]吉尔·德拉诺瓦：《民族与民族主义》，郑文彬等译，生活·读书·新知三联书店2005年版，第170页。

门丁、西崽和"高等华人"都当作"西崽"。《"揩油"》一文写道,"西崽""大抵是憎恶洋鬼子的,他们多是爱国主义者。然而他们也像洋鬼子一样,看不起中国人,棍棒和拳头和轻蔑的眼光,专注在中国人的身上"①。他在《"以夷制夷"》一文中讨论帝国主义"以华制华"的方法时写道,"对付下等华人的有黄帝子孙的巡捕和西崽,对付智识阶级的有'高等华人'的学者和博士"②,把巡捕、西崽和"高等华人"当作一丘之貉。令人颇感意外的是,这篇文章的重点材料竟然是"猜测"、讥讽二十九军大刀队英勇抗日。但是如果联系"五卅惨案"中鲁迅撇开民族主义来谈"文明"问题的态度,我们就能理解鲁迅的特异思想了。

鲁迅早期主张中西文化的融合,在《文化偏至论》中提出"外之既不后于世界之思潮,内之仍弗失固有之血脉,取今复古,别立新宗"③。1927年12月谈到陶元庆君的绘画时也说:"内外两面,都和世界的时代思潮合流,而又并未梏亡中国的民族性。"④但更多时候,鲁迅并非持"传统的创造性转化"的观点。一方面,鲁迅一直不遗余力地攻击"国粹""国故""读经",观点激进而尖锐,如"废汉文","不读古书","吃人"文化,两种"奴隶"时代,等等。另一方面,鲁迅是"向西转"的积极倡导者,认为要救助"衰老的国度","惟一的疗救,是在另开药方"。⑤他早期从"掊物质而张灵明,任个人而排众数"的主张出发,认为把西方文明中的"物质""众数"观念"榷取而施之于中国则非也"⑥,但后来主要担心国人不能模仿到西方文明的

① 鲁迅:《"揩油"》,见《鲁迅全集》第5卷,人民文学出版社2005年版,第270页。
② 鲁迅:《"以夷制夷"》,见《鲁迅全集》第5卷,人民文学出版社2005年版,第115页。
③ 迅行(鲁迅):《文化偏至论》,《河南》1908年第7期。
④ 鲁迅:《当陶元庆君的绘画展览时》,见《鲁迅全集》第3卷,人民文学出版社2005年版,第574页。
⑤ 鲁迅:《十四年的"读经"》,见《鲁迅全集》第3卷,人民文学出版社2005年版,第139页。
⑥ 迅行(鲁迅):《文化偏至论》,《河南》1908年第7期。

真义。他对西方文化的中国化情形颇为不满，感叹"可怜外国事物，一到中国便如落在黑色染缸里，无不失了颜色"[1]。中国人"并非将自己变得合于新事物，乃是将新事物变得合于自己而已"[2]，"化为济私助焰之具"，"此弊不去，中国是无药可救的"[3]。他认为西化是一项系统工程，"外来的东西，单取一件，是不行的，有汽车也须有好道路，一切事总免不掉环境的影响"[4]。

当西化与民族主义相冲突时，鲁迅选择的是西化。"五卅惨案"发生后，鲁迅在《忽然想到》（十节至十一节）中把这一帝国主义的暴力事件转换为对"文明"的思考。"五卅惨案"在上海乃至全国激起了强烈的反殖、排外、抵制洋货的运动，是民族主义意识全面觉醒的标志性事件。但鲁迅担心反殖、排外的民族主义情绪会把"西方文明"一起排掉[5]，因此，他所采取的基本立场不是反帝、排外的民族主义，而是借此表达对西化前景的担忧。在文中，他以反向推导的方式，得出英国给中国带来了一些"真文明"："上海的英国捕头残杀市民之后，我们就大惊愤，大嚷道：伪文明人的真面目显露了！那么，足见以前还以为他们有些真文明。"[6]并认为"英国究竟有真的文明人存在"[7]。为了进一步确立这一观点，鲁迅以中国内部的屠杀来佐证："中国有枪阶级的焚掠平民，屠杀平民，却向来不很有人抗议。莫非因为动手的是'国货'，所以连残杀也得欢迎；还是我们原是真野蛮，所以自己杀几个自家人就不足为奇呢？"既然"自家相杀"，也就难免

① 鲁迅：《随感录（四十三）》，《新青年》1919 年第 1 期。
② 鲁迅：《补白》，见《鲁迅全集》第 3 卷，人民文学出版社 2005 年版，第 109 页。
③ 鲁迅：《偶感》，见《鲁迅全集》第 5 卷，人民文学出版社 2005 年版，第 506 页。
④ 鲁迅：《现今的新文学的概观》，见《鲁迅全集》第 4 卷，人民文学出版社 2005 年版，第 136 页。
⑤ 鲁迅 1934 年发表的《从孩子的照相说起》也表达了这种担忧："因为多年受着侵略，就和这'洋气'为仇；更进一步，则故意和这'洋气'反一调。"
⑥ 鲁迅：《忽然想到》，见《鲁迅全集》第 3 卷，人民文学出版社 2005 年版，第 97 页。
⑦ 鲁迅：《忽然想到》，见《鲁迅全集》第 3 卷，人民文学出版社 2005 年版，第 95 页。

为异族所打。① 如此类比和推论，近似于帝国主义关于西方文明／殖民与中国传统／野蛮的观念。清末的梁启超还分不清殖民与西方文明的界限，故偏激地认为："苟能自强自优，则虽翦灭劣者弱者而不能谓为无道。何也？天演之公例则然也。我虽不翦灭之，而彼劣者弱者终亦不能自存也。以故力征侵略之事，前者视为蛮暴之举动，今则以为文明之常规。"② 这种进化论与殖民政策合谋的论调，在清末就已被批判："呜呼！斯欧美人所以挟至惨极酷之殖民政策，役其人，占其产，窨其生命。巨慝滔天，讼而得直。哲学家为之揭爰书曰：适者固宜尔也。"③

如果不涉及殖民暴力事件，史书美的观点可以用来为鲁迅的西化观念辩护：启蒙知识分子把"西方"区分为"都市西方（西方的西方文化）和殖民西方（在中国的西方殖民者的文化），在这种两分法中，前者被优先考虑为需要仿效的对象，同时也就削弱了作为批判对象的后者。通过这种两分，知识分子可以倾向西化却不会被看成是一个卖国贼，他变成了民族主义者／卖国贼两分之外的第三种人。"④ 然而，史书美同时指出，"通过文化启蒙话语来遮蔽殖民现实的做法正是半殖民文化政治的地区性特征"⑤。在半殖民地中国，其实很难脱离民族主义来谈论"文明"问题，在文明／殖民与民族国家尖锐对抗的事件中，文化上的西化观念往往需要暂时避让政治民族主义，或者与政治民族主义结盟，既提倡"都市西方"，又批判"殖民西方"，而不是在谅解"殖民西方"的前提下提倡"都市西方"。

鲁迅一再坚持认为"要别人承认是人，总须在自己本国里先争得人格。否则此后是洋人和军阀联合的吸吮，各处将都和香港一样，或

① 鲁迅：《忽然想到》，见《鲁迅全集》第3卷，人民文学出版社2005年版，第97页。
② 中国之新民（梁启超）：《论民族竞争之大势》，《新民丛报》1902年1月15日。
③ 时造：《论殖民政策（本社撰稿）》，《东方杂志》1905年第9期。
④ ［美］史书美：《现代的诱惑：书写半殖民地中国的现代主义（1917—1937）》，何恬译，江苏人民出版社2007年版，第43页。
⑤ 同上。

更甚的"①。不过，殖民暴力加剧了民族内部的压迫，同时，殖民暴力也不会因为内部压迫的消失而自动终止，这实际上涉及公民的国家与民族的国家的关系问题。从殖民地、半殖民地国家的历史看，只有先成为独立自主的"民族的国家"，才能进一步发展为"公民的国家"和"人之国"。而"民族的国家"只有通过反殖民才能实现。

　　本章讨论鲁迅与"西崽"的问题，却旁逸斜出，转而说到中外冲突中鲁迅的态度，看似跑题，实则不然。鲁迅对"西崽相"的鞭挞，所持的就是民族主义的钢鞭。"政治上的反帝斗争，往往被认为是反殖斗争的同义语"，"反殖运动在文化层面上的诉求，往往就是民族主义"。② 但鲁迅不是把民族主义用于反殖民事件，而是用于民族国家的自我批判和对欧化的知识分子的批判。张福贵认为："民族主义的社会功能是与一定的历史境遇分不开的，国家和民族危亡之际，民族主义思想可以凝聚人心同仇敌忾，势必具有现实的合理性和必要性。然而，愈是在这样一种情境下，世界主义思想才愈是不可或缺的。这不仅体现出一个民族的胸怀和视野，而且也决定着一个民族性格的构成和文化发展的方向。吸收和坚守这一思想，是促使传统文化尽快转型和世界影响力扩大的最佳途径。"③ 如果脱离鲁迅在国家冲突事件中的具体反应，脱离中国的半殖民地语境来看，那么，从这一观点出发对鲁迅所作出的辩护，是极有眼光和说服力的。然而，鲁迅对事件的解说，与"致人性于全"并无关系，他所使用的是民族政治话语，而不是有关"立人"的思想话语。由于鲁迅面对中国的半殖民地境遇，他的民族主义和世界主义的矛头基本上是内指的，指向国内的执政府、统治阶级以及帝国主义的帮凶，因此，"西崽"就成了鲁迅加以

① 鲁迅：《〈"行路难"〉按语》，见《鲁迅全集》第 8 卷，人民文学出版社 2005 年版，第 245 页。
② 罗永生：《导言：解殖与（后）殖民研究》，见许宝强、罗永生选编：《解殖与民族主义》，中央编译出版社 2004 年版，第 2 页。
③ 张福贵：《鲁迅"世界人"概念的构成及其当代思想价值》，《文学评论》2013 年第 2 期。

批判的恶名。

半殖民地中国领土主权的基本完整，使得"反传统的民族主义"和"西化"的文明观都有"民族国家"作为凭借。鲁迅把本民族看作一系列负面品质的汇聚，由此把帝国主义的残暴事件转化为要求文明进步的话语表述。我们既可以从半殖民地中国的文化语境出发，把它解释成包含深层次矛盾的"东方型民族主义"，也可以从"维护经典与传统的'原教旨的民族主义'"出发，把它看作"西崽"人格的表现。

四、鲁迅、林语堂关于"西崽"的论争

鲁迅、林语堂在北京和厦门时期是文坛盟友，到上海后两人之间的裂隙越来越大，最终闹翻，这主要是性格差异和观念分歧所致。正如王兆胜指出的，受基督教文化影响的林语堂，最终不能忍受鲁迅的"多疑"和"霸气"，鲁迅站在"文学的社会政治功能"角度批判林语堂的小品文和幽默观，也与林语堂从"文学性功能"看待文学大相径庭。[1] 两人冲突的高潮便是关于"西崽"的论争。林语堂写了《今文八弊》，鲁迅随后以《"题未定"草》来回击。

林语堂的《今文八弊》分上、中、下三个部分先后刊登在《人间世》半月刊上，上、中两部分发表后，鲁迅即写了《"题未定"草》一至三予以回应，故下面讨论鲁、林二人关于"西崽"问题的交锋，只介绍《今文八弊》的上、中两部分。《今文八弊》为林语堂有感于 20 世纪 30 年代中国文坛的种种弊端而写，林语堂写作此文不仅秉持"以箴其失"的态度，而且还提出了"救之之道"。《今文八弊（上）》[2] 为

---

[1] 王兆胜：《林语堂与鲁迅的恩怨》，《江汉论坛》2002 年第 9 期。
[2] 林语堂：《今文八弊（上）》，《人间世》1935 年第 27 期。

提出问题的部分，在这一部分，林语堂阐述了中国文化"东壁打到西壁"的纷乱浮躁："国中的思想忽而复古，忽而维新"，"各有成见派别"，"乱嚷乱滚不得安静"，文化观念迷乱，"只有冲突，没有调和"，难以"融会古今，贯通中外"。"东壁打到西壁"的文化观念影响到文学，带来了"今文八弊"，《今文八弊（中）》①阐明了前四种：（一）方巾作祟，猪肉熏人；（二）随得随失，狗逐尾巴；（三）卖洋铁罐，西崽口吻；（四）文化膏药，袍笏文章。"今文八弊"的指陈，既是林语堂对左翼阵营一年来的批判的总回击，也是对自己提倡幽默、小品文的辩护。结合鲁迅在上海的生活体验和创作经历，可以发现林语堂所指陈的 30 年代文坛的四个弊端，好些方面或明或暗对鲁迅构成了嘲讽，如：怕落伍，赶时髦，否定中国文化，"耻为华人"，对革命文学（无产阶级文学）的态度前后不一，"门户之见"，"动辄以救国责人"。有些方面，鲁迅可能难以辩驳。因此，鲁迅对林语堂的反驳，只是避重就轻，并没有真正回应林语堂措辞尖锐的指责。从另一个角度来说，林语堂与鲁迅对"西崽"的看法，同大于异，因此鲁迅也没必要一一加以辩驳。

鲁、林关于"西崽"问题的交锋，充满了火药味。与林语堂从文化上、文学上揭批左翼文人的"西崽"心态不同，鲁迅在《"题未定"草》中所作的是道德人格、民族政治上的指控。尽管林语堂在《今文八弊》中声言"大家都是黄帝子孙，谁无种族观念？"②但仍被鲁迅扣上了近似"卖国文人"的"西崽相"的帽子。林语堂对"西崽"文人的批评，主要指向竞角摩登、仿效西洋和鄙弃传统、耻为华人的洋奴心态。鲁迅的反驳建立在所引《今文八弊（中）》两处文字的基础上。第一处文字为"（三）卖洋铁罐，西崽口吻"这部分的最后三句话，其实从中也没有引申出有力的辩驳，只是以之作为引子，引出作为职

① 林语堂：《今文八弊（中）》，《人间世》1935 年第 28 期。
② 林语堂：《今文八弊（上）》，《人间世》1935 年第 27 期。

业的西崽——会说英文，以服侍洋东家为职业，同时又是"匡粹家"，装扮华洋结合，再由此转向关于"西崽相"的阐发：

> 西崽之可厌不在他的职业，而在他的"西崽相"。这里之所谓"相"，非说相貌，乃是"诚于中而形于外"的，包括着"形式"和"内容"而言。这"相"，是觉得洋人势力，高于群华人，自己懂洋话，近洋人，所以也高于群华人；但自己又系炎黄帝，有古文明，深通华情，胜洋鬼子，所以也胜于势力高于群华人的洋人，因此也更胜于还在洋人之下的群华人。租界上的中国巡捕，也常常有这一种"相"。
>
> 倚徙华洋之间，往来主奴之界，这就是现在洋场上的"西崽相"。①

鲁迅在这里对"西崽"的阐释，与林语堂以及其他作家的看法有类同之处，那就是"西崽"兼有崇洋媚外和重视国粹的特性，其出彩之处在于"倚徙华洋之间，往来主奴之界"这一经典表述。不同之处是鲁迅所塑造的"西崽相"不仅在华人面前自大，也在洋人面前自大，其他作家笔下的"西崽"则既自大（对华人）又自卑（对洋人）。但紧接着，鲁迅从历史中扒出"事大"这一特性，添入"西崽相"的内涵中。"自大"与"事大"的结合，是鲁迅对"西崽相"内涵的独特解读。不过，《"题未定"草》行文至此，对林语堂指责左翼文人为"西崽"的反驳，显得力量不够。往高处说，可以解释为鲁迅赋予了"西崽相"普遍性的文化内涵；单就论争而言，鲁迅还是在外面绕圈子，未能真正回应林语堂对左翼"西崽"的批判。

鲁迅引用的《今文八弊》的第二处文字为"（二）随得随失，狗逐尾巴"这一部分的最后三句：

---

① 鲁迅：《"题未定"草》，《文学》1935 年第 1 期。

（今人所要在不落伍，在站在时代前锋，而所谓站在时代前锋之解释，就是赶时行热闹，一九三四年以一九三三为落伍，一九三五又以一九三四为落伍，而欧洲思想之潮流荡漾波澜回伏，渺焉不察其故，自己卷入漩涡，便自号为前进。其在政治，如法西斯蒂在欧洲文明进化史上为前进为退后，都未加以思考。）其在文学，今日介绍波兰诗人，明日介绍捷克文豪，而对于已经闻名之英美法德文人，反厌为陈腐，不欲深察，求一究竟。此与妇女新装求入时一样，总是媚字一字不是，自叹女儿身，事人以颜色，其苦不堪言。此种流风，其弊在浮，救之之道，在于学。

鲁迅的引用属于断章取义，括号（笔者所加）里的文字鲁迅并未引述。林语堂的这些文字主要指向怕落伍而盲目追赶外国潮流的文坛风气，而鲁迅把表意的"帽子"摘了，专在"波兰诗人""捷克文豪"与"英法美德文人"的关系上做文章，抓住了林语堂论述的漏洞。由此，鲁迅既避开了直接回应"不落伍"问题，又可以现身说法，声明"介绍波兰诗人"是多年前的事了，暗示与赶时髦无关，也就与"媚"无关。紧接着，鲁迅以"借题发挥"的论辩技巧，把译介外国文学的问题转换为民族国家的政治问题：

诚然，"英美法德"，在中国有宣教师，在中国现有或曾有租界，几处有驻军，几处有军舰，商人多，用西崽也多，至于使一般人仅知有"大英"，"花旗"，"法兰西"和"茄门"，而不知世界上还有波兰和捷克。但世界文学史，是用了文学的眼睛看，而不用势利眼睛看的，所以文学无须用金钱和枪炮作掩护，波兰捷克，虽然未曾加入八国联军来打过北京，那文学却在，不过有一些人，并未"已经闻名"而已。外国的文人，要在中国闻名，靠作品似乎是不够的，他反要得到轻薄。

所以一样的没有打过中国的国度的文学，如希腊的史诗，印度的寓言，亚剌伯的《天方夜谈》，西班牙的《堂·吉诃德》，纵使在别国"已经闻名"，不下于"英美法德文人"的作品，在中国却被忘记了，他们或则国度已灭，或则无能，再也用不着"媚"字。①

由此，鲁迅把林语堂抛出的"西崽"的"媚"和"奴"的恶名加以升级，奉还给了林语堂。平心而论，林语堂对左翼"西崽"的论述，尽管措辞激烈，仍属对文坛具体状况的针砭和对自我文学观念的辩护，而鲁迅的反驳则超越了文化、文学论争的界限，借用了超强的民族政治话语，最终营构出林语堂"认敌为亲"或"为王前驱"的"西崽相"。

五、批判"西崽"与释放文化焦虑

对鲁迅、林语堂等作家作出是否属于"西崽"的论断，并没多大意义。因为半殖民地中国的文化语境，几乎在所有作家身上或浓或淡地抹上了"西崽"的痕迹。这就出现了"西崽"批判"西崽"的现象。表面看来，操持此话语的知识分子将陷入"五十步笑百步"的尴尬境地，但实际上，知识分子通过批判策略的选择，回避了批判者的身份错位所带来的尴尬。一是启蒙话语赋予了知识精英言说的正义性。在半殖民地中国，"西崽"穿梭在华洋之间，是中西文化在表层进行混杂的产物，知识分子便以思想启蒙的名义，立足于一端——中华的立场或彻底西化的立场，对"西崽"新旧合污的文化人格进行批判。二是知识精英占据了国族立场和道德批判的制高点。在民族大义和道德

---

① 鲁迅:《"题未定"草》,《文学》1935 年第 1 期。

武器的审判之下，知识精英以高高在上的姿态俯瞰"西崽"，而他们自身似乎成了不被殖民现实玷污的民族主义者或正宗西化者。对"西崽"的批判，也是知识分子自身的殖民性焦虑的释放，包括对"以夷变夏"的惶恐，对"酱缸文化"的担忧，对殖民权势的拒斥和对中外主奴关系的忧愤。总之，"西崽"是半殖民地中国文化人格的典型形态，对之构型所采用的话语，同样植根于半殖民地中国的文化语境，释放的是半殖民地中国的文化焦虑，最终通达的是现代民族国家的愿景。

近代中国的文化转型，在清末民初有着中国与西洋的界分，"西洋文明"作为一种令人既爱又恨的文明被知识分子加以倡导，并被置于中西二元框架中来认知，作为中西文化混杂产物的"西崽"成为华夏中心主义、种族革命观念和仇洋心理的泄愤对象。五四时期，带有殖民色彩的"西洋文明"在启蒙视野下转换为"现代文明"，西与中的文化关系在认知中转换为新与旧的关系，知识精英一心提倡西化，自然不会对与"洋"沾边的"西崽"说三道四。五四之后，知识精英开始从"现代"的角度反思殖民色彩的"西洋文明"，民族意识的张扬和民族传统的复兴也加剧了对西方殖民的不满，"西崽"在这种文化语境和心态中被再一次推向审判席。因此，"西崽"除了在五四文学中处于缺席状态，其他时期构设的"西崽"都属于中西合污的人物，成为文化保守主义者和文化激进主义者、西化立场者和民族主义者、阶级论者和反殖民者共同指责的对象。

"西崽"不仅被当作半殖民地中国的一种文化人格，也被当作道德武器加以运用。林语堂和鲁迅相互攻击对方为"西崽"，都带有将其作为道德武器和攻击手段加以运用的成分。1925年鲁迅写道：

> 我觉得中国人所蕴蓄的怨愤已经够多了，自然是受强者的蹂躏所致的。但他们却不很向强者反抗，而反在弱者身上发泄……

或者要说，我们现在所要使人愤恨的是外敌，和国人不相干，无从受害。可是这转移是极容易的，虽曰国人，要借以泄愤的时候，只要给与一种特异的名称，即可放心剚刃。先前则有异端，妖人，奸党，逆徒等类名目，现在就可用国贼，汉奸，二毛子，洋狗或洋奴。①

把半殖民地中国的民族主义怨愤转移到同胞身上，屡见不鲜。现代作家对"西崽"的批判，很大程度上也带有这种色彩，"西崽"成了中国半殖民地境遇的替罪羊，无论文化保守主义者，还是激进的西化知识分子，都对古老的、民族的中国在遭遇现代的、殖民的西方后所产生的中间物"西崽"心怀不满。攻击鲁迅的文人，常用此招。鲁迅也深谙此道。他批判林语堂等高等华人的"西崽相"时，夹枪带棒，关于外国文学译介问题的解说夹杂着"八国联军"侵华、黄浦江中的外国军舰之类的殖民史实，暗示西崽文人是殖民帝国的帮凶和奴才，是"里通外国"的汉奸；批判"民族主义文学"时，把"民族主义文学家"说成是"帝国主义"的"奴才""鹰犬"，所作所为于帝国主义有益，他们是"为王前驱"，"根本上只同外国主子相关"。②对于半殖民地中国而言，"中国人最强烈的感情是痛恨外国人"，而"中国最有力的行动是崇拜外国人"。③这就注定了中国文化的发展在民族化与西化之间摇摆，难以简单解决其"深层次的矛盾"："'它对被模仿的对象既模仿又敌对'。它模仿，因为它接受外国文化所设定的价值观。但它也拒绝，'事实上有两种拒绝，而两者又是自相矛盾的：拒绝外国入侵和统治者，却以他们的标准模仿和超越他们；也拒绝祖先的

---

① 鲁迅：《杂忆》，见《鲁迅全集》第 1 卷，人民文学出版社 2005 年版，第 238 页。
② 鲁迅：《"民族主义文学"的任务和运命》，见《鲁迅全集》第 4 卷，人民文学出版社 2005 年版，第 319—322 页。
③ [美] 威尔·杜兰：《革命与更新》，见姜义华等编：《港台及海外学者论近代中国文化》，重庆出版社 1987 年版，第 63 页。

方式，它们既被视作进步的阻碍，又被作为民族认同的标记'。"①"西崽"也是这一"深层次的矛盾"的产物之一。

现代文坛虽然分为新与旧、中与西、日俄派与欧美派等文化阵营，但是，无论知识分子持激进还是保守姿态，都试图在现代化与殖民化、西化与民族化之间寻求解决方案。因此，我们在评析、理解现代作家的中西、新旧文化论争时，在讨论"西崽"现象和评论"谁是西崽"的问题时，尤其是在涉及民族主义超强话语的使用时，只有回到现代中国的半殖民地半封建社会语境，才能作出理性的解读。

---

① ［印］帕尔塔·查特吉：《民族主义思想与殖民地世界：一种衍生的话语?》，范慕尤、杨曦译，译林出版社 2007 年版，第 2 页。

第二编
租界里的现代中国文学

第四章　革命咖啡店与上海的文学风尚

　　把"革命"与"咖啡"拉扯在一起，多少有点匪夷所思，毕竟革命的狂飙突进、血雨腥风与咖啡馆的优雅闲适、浪漫情调难以兼容。然而，在租界化上海的革命文人身上，革命与咖啡能够奇异地组合在一起。1928年的上海公共租界，就出现了这么一家咖啡馆，"洋楼高耸，前临阔街，门口是晶光闪灼的玻璃招牌，楼上是'我们今日文艺界上的名人'，或则高谈，或则沉思，面前是一大杯热气蒸腾的无产阶级咖啡，远处是许许多多'龌龊的农工大众'，他们喝着，想着，谈着，指导着，获得着"①。这家咖啡馆，就是被鲁迅戏称为"革命咖啡店"的公啡咖啡馆。

　　有"左联摇篮"之美誉的公啡咖啡馆，坐落于多伦路。

　　笔者与多伦路的初次相逢是在多年前。那时为了做博士论文，笔者手持地图，穿行于上海的大街弄堂，寻访租界的建筑遗迹，感受租界的历史氛围。在一个秋日的上午，笔者探访完山阴路上的鲁迅故居，转到了多伦路。抬头一望，一座欧式风格的街门矗立在街口，门上凸出的"多伦路文化名人街"灰暗的字体，在阳光的照射下，亦难以掩饰其洋场怀旧情调。走进街门，漫步在大理石铺就的街面上，满目爬满青藤的小洋楼，街上飘散着20世纪30年代的老歌。在店铺里，月份牌上的女郎风情万种地顾盼着，留声机静静地留在柜台上，一台

---

① 鲁迅：《革命咖啡店》，见《鲁迅全集》第4卷，人民文学出版社2005年版，第117页。

老式电话下压着许多旧杂志、旧海报……这一切，都散发着陈旧而鲜活的洋场气息。

多伦路是有历史的。在这里，既有国民党政要孔祥熙、白崇禧和汤恩伯的三座公馆，也有中华艺术大学故址和中华艺术剧社故址。多伦路还是左联活动的大本营。1930 年 3 月 2 日，中国左翼作家联盟成立大会在中华艺术大学召开。左翼作家鲁迅、郭沫若、茅盾、叶圣陶、冯雪峰、丁玲曾在多伦路一带寓居，夏衍、田汉、瞿秋白、周扬、柔石、潘汉年、孟超、叶灵凤等左翼作家也在这条街上留下了自己的身影。正如那座中西合璧的教堂鸿德堂一样，多伦路的文化空间中西交融，在 20 世纪 30 年代容纳着持有各种信仰、政见、趣味的中外人士，显得丰富而驳杂，是租界化上海的一个缩影，坊间有着"一条多伦路，百年上海滩"的说法。

左联成员的文学活动，赋予了多伦路"现代文学重镇"的地位。要理解旧上海的文化与文学个性，多伦路是一个窗口。如果要窥探 20 世纪 30 年代上海的文学风貌，多伦路这个窗口似乎还大了点，再小点，就是"革命咖啡店"了。

"革命咖啡店"的戏称是因鲁迅的一篇同名文章而传播开的。这篇文章写于 1928 年，在文中，鲁迅否认自己上过"革命咖啡店"。那时，他正承受着创造社郭沫若、成仿吾、叶灵凤等人的攻击，陷于"革命文学"论争的烦扰中。为了撇清与革命文学派的关系，他对"革命咖啡店"事件进行了辩解：第一，他不喝咖啡，觉得咖啡是洋大人所喝的东西，不喜欢，还是绿茶好；第二，可以高谈革命，兼看舞女使女的咖啡店乐园，"满口黄牙"的他是不敢上去的，革命文学家，要年青貌美，齿白唇红，如潘汉年叶灵凤辈，才是乐园的人选；第三，他这个"落伍者"与新锐的创造社作家是决不会坐在一屋子里的。①

---

① 鲁迅：《革命咖啡店》，见《鲁迅全集》第 4 卷，人民文学出版社 2005 年版，第 118 页。

鲁迅的话中有嘲讽，也有真意。在鲁迅对"革命咖啡店"的指述中，我们体会到租界文化对作家的筛选，也体会到租界文化对革命文学家的侵蚀，对左翼文学风貌格调的制约。要理解这一点，先得弄清旧上海的文化特性。

上海是一个因租界而繁荣的城市。鸦片战争之前的上海是一个县城，1845年英国人把外滩的一片荒地划为租界，以便进行中外贸易。紧跟着，美国人、法国人也来了，都建了自己的租界。谁也没想到，租界像波斯地毯一样铺开去，越拓越宽，最终成了名副其实的"十里洋场"。

民国时期的上海包括公共租界、法租界和华界三个区域。公共租界和法租界就是所谓的十里洋场，掌控在外侨手中，实行的是西方的市政管理制度，外侨感觉走进租界，就好像进入他们"自己的城镇"①。租界的现代景象对华界的传统景观，既构成了巨大的威胁，也显示出无限的诱惑。华界在民族的屈辱感和压迫感中，逐步对租界城市景观和市政制度进行仿效甚至移植：拓宽马路，安装电灯，开通有轨电车，颁布条例，组织有关管理委员会，开办新式学校，传播西方理念……最终，上海成了租界化的上海。租界化的上海华洋杂居，新旧交错，中西文化杂糅，充斥着拜金主义的观念，弥漫着色情的味道。租界化的上海是造在地狱上面的天堂，贫富悬殊，扩散着阶级对立的情绪。占租界人口比例最大的，是男性青年市民，租界是青年人的文化殖民地，租界文化具有冒险、前卫、时尚、日新月异的特征，适合青年人的胃口。生活在租界中的青年作家，往往敏感浪漫，带有小资情调，在民族意识与殖民意识的双重压迫下，心里充满了愤懑，容易接受各种激进的思想观念和文学思潮。

在上海的租界文化氛围中，只喝绿茶的鲁迅显得有点不合时宜，

---

① 《1886年的上海：租界见闻》，见郑曦原编：《帝国的回忆：〈纽约时报〉晚清观察记》，当代中国出版社2007年版，第62页。

他的怕落伍和对咖啡的不接受，流露出面对租界环境的焦灼和不适。有意思的是，左联成立后，鲁迅也多次去公啡咖啡馆，与周扬、田汉、冯乃超、蒋光慈等坐到一起讨论左联的事宜。但喝咖啡与喝绿茶到底趣味有别，最终，鲁迅与周扬等人的关系弄得有点紧张，并影响到 1936 年左联内部的"两个口号论争"（"国防文学"与"民族革命战争的大众文学"口号的论争）。

鲁迅不适应租界文化的氛围，感叹"到上海后，即做不出小说来，而上海这地方，真也不能叫人和他亲热"[1]。然而，摩登的青年作家则如鱼得水。新感觉派作家施蛰存回忆和穆时英、刘呐鸥的生活状态时坦言："我们是租界里追求新、追求时髦的青年人。你会发现，我们的生活与一般的上海市民不同，也和鲁迅、叶圣陶他们不同。我们的生活明显西化。"[2]是的，鲁迅在上海洋场还坚持穿长袍，以致被电梯里的 boy 视为可疑之人，被药房里小伙计瞧不起。叶圣陶在上海弄堂里还惦记着种花弄草，甚至跑到郊外买了棵柳树，挖开天井的水泥地，种了下去，在拥挤的大都市构筑了小片自然。[3]与摩登文人的生活状态相比，他们显得太乡土了。摩登文人一天的生活往往这样安排：每天上午，待在屋里聊天、看书、写文章、译书；午饭后，睡一觉；三点钟，到虹口游泳池去游泳，在四川路底一家日本人开的店里饮冰；晚饭后，到北四川路看七点钟开场的电影，看过电影，再进舞场玩到半夜才回家。[4]穆时英后来甚至娶了一个大他几岁的舞女回家。自然，洋场气息影响到了他们的创作。刘呐鸥的小说擅长表现都市男女对物欲生活的迷恋，以及被都市所异化的灵魂；穆时英的小说乐于聚焦上海的咖啡馆、夜总会、电影院、酒吧、跑马厅等娱乐场所，捕

---

① 鲁迅：《书信·341206 致萧军、萧红》，见《鲁迅全集》第 13 卷，人民文学出版社 2005 年版，第 279 页。

② 张芙鸣：《施蛰存：执着的"新感觉"》，《社会科学报》2003 年 12 月 4 日。

③ 《叶圣陶散文选集》，百花文艺出版社 1992 年版。

④ 施蛰存：《我们经营过三个书店》，见《沙上的脚迹》，辽宁教育出版社 1995 年版，第 12 页。

捉都市人颓废敏感的心理，描写光怪陆离的都市生活；施蛰存则嗜好进入历史与现实人物的隐秘心理，表现人物不可遏止的潜在欲望。

出入"革命咖啡店"的革命文学家，虽然不像新感觉派作家那么摩登时髦，但同样"年青貌美，齿白唇红"[1]，西装革履，有着适应十里洋场的文化胃口，习惯了咖啡的口感。他们甚至热心于开咖啡馆。创造社的张资平曾打算开咖啡馆，桌子沙发都订造好了，只是不知什么缘故没开成。后来这批桌子沙发被创造社的周全平借去，在书店的楼上开了一家咖啡馆，只是时间不长。田汉创办的南国书店也附有一间咖啡馆。上海的青年作家为什么如此钟情于咖啡馆呢？《文艺咖啡》一文给了我们答案："革命咖啡店"里面雇用了女招待，引得一般多情敏感的新文艺作家趋之若鹜，大家都想到这里获得一些灵感，尤其是革命文学家如蒋光慈、叶灵凤等，更是每天必到的，甚至还不知不觉把他们从咖啡馆得来的现实生活体验，写进作品中。[2] 田汉以公啡咖啡馆为背景，创作了话剧《咖啡店之一夜》，创造社诗人王独清在《我从 Café 中出来》中倾诉着："我从 Café 中出来，/ 在带着醉 / 无言地 / 独走，/ 我底心内 / 感着一种，要失了故国的 / 浪人底哀愁……"[3]

革命与咖啡、女招待组合而成的话语情境，让我们不难理解1928 年的革命文学为什么陷入了"革命＋恋爱"的故事模式。确实，租界文化语境既膨胀了青年作家的情爱欲望，也激发、放大了他们的民族意识和阶级革命观念，"革命＋恋爱"为上海的作家和读者提供了一种快意的故事模式，风靡一时。

坐在公啡咖啡馆讨论左翼文学运动并不是作秀。选择公啡咖啡馆，是因为它是一个犹太人开的店，位于公共租界边缘，较为安全，

---

① 鲁迅：《革命咖啡店》，见《鲁迅全集》第 4 卷，人民文学出版社 2005 年版，第 118 页。

② 史蟫：《文艺咖啡》，《文友》1944 年第 10 期。

③ 周良沛编选：《王独清卷》，长江文艺出版社 1988 年版，第 24 页。

且离鲁迅、夏衍、茅盾等人的住所较近。不过，租界化上海在作家身上所赋予或强化的小资情调，也是左翼作家进入咖啡馆的原因。因为左翼文人的频繁进入，多伦路上的公啡咖啡馆也就有了文学的气息，有了革命的意义。

左翼文人不是因为喜欢喝咖啡而汇聚上海，而是因为，在中国，注定只有上海，才能成为左翼文学的诞生地。相对自由的语境、规模庞大的产业工人群体、颇有声势的资产阶级阶层、激进冒险的风气、贫富的巨大反差、民族意识的高涨等因素，决定了上海与中国左翼文学之间的连带关系。

不管怎么说，在十里洋场创作左翼文学，多少会带来一些问题。20世纪二三十年代的上海租界，一派畸形繁荣的景象。摩登、洋化、金钱、享乐、奢靡、亢奋、颓废、冒险、刺激、浪漫、肉欲、自由、压迫、失业、革命和暴乱等语词，调配出了这个城市斑驳离奇的色调。从事左翼文学创作的作家，大部分还是顶着小资产阶级知识分子、"浪漫文人"、咖啡店里阔谈的"革命文学家"、"跳舞场里的前进作家"[1]这些充满戏谑调侃的称号。这些称号共通的特性就是"小资情调"，也就是30年代上海流行的《玫瑰玫瑰我爱你》《何日君再来》《夜上海》等歌曲传达出来的那种情调。小资情调是一种生活姿态，一种精神状态，一种文化立场，一种审美观念。个人主义、浪漫主义、多愁善感的小资情调，与左联的文艺理念之间存在明显的鸿沟。虽然左联期望作家完成自身的改造，但愿望和现实的弥合不是一蹴而就的。租界里的左翼作家用洋场社会的心灵之镜，来照亮无产阶级的世界，必然会给创作带来一些问题，在思想倾向、人物调配、结构组织、风格预设、语言选择、细节安排、详略处理等方面，偏离左翼文学的标准，留下了一些不可避免的病症。我们不妨来感受一下左翼作家郑伯奇的散文《深夜的霞飞路》的开头三段：

---

① 张谔：《现代中国作家群》，《文艺画报》1934年第2期。

　　霞飞路是摩登的，摩登小姐和摩登少爷高兴地说。

　　霞飞路是神秘的，肉感的，异国趣味的，自命为摩登派的诗人文士也这样附和着说。

　　是的，霞飞路有"佳妃座"，有吃茶店，有酒场，有电影院，有跳舞场，有按摩室，有德法俄各式的大菜馆，还有"非摩登"人们所万万梦想不到的秘戏窟。每到晚间，平直的铺道上，踱过一队队的摩登女士；街道树底，笼罩着脂粉的香气。强色彩的霓虹灯下，跳出了爵士的舞曲。这"不夜城"，这音乐世界，这异国情调，这一切，都是摩登小姐和摩登少爷乃至摩登派的诗人文士所赏赞不置的。因此，霞飞路就成了诗的材料，小说的材料，乃至散文随笔的材料。据说，为他们，霞飞路是特别有艺术的氛围气。①

　　这几段文字营造了摩登上海的城市氛围，乍一看，读者会以为这篇作品是叙述霞飞路的异国情调和摩登人士的颓荡生活。看到后文，才明白要表达的是上层阶级的末日危机和无产阶级的革命力量。《深夜的霞飞路》的文体风格是小资情调的，显得气韵舒缓、绵软婉约、曲折有致，适合忧郁多情的海派浪漫文人或中西女校毕业的资产阶级太太在秋日的黄昏阅读。如果把这篇散文拿到奏着华尔兹旋律的百乐门或灯光暗淡的咖啡厅轻声朗诵，也许很合气氛。《深夜的霞飞路》华美浓艳的文体风格和轻婉哀叹的情绪节奏，不符合左联的要求，与作品所要表达的革命主题不协调，"粗暴"的革命主题穿上柔滑抒情的华美服装，有点不伦不类。这类偏离左联要求的文学表达方式，是租界左翼作家经常犯的"错误"。

　　但是，租界作家的生活方式、文化视野、文学积淀和审美趣味，能够赋予左翼文学另外一些动人的品性，如：左翼作品流淌着热辣辣

<hr>

① 郑伯奇：《深夜的霞飞路》，《申报·自由谈》1933 年 2 月 15 日。

的生命体验和身体欲望，充满了激烈的灵与肉的冲突，在灵魂的撕裂中升腾出动人心魄的文学感染力；小资情调以华美忧伤的文体风格，给粗暴的左翼故事增添了蕴藉的文化气息；左翼作家在文本中贯注了叙事的热情，自由地挥发才情，大胆地进行形式探索。虽然探索期成功的左翼文学作品并不多，但是生命情欲对文本的热烈拥抱，社会理论知识对个体生命存在状态的深层关注和对灵魂分裂的深度透视，产生了《子夜》这样的经典作品。

有什么样的城市，就会产生什么样的文学。不光左翼文学的风貌格调受到租界文化的影响，近现代的诸多文学现象，如谴责小说、鸳鸯蝴蝶派、新感觉派、武侠小说、侦探小说等，都与上海有着关系，受到租界文化的制约。租界文化是现代文学不可规避的存在。

租界文化的强势作用，对现代文学的风貌格调造成了影响。现代文学从思想倾向到审美风格，或浓或淡地带有租界文化的投影，现代文学的殖民性、商业性、颓废叙事、民族意识、小资情调、欲望主题、媚俗倾向、杂糅话语、戏谑风格等方面，都能从租界文化的角度作出一些解说。

沦陷时期的张爱玲曾感叹："出名要趁早呀！"她深知，"有一天我们的文明，不论是升华还是浮华，都要成为过去"①。"我们的文明"或许是指上海的租界文明吧。在张爱玲发出感叹的几年之后，欧化的、殖民性的上海租界文明，就被社会主义文明清洗了。1949年后，咖啡馆逐渐减少，百乐门关门了，交易所停业了，商务印书馆、中华书局等出版机构搬走了，好莱坞电影不再上演，跑马场上建起了市政府大楼……上海，失去了昔日"东方巴黎"的风采，文化上的鸳鸯蝴蝶派传统被遗弃，左翼传统被放大。

时光流转，1999年10月，虹口区政府大力打造的多伦路文化

---

① 张爱玲：《〈传奇〉再版序》，《张爱玲文集》第4卷，安徽文艺出版社1992年版，第107页。

名人街正式向市民开放，2000 年 1 月，公啡咖啡馆重新开张——城市中咖啡的气味越来越浓郁。但这一次，已没有"革命文学家"光顾，他们的照片贴在公啡咖啡馆的墙上，他们的故事留在了历史的光影里。

而今，在外滩，在南京路，在弄堂，在"1931"酒吧……到处弥漫着怀旧的情调。时过境迁，旧上海，似乎又以另一种方式回来了，被王安忆、陈丹燕、程乃珊、虹影、毕飞宇等作家，以纪实与虚构的方式，述说着，缅怀着。但其实，他们表现的，不过是装饰着迷人光环的上海梦影。

第五章　租界文化体验对现代小说创作的影响

　　"现代中国文学史，如果不研究上海，那是难以想像的。"① 上海在中国现代文学发展史上所具有的特殊历史地位，愈来愈为学界所重视。但是，长期以来，对于与上海有关的文学现象的言说，一直是在都市文化、海派文化的名目下进行的，没有充分考虑近现代上海最基本的文化语境——租界文化语境。上海是一个因租界而繁荣的现代都市。自 1845 年上海英租界正式辟设，到 1945 年中国政府正式收回公共租界和法租界，上海租界存在的历史刚好一百年。"近百年的上海，乃是城外的历史，而不是城内的历史，真是附庸蔚为大国，一部租界史，就把上海变成了世界的城市。"② 民国时期的上海是租界化的上海，租界语境下的上海文化，很难用海派文化或都市文化来准确全面地指称；海派文化和都市文化视角，也不能对与上海有关的许多文学现象作出合理解释；海派文化和都市文化视角照亮了一些文学景观，也留下了一些盲点。陈旭麓先生指出："研究近代上海是研究中国的一把钥匙；研究租界，又是解剖近代上海的一把钥匙。"③ 笔者认为，研究租界，同样是解剖与上海有关的现代作家小说创作的一把钥匙。

---

① 卢汉超：《霓虹灯外——20 世纪初日常生活中的上海》，段炼等译，上海古籍出版社 2004 年版，第 14 页。

② 曹聚仁：《上海春秋》，上海人民出版社 1996 年版，第 9 页。

③ 陈旭麓：《上海租界与中国近代社会新陈代谢》，见《陈旭麓学术文存》，上海人民出版社 1990 年版，第 713 页。

　　现代作家大部分有过租界生活体验。鲁迅、郭沫若、茅盾、巴金、曹禺、沈从文、徐志摩、艾青、叶圣陶、郁达夫、丁玲、萧红、萧军、柔石、沙汀、艾芜、洪灵菲、蒋光慈、孟超、殷夫、夏衍、田汉、郑伯奇、阳翰笙、张资平、刘呐鸥、施蛰存、穆时英、戴望舒、叶灵凤、包天笑、张恨水、秦瘦鸥、张爱玲、苏青等现代作家，都曾在上海租界逗留或居住过。如此多的作家涉足上海租界，究其原因，主要在于上海租界是现代文化中心，具有丰富的文学资源，租界社会为作家的生活和创作提供了自由的空间，租界的文学市场给了作家卖文为生的机遇。另外，对于进入上海租界的作家来说，他们"好像到了陌生的地方，到了一个特别的国度"[①]。租界新奇的都市景象和人事状况，对于熟悉传统社会的文人来说，无疑是一个"陌生化"的文本，能引起他们叙述的冲动；租界是文学家精神想象的兴奋点，给了他们无尽的创作灵感。租界文化语境下的上海，在一定意义上造就了20世纪30年代的鲁迅、沈从文、茅盾和40年代的张爱玲、苏青等。租界作为一个强势的文化场和富有活力的文学场，促成了鸳鸯蝴蝶小说、革命文学、左翼文学和新感觉派的兴起，并且为京派文学的兴起提供了价值参照系，隐隐约约规约了京派文学的艺术风貌和精神诉求。租界文化作为一种殖民性的现代都市商业文化，作为一种宏大的文化话语，在现代文学的思潮流派和作家的生活方式、生存体验、写作理念、话语风格、审美取向中，投下了或浓或淡的影子。要言之，租界文化是现代文学不可规避的有形或无形存在，租界文化极大地影响了现代文学的流变走向和风貌格调。

　　租界文化体验是影响现代作家小说创作的一个重要因素。沈从文曾说，他的小说只有在上海才写得出也才卖得出的；而鲁迅则说，到上海后，他即做不出小说来。租界文化体验对现代作家小说创作的影

---

① 茅盾：《我的学化学的朋友》，见《茅盾全集》第11卷，人民文学出版社1986年版，第175页。

响，具体情形非常复杂，包括催化、抑制、转向、错位、同化等多种类型。下面部分将具体分析租界文化体验影响现代作家小说创作的几种情形。

一、催化孕育

中国现代文学史上相当一部分小说现象的兴起，都与租界文化气候的影响分不开。从晚清一直延续不断的谴责小说，以揭露个人、社会的隐私和批判传统价值的象征体系受到市民的欢迎。"转入隐私趣味同进入租界时代之后的上海变得越来越不信任传统的心理有关。人们发现他们坚守的价值在更令人羡慕的生活对比下不断受挫的情形。"① 作为一种心理报复和补偿，知识分子在对社会戏剧化的嘲弄中，在对人性丑化的描述中，获得了心理平衡。市民在文本阅读中，从故事中寻找到了自我解嘲的依据，租界人文化身份的尴尬，在对自我和他人的双向讥讽中，暂时得到缓解。

鸳鸯蝴蝶派的艳情小说，张资平的三角恋爱小说，乃至"嫖妓指南"之类的色情文学泛滥的原因，首先和租界中传统礼教束缚的松弛有关。西方文明和制度的输入，使得租界相对于其他区域来说，是传统礼教的化外之区，个人很大程度上摆脱了非人性的礼教束缚，利比多有了自由释放的空间。其次，在租界里，青年男性占多数，相当一部分或者尚未婚配，或者离别妻儿父母独自来到上海谋事业。男女比例的失调，情欲的满足不能诉诸传统的婚配，形成了一个庞大的潜在男性性消费群体。性匮乏的解除，一方面可以通过寻求婚姻规则之外的性行为得到实现，所以租界的卖淫事业特别发达，另一方面可以从艳情小说的文本阅读中获得想象性的替代补偿。

---

① 李嵘明：《浮世代代传——海派文人说略》，华文出版社 1997 年版，第 66 页。

　　武侠小说和侦探小说的流行，则与租界的冒险风气有关。租界里流氓帮派的势力盘根错节，连巡捕房也要笼络他们来维持治安。因此，租界里潜藏着不稳定的暴力因素，绑票、抢劫案件层出不穷。租界是冒险家的乐园，商业投机很有市场，实业投资和金融债券市场都充满了风险。冒险、投机和风险，往往伴随着邪恶的产生。所以，租界人缺乏精神安全感。武侠小说和侦探小说，或者以江湖侠士的超群武功和侠义情怀，或者以侦探的机智聪明和法律武器，最终战胜邪恶，留下了天下正义太平的表象，以平息读者在现实生活中产生的不安定情绪，使他们获得一种精神安全感。

　　租界化的上海是 20 世纪 30 年代左翼思潮的滋生地，左翼小说的兴起与租界文化气候有密切关系。租界化的上海形成了颇有声势的无产阶级和资产阶级群体，政治气候比较自由，具有左翼小说思潮所必需的社会阶级构成模式和政治语境。而且左翼文学观念符合大部分租界作家的精神状态和租界人的文化心理。租界堕落混乱的一面，使得各个阶层普遍认为，上海再不能以这样平庸的状态存在下去了。无产阶级革命观念的出现，为各种抱怨心理指出了充满希望的前景，社会上下都把激进的社会主义理想当作一个时髦的话题来讨论。"整个 20 年代，年年频发的罢工无疑给半殖民地上海的都市空间注入了新的'摩登'含义"①，当这种"时髦"的话题、"摩登"的行动与意识形态和民族主义结合时，左翼思潮也就应运而生了。加上上海知识分子的生存环境以及拥有的现代性经验，与租界这个屈辱的名词有着不可辩驳的关系，使他们既多少濡染了受殖体验，又容易培育民族意识。受殖体验和民族意识的纠结，一直是租界作家难以摆脱的心理重负。而左翼思潮的阶级理论和政治立场，为租界作家提供了破解心理纠结的逻辑系统、观念体系以及现实力量。所以，租界作家主观上乐于以无

---

① 刘建辉：《魔都上海——日本知识人的"近代"体验》，甘慧杰译，上海古籍出版社 2003 年版，第 107—108 页。

产阶级的立场置换自己的小资产阶级立场，乐于讲述上海滩的故事。

在现代作家中，受租界文化体验的刺激催化，其小说创作进入一个新境界的典型例子要算沈从文了。沈从文自 1927 年末由北京移居上海租界，其小说创作发生了显著的变化，标志性作品是他在上海创作的第一部小说《阿丽思中国游记》。这部长篇小说的故事背景为上海租界和湘西苗乡，在西方、汉族、苗族的比较中，沈从文首次明确表达了对苗族族性的敬仰，重构了自己的文化身份，并且对租界里的西方冒险者、漫游者的殖民意识进行了深入解剖。沈从文明显颂扬苗族族性的小说，都写于《阿丽思中国游记》之后，如《龙朱》（1928年冬）、《媚金·豹子·与那羊》（1928 年冬）、《神巫之爱》（1929 年春）、《七个野人和最后一个迎春节》（1929 年 3 月 1 日）和《边城》（1934年 4 月）。可以说，是租界的体验激发了沈从文对自身族性的文化自豪感。

创作需要一种生活的情境和感悟的情境。租界文化主要不是为沈从文直接提供创作的素材，而是触发了他回忆、想象、构筑湘西世界的灵感，为他重新审视民族文化提供了思维的向度和坐标，激起他讲述的欲望。包括他对都市文化的反思，并不是在北京被触发的，而是置身于上海租界后才有的。沈从文侨居北京时创作的小说，没有把湘西边民的族性凸显出来，没有把他们的生命形式当作民族精神重造的理想形态，没有确立明晰的文化价值立场来观照。沈从文寓居上海法租界后，才"有意来作乡巴老"，开始建构"希腊小庙"供奉"人性"，开始由乡情民俗的单纯展示转向乡村都市二元对立的叙事模式，开始从民族精神重建的文化立场来讲述乡村和都市故事。租界的世态照亮了沈从文记忆中的湘西世界，促使他以全新的眼光重新审视湘西和都市的关系，进而对现代文明发出质疑。也就是说，到上海租界后，沈从文才形成自己明确的文化批判立场，在这种立场的观照下，其创作获得了现代性的品格。沈从文在给朋友的信中曾经写道："我不久或到青岛去，但又成天只想转上海，因为北京不是我住得下的地方，我的文章是只有在上海才写得出也才卖得出的。"①"卖得出"是由上海作为 20 世纪 30 年代全国的文化出版中心所拥有的巨大文化消费市场所决定的;"写得出"是由于租界给了他源源不断的创作灵感。可以说,30 年代的上海租界造就了 30 年代的沈从文。

二、抑制与更弦易辙

如果说租界文化气候成就了沈从文的小说创作,那么,与此相反,租界文化语境压抑了鲁迅的创作活力,逼他改弦易辙,调整自己的创作风格,适应租界的精神气候。丹纳在《艺术哲学》中强调:"必须有某种精神气候,某种才干才能发展;否则就流产。因此 气候改变,才干的种类也随之而变;倘若气候变成相反,才干的种类也变成相反。精神气候仿佛在各种才干中作着'选择',只允许某几类才干发展而多多少少排斥别的。……群众思想和社会风气的压力,给艺术家定下一条发展的路,不是压制艺术家,就是逼他改弦易辙。"② 这段话很适合解释鲁迅寓居上海后的遭遇。鲁迅置身于租界的生存体验,恰"如身穿一件未曾晒干之小衫"③,其中滋味,实在难以用绝对的好恶判定。鲁迅到上海就做不出小说的原因,以及《故事新编》的新特点,都可以从他对租界文化气候的不适应或投合的角度加以解释。

繁华纷扰的十里洋场,明显影响了鲁迅的创作生涯:他再也没有坐在槐树底下抄古碑的孤独心境,也没有写《野草》时咀嚼灵魂的心境,甚至放弃了回忆叙事的成功路子。他在给萧红、萧军的信中说:

---

① 沈从文:《书信·19310629 致王际真》,见《沈从文全集》第 18 卷,北岳文艺出版社 2002 年版,第 143—144 页。

② [法]丹纳:《艺术哲学》,人民文学出版社 1963 年版,第 35 页。

③ 鲁迅:《书信·331202 致郑振铎》,见《鲁迅全集》第 12 卷,人民文学出版社 2005 年版,第 508 页。

"我到上海后，即做不出小说来，而上海这地方，真也不能叫人和他亲热。"① 这段话流露出上海时期鲁迅的苦衷。鲁迅到上海后，"为什么他不再写小说？他曾经说笑话道：'老调子已经唱完'"，"至于旧材料，为《呐喊》和《彷徨》所有者，即他觉得已经写够了"②。笔者认为，更主要的是"老调子"——《呐喊》和《彷徨》中写老中国儿女的愚昧麻木和五四知识分子的彷徨苦闷的"旧材料"——已经不适于租界的文化气氛，不能引起以市民阶层为主的上海读者的更多兴趣。1927年鲁迅在香港所做演讲《老调子已经唱完》中关于俄国作家去外国后创作不济的解释，大致也适合用来说明鲁迅移居上海后的文运："几个旧文学家跑到外国去，作了几篇作品，但也不见得出色，因为他们已经失掉了先前的环境了，不再能照先前似的开口。"③ 鲁迅一到租界化的上海，"即做不出小说来"，重要的原因就是已经失掉了先前的时代语境与写作语境，"不再能照先前似的开口"。20世纪30年代的上海租界成就了沈从文的小说创作，也压制了鲁迅的创作活力，逼他改弦易辙，调整自己的创作风格，适应租界的精神气候。

从《故事新编》后期文本风格的嬗变，可以看出租界文化对鲁迅小说创作的影响。《故事新编》包括鲁迅创作的八篇历史小说，创作于20世纪20年代的有三篇，即《补天》《奔月》《铸剑》，30年代创作于上海的有五篇，即《理水》《采薇》《出关》《非攻》《起死》。《故事新编》前期三篇与后期五篇的文本风格存在明显的断裂，从这种断裂中可以看出鲁迅对租界文化气候的趋附。前期的三篇小说的叙事话语风格与历史小说的规定性相契合，力求构筑完整的故事情节，即使油滑，如女娲两腿间的小丈夫，也是由于启蒙理念的强大导致了文本

① 鲁迅：《书信·341206 致萧军、萧红》，见《鲁迅全集》第13卷，人民文学出版社2005年版，第279页。
② 茅盾：《论鲁迅的小说》，见《茅盾全集》第23卷，人民文学出版社1996年版，第437页。
③ 鲁迅：《老调子已经唱完——二月十九日在香港青年会讲演》，见《鲁迅全集》第7卷，人民文学出版社2005年版，第322页。

的分裂。前期的三篇小说与写于上海的《理水》相比，从内容到叙事风格都大相径庭。《理水》采用了大量的租界新名词，笔锋所向，意在租界的畸形文化形态和当局的腐败，叙事风格也受到租界文学油滑打趣风气的影响，表现了恣肆放纵、涉笔成趣的海派作风。后期的作品，充满了海派式的打趣，有点后现代的无厘头的风格，显得不正经，故事中有意穿插各种嘲弄现实世态人生的顽皮话，以增加看点。大量租界洋泾浜语和市民俗语的随意点染，有媚俗倾向。这些都说明了鲁迅这一时期的作品受到租界文化和海派作风的影响，朝着流行文本的路子上靠。在上海租界，"谐趣风气"很"流行"①。鲁迅对"海式"的媚俗倾向曾给予批评："我到上海后，所惊异的事情之一是新闻记事的章回小说化。无论怎样惨事，都要说得有趣——海式的有趣。只要是失势或遭殃的，便总要受奚落——赏玩的奚落。"② 然而，鲁迅《故事新编》后期小说的叙事风格却恰恰落入了这样的俗套。

　　拿《故事新编》里大量的"诙谐"话语和情节来说，后期作品表露的情趣就和前期的有着深刻区别。朱光潜在《诗论》中对诙谐进行了经典论述。③ 根据朱光潜的界分，大致可以说，鲁迅前期小说的诙谐出于至性深情，表面滑稽而骨子里沉痛，有浓厚的悲悯情怀，是悲剧的诙谐、认真的诙谐。而《故事新编》后期的小说则有点滑稽玩世，透露出轻薄的精神优胜，是喜剧的诙谐、油滑的诙谐。前后期诙谐的分野也就是鲁迅在《故事新编·序言》里所坦言的"从认真陷入了油滑"。鲁迅前期作品中的诙谐意象并不少，如：《孔乙己》中对孔乙己的打趣，《风波》中九斤老太"一代不如一代"的感慨，《阿Q正传》对阿Q劣迹的漫画化，《补天》里的古衣冠小丈夫的画像，《奔月》

① 沈从文：《作家间需要一种新运动》，见刘洪涛编：《沈从文批评文集》，珠海出版社1998年版，第30页。

② 鲁迅：《〈某报剪注〉按语》，见《鲁迅全集》第8卷，人民文学出版社2005年版，第241页。

③ 参见朱光潜：《诗论》，见《朱光潜全集》第3卷，安徽教育出版社1987年版，第31页。

里的乌鸦炸酱面和后羿误射母鸡，等等。这些诙谐意象都大致吻合朱光潜所说的豁达者的诙谐内涵，令读者欲嘲笑而又转入沉重和深思。而《故事新编》后期作品的诙谐却多少流入油滑和玩世不恭，在打趣和讥讽的叙事中，鲁迅给我们的是精神优胜的话语快感，如：《起死》里庄子和汉子的纠纷，《非攻》结尾墨子的被搜检，《出关》里的"五个饽饽的本钱"之类的俏皮话，以及《理水》和《采薇》里随手可拾的嘲弄语言。这类诙谐也就近似于所谓的"赏玩的奚落"和"海式的有趣"了。《故事新编》后期小说的诙谐风格无疑受到租界玩世风气的影响，表明了鲁迅对租界文化的趋附。

《故事新编》前期的三篇有着更多的主体性糅入。无论《补天》以欲望叙事来解说文学和人的缘起，还是《奔月》对英雄末路的自我写照和对高长虹劣迹的影射，或《铸剑》对复仇场面的惊心动魄描绘，都糅入了叙述者的强烈生命体验，有着个体生命的强劲舒展。后期的《理水》《采薇》《出关》《非攻》《起死》在历史人物故事的讲述中，虽然随意穿插了一些对现实人事的嬉笑怒骂和影射嘲讽，但是基本上属于"他者"故事讲述，缺乏个体生命体验的参与。这种"他者"故事讲述，更多地是外向的，是在历史和现实之间建立联络的结果，缺少向内挖掘的深度。在北京的槐树底下和厦门的木板楼上，容易把神话传说与个体内在体验融合。而在租界化的上海，住在三层的洋楼里，看熙熙攘攘的人生世态，或在大酒店和咖啡馆会友阔谈，难以有向内自我审视和自我感怀的细腻心境，租界声光化电的畸形繁荣似乎也抑制了追根溯源的想象力。因此，《故事新编》后期的五篇小说就倾向于"他者"故事的讲述和以历史影射现实了。

三、情理错位与叙事症候

在小说创作中，存在主观意念与叙事效应错位的现象。错位的原因有多种，如恩格斯所指出的现实主义对巴尔扎克的胜利．小说理论中所说的人物脱离作者的主观意志按照自身的性格逻辑发展，等等。在上海租界中，作家主观意念与小说叙事效应的错位原因，除了通常的解释外，还与作家的租界文化体验有关。

情理错位及其所导致的叙事症候，在左翼小说创作中表现得非常明显。左翼文学兴起于租界化的上海，左翼作家绝大部分是在租界化上海创作左翼小说的，由此，造成了左翼小说创作的一些问题。左联的文艺纲领反对"小资产阶级的倾向"，要求左翼作家"站在无产阶级的解放斗争的战线上"，"以无产阶级在黑暗的阶级社会中'中世纪'里面所感觉的感情为内容"[1]，左翼作家"必须从无产阶级的世界观，来观察，来描写"，"必须用工人农民所听得懂以及他们接近的语言文字"[2] 来写作。左联的文艺理念和租界左翼作家的小资情调之间存在明显的鸿沟。

相当一部分租界左翼作家在精神气度和小说格调上，散发着颓废的美学气息。丁玲、茅盾、张天翼、田汉、郑伯奇、郁达夫、叶灵凤等租界左翼作家，或个性张扬，或浪漫轻狂，或摩登时髦，或思想激狂，从不同侧面体现了颓废的精神风貌。左翼小说在社会审美要求上，应该体现出昂扬奋进的悲壮风格，体现出"力"的粗犷风格和革命的雄伟姿态。然而，一方面，这种"应然"风格和姿态与颓废是不相容的；另一方面，"'颓废派'往往抱有各种革命的信念（无政府主义对他们特别有吸引力）"[3]。两方面交织的结果，也造成了左翼小说的叙事错位。

租界左翼作家的洋场情调和无产阶级文学的要求之间难以弥合的差距，必然会给创作带来一些问题，在思想倾向、人物调配、结构组

① 记者：《中国左翼作家联盟的成立》，《拓荒者》1930 年第 3 期。
② 《中国无产阶级革命文学的新任务》，《文学导报》1931 年第 8 期。
③ ［美］马泰·卡林内斯库：《现代性的五副面孔》，顾爱彬、李瑞华译，商务印书馆 2003 年版，第 174 页。

织、风格预设、语言选择、细节安排、详略处理等方面，偏离左翼文学的"标准"文本要求，留下一些不可避免的叙事症候。施蛰存曾对自己创作左翼小说的失败进行过自我分析，他说："为了实践文艺思想的'转向'，我发表了《凤阳女》、《阿秀》、《花》，这几篇描写劳动人民的小说。但是，自己看一遍，也知道是失败了。从此我明白过来，作为一个小资产阶级知识分子，他的政治思想可以倾向或接受马克思主义，但这种思想还不够作为他创作无产阶级文艺的基础。"[1] 施蛰存左翼小说创作的失败，是"价值预设和实践偏离"的结果。"价值预设本质上是群体的政治的行为，实践偏离则只能是个体的文学的行为"[2]，左翼作家在创作中可以在价值预设上达成一致，而在文学实践上，由于租界文化因素的影响，难免出现个体性的偏离。

租界左翼作家由情理的错位所造成的小说叙事症候主要体现在以下方面。第一，思想主题和文本风格的错位。郑伯奇的《深夜的霞飞路》[3] 的文体风格是小资情调的，显得气韵舒缓、绵软婉约、曲折有致。文本的风格与文本所要表达的主题——"穷党"的革命将在摩登的上层阶级脚下爆发一场"地震"——是有所错位的。《深夜的霞飞路》主题和风格的分裂错位，说明了租界左翼作家按照左联的要求，由海上文人的生活方式、精神气质、审美嗜好、价值立场和话语方式转向无产阶级的价值观念、审美情趣和话语方式的过程，不是一蹴而就的。由于租界文化的影响，作家主观上选择表达无产阶级意识形态的主题，却不经意地沿用了租界文人的风格，造成了小说叙事效果和主观愿望的间隔。第二，调侃的话语与观念的消解。上海新闻记事充满了"海式的有趣"，上海的幽默杂志也特别多。嘲弄打趣的文风，跟进入租界时代之后市民越来越不信任传统的心理有关，租界生活的

① 施蛰存：《沙上的脚迹》，辽宁教育出版社1995年版，第22页。
② 黄万华：《中国和海外：20世纪汉语文学史论》，百花文艺出版社2004年版，第46页。
③ 郑伯奇：《深夜的霞飞路》，《申报·自由谈》1933年2月15日。

压力和租界的邪僻特性，也需要通过调侃打趣来言说和释放。租界的一些左翼作家在小说创作中，沿袭了幽默调侃的话语风格。张天翼的短篇小说《出走之后》是一篇反映劳资矛盾主题的小说，但是小说中俏皮的七叔对何太太激进思想的嘲弄，以及何太太前后矛盾言行的对照，部分消解了资产阶级的恶魔形象，也部分消解了同情工人阶级的思想立场。小说在幽默反讽的语境中插入激烈严肃的问题讨论，使得这些严肃的观点本身变得不可靠。第三，叙事安排上的避重就轻。生活在上海租界的左翼作家，由于自身的文化修养和身份地位的原因，资产阶级和有闲知识分子的生活方式与精神状态，更容易在他们的情绪和记忆上涂抹浓厚的色彩，更容易触动他们艺术感应的神经。况且，一部分左翼作家本来就出身大家族，潜藏的贵族气质更适于体验租界浮华、奢靡、摩登、香艳、迷惘和苦闷的世俗人心。生活世界、情趣观念、精神状态、审美情趣和左翼文学观念之间的距离，造成了左翼作家进入文本写作时火候未到，在叙事安排上捉襟见肘，只能使用取巧的叙事策略避重就轻。叙事安排上避重就轻的取巧策略，也是一种叙事症候。租界左翼作家在叙事安排上的叙事症候主要体现为：把资产阶级的天堂生活与无产阶级的地狱生活进行对比，构设革命性的主题，对于空虚、伤感、享乐的思想落伍者的刻画非常细腻深刻，对革命者形象的塑造则空疏、肤浅，缺乏血肉。如丁玲的小说《五月》和《一九三〇年春上海》就是如此。

茅盾在文学批评方面一直以"为人生"的姿态出现，坚持文学的导向性，把文学当作思想启蒙和社会变革的工具。但是，多年的租界生活体验，使得他的小说创作与批评观念之间存在差距甚至错位。其中，最明显的例证是他对颓废派的看法与《蚀》三部曲的颓废风格所构成的反差。茅盾对西方的颓废文艺有着持久的兴趣，他从左翼评论家的立场对颓废派进行改造，以"为人生"的观念解剖扬弃颓废的精神内涵，重新划定其意义边界。茅盾在《唯美》（1921年7月）、《什么是文学——我对于现文坛的感想》（1923年8月）、《"大转变时期"

何时来呢?》(1923 年 12 月)、《问题是原封不动地搁着》(1931 年 1 月)、《秋的公园》(1932 年 12 月)、《健美》(1933 年 1 月)、《现代的!》(1933 年 2 月)、《春来了》(1933 年 5 月)等文中,剥离颓废的外层属性(没落阶级的消极厌世),提取其内在的反抗精神,再换上自信进取的新装,并且把没落阶级的颓废与新兴阶级的颓废进行对照叙述,否定前者,宣扬后者,从而构造出新兴阶级的颓废观念样本。与此形成对照的是,茅盾在《蚀》三部曲中宣泄了颓废低迷的心理,展示了时代青年的颓废。《蚀》中"时代新青年"的颓废表现为:幻灭虚无的人生体验和疯狂报复的心理机制;歇斯底里的精神气质;寻求强烈的感官刺激,在刺激中略感生存的意味;对时间的恐惧。《蚀》三部曲中时代青年的颓废精神与茅盾在文学批评中所构设的新兴阶级的颓废观念样本有着本质的区别,几乎形成了一种对立的态势,而且茅盾对慧女士、章秋柳、孙舞阳等颓废女性形象情有独钟、颇为喜爱。在茅盾身上体现出来的批评与创作的背离、情与理的错位,与上海租界颓废的文化气候带来的影响有关。

四、以租界为中心的上海叙事

在中国现代文学史上,上海租界是作家文学想象和书写的焦点,许多作家都热衷于叙述上海租界。在叙述上海的小说中,现代作家热情倾注的中心是租界而非华界,中外作家莫不如此。以 20 世纪二三十年代的上海作为场景的著名长篇小说如茅盾的《子夜》、日本作家横光利一的《上海》和法国作家马尔罗的《人性的条件》,都不约而同从外滩开始进入对上海的书写。林微音的"上海百景"系列作品描绘的是租界场景,曹聚仁讲述过"回力球场"(《回力球场》),郑伯奇给"深夜的霞飞路"造影(《深夜的霞飞路》),丁玲描画了上海 1930 年春天的故事(《一九三〇年春上海》)和"一个五月的夜,一个殖民地的夜"(《五月》),丰子恺的《蝌蚪》是租界人生的写照,叶圣陶在十里洋场经营"天井里的种植"(《天井里的种植》),新感觉派作家热衷于讲述洋场故事,茅盾叙述了时代新青年的颓废(《蚀》),沈从文把西方童话中的人物阿丽思请到了上海租界(《阿丽思中国游记》),革命作家在咖啡馆里寻找"烟土披里纯"(灵感)……总之,对于上海租界的叙述,本身就是现代小说的一个重要部分。甚至新时期书写旧上海的小说,也基本上是以租界故事作为核心。以新时期的长篇小说为例,王安忆的《长恨歌》,虹影的《上海王》《上海之死》,陈丹燕的《上海的红颜旧事》《上海的金枝玉叶》,毕飞宇的《上海往事》,朱大路的《上海爷叔》,等等,讲述的都是租界的传奇故事。

　　租界味最浓的小说流派要算新感觉派。新感觉派作家是由上海租界孕育的、醉心于洋场叙事的群体。新感觉派的三大主将穆时英、刘呐鸥和施蛰存的教育经历、生活方式甚至精神状态,和租界的洋场气候非常融合。他们频繁地出入咖啡馆、电影院、跳舞场,追逐着潮起潮落的各种时尚,一副洋场先生的作派。穆时英是一个标准的洋场摩登文人,用《黑牡丹》主人公的话来说,"脱离了爵士乐,狐步舞,混合酒,秋季的流行色,八汽缸的汽车,埃及烟……我便成了没有灵魂的人"[1]。新感觉派作家的生活方式和精神状态,是繁华租界时髦青年(或有闲阶级)的存在状态,他们狂放、颓废、孤独、敏感、多情、摩登,大多有着二重人格和多元思想,能够感触到殖民都市的亢奋和细微。他们走在租界中西文化交流的前沿,最充分地享受殖民性都市的娱乐文化,是畸形繁荣的租界文化的典型载体,具备新感觉派小说作家应有的精神状态。日本新感觉派小说的文本范式和弗洛伊德的精神分析理论,与穆时英、刘呐鸥、施蛰存等洋场文人约邂逅,激活了他们特有的生命体验和艺术才情,在20世纪30年代的上海制造了一股新感觉派小说创作的潮涌。穆时英、刘呐鸥和施蛰存对上海都

----

① 穆时英:《黑牡丹》,《南北极公墓》,人民文学出版社1987年版,第304页。

市图景的呈现，不是采取全景聚焦，他们笔下的都市基本上是"都市中的'都市'，以舞场、夜总会为旋转轴心的洋场都市"①。新感觉派小说所呈现的殖民心态和无家世界，与作家的租界体验息息相关；话语风格的中西杂糅，亦体现出租界文化气候和洋场文人的典型特质。

　　我们以左翼小说、新感觉派小说和沈从文、茅盾、鲁迅的小说创作为例，阐述了租界文化体验影响现代作家小说创作的四种情形。对这些小说现象所作出的分析及发现的问题，如果仅从都市文化或海派文化角度出发，就难以解说清楚，难以敞开现代小说的"这一面"特征。由此可见，"租界文化"概念在中国现代文学研究中具有不可替代的文学史意义，为中国现代文学研究提供了新的维度、新的尺度、新的空间。如果我们审视中国现代文学史的许多问题，能增加一副"租界文化"的眼镜，或许能够洞悉"都市文化"和"海派文化"概念所不及的一些方面，从而对文学史结论作出某些补充或修正。

　　其实，租界文化对小说创作的影响远不止这四个方面。整体来看，现代小说的殖民性、商业性、颓废叙事、激进姿态、小资情调、欲望主题、杂糅话语、戏谑风格，都与租界文化体验有关。就小说文本的细部表现来说，情形就更复杂了。例如：租界城市景观的反差和租界文化的杂糅性，造成了文本自由联想和场景跳跃的叙事风格，叙事空间切换灵活；古典和现代、西方与东方交织而成的租界文化语境，造成了叙事话语的洋泾浜风格；租界文化的即时性、冒险性，造成了文本叙述时间的"当下性"特征。再如，从周天籁的代表作长篇小说《亭子间嫂嫂》的叙述视角，可以看出租界文化精神如何决定了作家讲述故事的方式。"《亭子间嫂嫂》写的是二三十年代上海红灯区会乐里的一个暗娼的平常生活。"② 小说讲述的是一个流浪文人与一个

---

① 杨义：《中国现代文学流派》，人民出版社 1998 年版，第 322 页。

② 陈思和：《导言》，见周天籁：《亭子间嫂嫂》，学林出版社 1997 年版，第 5 页。

风尘女子构筑起来的惺惺相惜的伤感故事。《亭子间嫂嫂》有两个"我"，两个视角，即亭子间作家朱先生和私娼亭子间嫂嫂顾秀珍。在小说中，朱先生和亭子间嫂嫂两个视角交替使用，都用的是第一人称。作家和妓女拥有的话语权是平等的，隐含着作者对两个聚焦人物的态度也是平等的。这种叙事姿态，只有在租界化的上海才会出现。文本中，朱先生和邻居亭子间嫂嫂的生活观念所构成的参差对照的文化态度，实际上也是本我、自我与超我的相互辩驳。文本把一切戈见都放入括号中悬置起来，让"此在"显明。

第六章 上海模式的中国乌托邦叙事

一、黑暗城市的乌托邦之光

上海租界光怪陆离、藏污纳垢，是臭名昭著的"罪恶的渊薮"，又是列强侵略中国的"桥头堡"。它的繁荣亦属不正当，因为租界的繁荣与中国的战乱动荡、经济颓败"互为因果"，"国内愈纷乱，租界愈繁荣；租界愈繁荣，内地愈衰落"。① 如此上海，为谴责小说、狭邪小说、黑幕小说提供了源源不断的创作素材。

但同样是这个上海，为近现代文人的乌托邦叙事提供了灵感与背景。从晚清到20世纪20年代，相当一部分幻想未来中国的文学作品，都是以上海为生发点，凭借上海经验来虚构理想世界的。"未来上海"也成为各界人士、各种期刊关注的焦点问题，成为乌托邦叙事的主要对象。

被认为最黑暗的城市，却寄寓着中国人对未来社会最天真的幻想。这个问题看起来有点匪夷所思。仔细推敲，又在情理之中。

首先，不同的人眼中的上海形象是有差别的。"乡下人看上海，看到的是繁华。道德家看上海，看到的是罪恶。文化人看上海，却每每看到的是文明。"在清末民初，好些新型知识分子把上海看作"文

---

① 新中华杂志社编：《上海的将来》，中华书局1934年版，第19页。

明渊薮"①。由于上海具有文明与罪恶、殖民与现代的双重特性，因此，同一个作家对上海的书写，有时也呈现出黑暗地狱与理想乌托邦的两副面孔。热情建构上海乌托邦的毕倚虹、陆士谔、包天笑都是上海的双面写手。毕倚虹的《未来之上海》（1917 年）封面标注"理想小说"，讲述了"中国之鲁滨孙" 2016 年回到上海的见闻，但他又写有六十回长篇小说《人间地狱》（1924 年），"人间地狱"就是指上海社会。陆士谔的"未来小说"《新中国》（1910 年）以上海作为"新中国"的想象基础和理想空间，可以看作他的《新上海》（1910 年）的姊妹篇，两者具有互文关系，分别提供了现实上海与理想上海的镜像。包天笑既写《上海春秋》（1922—1926 年），把上海当作罪恶的染缸，又写《新上海》（1925 年），想象上海"世界博览会"的盛况。有意思的是，陆士谔和包天笑都是左手揭露上海的丑恶，右手畅想上海的未来，两者同时进行。实际上，近现代的乌托邦叙事，包含"过去"与"未来"的一系列比较，"未来"的文明社会以上海为底本，"过去"的丑恶社会则直接指向现实的上海。这就是近现代的乌托邦叙事选择上海的情形。

其次，上海"商埠是个人造世界"②，适合被"再塑造、再想象"，"复兴那种隐蔽的乌托邦理想"③。

再次，对替代世界进行想象的热情，是乌托邦叙事的原动力。替代源于不满。租界化上海被认为是一座"造在地狱上面的天堂"④，天堂与地狱的辩证关系体现在"上海是富人的乐园，穷人的牢狱"⑤。当人们幻想未来上海已没有穷人，"上海便是天堂上面的天堂"⑥。最"野

---

① 熊月之：《历史上的上海形象散论》，《史林》1996 第 3 期。
② 乘黄稿本、神我批注：《新上海未来记》，《快活世界》1914 年第 2 期。
③ ［美］大卫·哈维：《希望的空间》，胡大平译，南京大学出版社 2006 年版，第 155 页。
④ 穆时英：《公墓》，现代书局 1933 年版，第 194 页。
⑤ 世杰：《如此上海》，《陕西旅沪学会季刊》1935 年第 2 期。
⑥ 新中华杂志社编：《上海的将来》，中华书局 1934 年版，第 2 页。

蛮"也最"文明"的上海①，最能激发作家对于未来世界的想象力。

最后，"上海是个缩本中国"②，作家能够在上海乌托邦与中国乌托邦之间实现直接沟通。正如罗兹·墨菲在《上海——现代中国的钥匙》一书中所言："上海，连同它在近百年来成长发展的格局，一直是现代中国的缩影。就在这个城市，中国第一次接受和吸取了十九世纪欧洲的治外法权、炮舰外交、外国租界和侵略精神的经验教训。就在这个城市，胜于任何其他地方，理性的、重视法规的、科学的、工业发达的、效率高的、扩张主义的西方和因袭传统的、全凭直觉的、人文主义的、以农业为主的、效率低的、闭关自守的中国——两种文明走到一起来了。"③上海租界拥有的"胜于任何其他地方，理性的、重视法规的、科学的、工业发达的、效率高的、扩张主义的西方"元素，为近现代中国的乌托邦叙事提供了尺度与向度，故作家们乐于借上海来想象未来中国，或者说想象未来上海也就是想象未来中国。

对理想世界的热情幻想，在中国古典文学中就已存在。东晋陶渊明的《桃花源记》、唐代王绩的《醉乡记》、宋代苏东坡的《睡乡记》，都构设了理想社会。这些篇章所构设的理想社会都是桃花源式的，其共同点为：化外、自然、和谐、小国寡民、天下为公。桃花源反映了小农社会的大同理想。近现代中国知识分子多少保留了这一古老的梦想。

近现代中国知识分子对理想世界的热情幻想，亦受到西方乌托邦思想的启示。乌托邦思想在近现代中国广泛传播。严复1897年译述的《天演论》之"导言十八篇"中第八篇为"乌托邦"。《天演论》影响了知识分子的世界观，其中的乌托邦理想也为诸多知识分子所热衷。这种影响从晚清到20世纪30年代，一直非常强劲。例如：30年

---

① 陆士谔：《新上海》，上海古籍出版社1997年版，第1页。

② 乘黄稿本，神我批注：《新上海未来记》，《快活世界》1914年第2期。

③ 〔美〕罗兹·墨菲：《上海——现代中国的钥匙》，章克生等译，上海人民出版社1986年版，第4—5页。

代初级中学使用的《国文》课本中就选入了"乌托邦"篇。[①]1931 年出版的《新文艺辞典》也列有"乌托邦"词条：

【乌托邦】（Utopia）
"虚无乡"。"乌有之乡"，"理想国"同。
在现实实际上不得实现的理想而只在梦想中的国土。[②]

　　该辞典还对空想社会主义创始人托马斯·莫尔的著作《乌托邦》进行了介绍："这是一部描写理想共和国的作品。据云，在那一个国土中，既没有咖啡，也没有律师，没有虚饰，也没有时髦，居民欲望颇少，每日仅劳动六小时等等，很有些社会主义的色彩。"[③]莫尔的《乌托邦》为近代中国知识分子的乌托邦叙事提供了灵感，《月月小说》连载的"理想小说"《乌托邦游记》[④]就提到了莫尔《乌托邦》的相关内容。

　　古老的桃花源与近世的乌托邦为现代知识分子想象未来社会提供了观念资源。

　　在新旧交替时代，在遭遇挫折与祈望再度强大的民族境遇下，中国的桃花源与西方的乌托邦寄寓着近现代知识分子的时代诉求。梁启超的《新中国未来记》（1902—1903 年）、蔡元培的《新年梦》（1904年）、邹弢的《海上尘天影》（1904 年）、吴趼人的《新石头记》（1908年）、陆士谔的《新中国》（1910 年）、庄乘黄的《新上海未来记》（1914年）、毕倚虹的《未来之上海》（1917 年）、包天笑的《新上海》（1925年）、徐卓呆的《未来之上海》（1925—1927 年）、新中华杂志社编的《上海的将来》（1934 年）等作品，串起了近现代知识分子的乌托邦

---

① 付东华、陈望道编：《国文》第 4 册，商务印书馆 1933 年版，第 256—270 页。
② 顾凤城、邱文渡、邹孟晖合编：《新文艺辞典》，光华书局 1931 年版，第 220 页。
③ 同上书，第 465 页。
④ （清）萧然郁生：《乌托邦游记》，《月月小说》1906 年第 1 期。

叙事。这些作品的乌托邦叙事与中国桃花源有一定联系，也受到西方乌托邦的影响，但是其观念形态与叙述形式建立在上海租界状况的基础上。中国的乌托邦叙事是上海模式的。

二、上海式乌托邦叙事的空间与时间

乌托邦分为空间意义上的乌托邦与时间意义上的乌托邦。中国古典的桃花源在性质上属于空间意义上的乌托邦。古典文人在脱离现存社会秩序的隔离性空间里建构起理想社会，表现出对礼法制约、阶层分化、社会动荡的现实社会的规避，对自然自为、安定富足、天下为公的大同社会的向往。近现代中国的乌托邦叙事在多数情形下借上海租界空间来生发，因此修改了古今中外乌托邦叙事的常规，虚构的既不是单纯的空间意义上的乌托邦（如：世外桃源，荒岛、太空上的理想城邦），也不是单纯的时间意义上的乌托邦（如：遥远未来的中国社会）。多数乌托邦叙事没有虚构现实社会中并不存在的乐土，所提供的是以上海为中心的现实社会空间的再造，包含更好的空间（去除租界性质，并被赋予政治道德理想后的上海／中国空间）和更好的时间（未来上海／中国）。上海租界的特殊性质与地位规约着中国乌托邦叙事的模式。庄乘黄《新上海未来记》、毕倚虹《未来之上海》、包天笑《新上海》、徐卓呆《未来之上海》、程瞻庐《牛渚生重游上海记》、无咎《未来之上海》、吴闻天《三十年后之上海》等题目中标有"上海"二字的小说自然是关于上海的，就连标明"中国"的小说《新中国未来记》《新中国》也是以上海为想象起点和基点的。

中国古典桃源梦囿于自傲的中原心态所衍生的天下观，因此只能以原始儒家、道家精神在中国疆域内虚构隔绝性的理想净土，复兴知识分子隐秘的集体梦想，其桃源梦的物理空间与精神空间都是古老的中国样式。古典桃源梦的叙事动力属于内发型。近代中国乌托邦叙事的动力则属于外发型：落后挨打的屈辱感所唤起的民族自强意识，很快就转向"师夷长技以制夷"、制度变革、"新民"的强烈诉求。夷技、夷政成了效法的对象，知识分子的乌托邦理想也因此具有了世界性的眼光，突破了古典桃源梦的物理空间与精神空间的拘囿。除了萧然郁生的《乌托邦游记》、旅生的《痴人说梦记》、鲁哀鸣的《极乐地》等少数小说构设了"与世隔绝的孤岛的空间乌托邦类型"①，大部分近代小说的乌托邦叙事都是借助上海租界空间来再造理想社会的。吴趼人《新石头记》的空间叙事策略非常巧妙地利用了上海租界所具有的空间政治意义。小说沿着"上海租界—自由村—上海租界"的游历线索来构设乌托邦图景。在小说前半部，贾宝玉遭遇的是上海租界摩登、繁华、堕落的殖民性空间，小说后半部写贾宝玉进入"自由村"的所见所闻。"自由村"是吴趼人虚构的乌托邦，是真正的"文明境界"。"自由村"街道整洁、秩序井然、科技发达、民风淳朴，信奉"孝悌忠信、礼义廉耻"。实际上，我们可以把"自由村"看作是对上海租界进行政治消毒，并赋予传统儒家道德观念后的结果。"自由村"为东方强一家所创造，东方强的三个儿子、女儿、女婿的名字分别为东方英、东方德、东方法、东方美、华自立。华自立出生于科学世家，其父雅号"再造天"。② 由此可见，所谓"文明境界"，乃东方道德与西方科技联姻的结果。在小说最后一回，吴趼人又把贾宝玉调遣回上海，提供了抹除殖民性后的上海租界的形象："果然立宪的功效，非常神速，不到几时，中国就全国改观了。此刻的上海，你道还是从前的上海么？大不相同了。治外法权也收回来了，上海城也拆了，城里及南市都开了商场，一直通到制造局旁边。吴淞的商场也热闹起来了，浦东

---

① 耿传明：《清末民初"乌托邦"文学综论》，《中国社会科学》2008 年第 4 期。

② （清）吴趼人：《近十年之怪现状·新石头记·糊涂世界·两晋演义》江西人民出版社 1988 年版，第 285—287 页。

开了会场，此刻正在那里开万国博览大会。"①《新石头记》的乌托邦空间，是以上海租界空间作为镜像加以想象的结果，而且不忘把现实租界纳入中国乌托邦的整体景观。

梁启超的《新中国未来记》发表时标明为"政治小说"，其创作目的是为"发表区区政见"，"编中往往多载法律、章程、演说、论文等"，其文体"似说部非说部，似稗史非稗史，似论著非论著，不知成何文体"。②确实，小说不过设置几个观念人物，串联几处地点，记录几次辩论，借以承载作者的君主立宪观念。而关于未来中国的构想，只在开头提及。"新中国"国势强势，万国来朝。这是小说开头所定影的未来中国形象，类似于乐曲的起调过门，而"正文"是从上海空间开始的："那时我国民决议在上海地方开设大博览会，这博览会却不同寻常，不特陈设商务、工艺诸物品而已，乃至各种学问、宗教皆以此时开联合大会。各国专门名家、大博士来集者，不下数千人。各国大学学生来集者，不下数万人。"③博览会中央有座大讲坛，全国教育会会长文学大博士孔觉民老先生演讲"中国近六十年史"。小说下面的内容，即为他演讲的记录。小说的外层叙述框架借上海大博览会得以构设，外层叙事者为孔老先生，他曾游学日、美、英、德、法诸国，是维新时代的志士。内层故事的主要人物为黄克强和李去病。黄克强主张君主立宪，是宪政党的创始人，他的雕塑矗立在博览会讲坛的对面。李去病主张法兰西式革命。内层故事在维新与革命的争议中展开。小说第三回是黄克强和李去病关于维新与革命拉锯式的辩驳，并没有确定中国的出路到底该采取维新还是革命的方略。就已发表的五回来看，维新观念的优胜是借助上海租界空间获得的。小

---

① （清）吴趼人：《近十年之怪现状·新石头记·糊涂世界·两晋演义》，江西人民出版社 1988 年版，第 404 页。

② 饮冰室主人（梁启超）著、平等阁主人（狄葆贤）批：《新中国未来记》，《新小说》1902 年第 1 期。

③ 同上。

说把所谓的"革命志士"与上海租界的狎妓风气、殖民文化捏合在一起，置其于不道德、无节操的境地，加以戏谑嘲讽。在嘲讽'革命志士"的同时，也嘲讽了上海这座城市。"革命志士"在黄克强和李去病的聚焦下，其装扮显得不伦不类，且举止轻浮，一副洋场浪荡子的模样。从日本留学回来的"革命志士"李宗明一身上海时髦装束："只见那宗明辫子是剪去了，头上披着四五寸长的头发，前面连额盖住，两边差不多垂到肩膀。身上穿的却是件蓝竹布长衫，脚下登的是一双洋式半截的皮靴，洋纱黑袜，茶几上还放着一顶东洋制的草帽。去病见了这个打扮，不免吃了一惊。"[1] 李宗明打着民意的口号，开口革命，闭口革命，却讲不出一个所以然。他的革命就是不学无术，杀满洲人，无条件反叛父母。另一个"革命志士"则一副洋场风流公子的做派："只见一位丰姿潇洒的少年，年纪约摸二十来岁，西装打扮，浑身穿着一色的十字纹灰色绒的西装家常衣服，那坎肩中间，垂着一条金表链，鼻梁上头还搁着一个金丝眼镜，左手无名指上套着一个小小的金戒指，还拿着一条白丝巾，那右手却挽着一个十八九岁妖妖娆娆的少女。后面还跟着一个半村半俏的姐儿。"[2] 张园召开"拒俄会议"，与会者姗姗来迟。张园开"花榜"（妓女排行榜），大家却早早就到了，包括前一天参加"拒俄会议"的人。这些"革命志士""昨日个个都是冲冠怒发，战士军前话死生，今日个个都是酒落欢肠，美人帐下评歌舞"。正是："留影衣香，可怜儿女；珠迷玉碎，淘尽英雄。"[3] 在上海租界，"革命志士"、洋行买办、妓女、官府沆瀣一气，构成了殖民城市的人物群像。小说把"革命志士"的形象怪异化、世俗化、情欲化、殖民化，把革命行为闹剧化，而维新者的优势借此得以确立。《新中国未来记》开头关于上海大博览会理想图景的想象与

---

[1]　饮冰室主人（梁启超）著、平等阁主人（狄葆贤）批：《新中国未来记》，《新小说》1903 年第 7 期。

[2]　同上。

[3]　同上。

第五回关于上海丑态的描绘，构成了对照，这是"当下"与未来的对照，也是现实与理想的对照。

蔡元培的《新年梦》同样以上海作为想象的初始空间和主体空间。1901 年至 1907 年的六年时光，蔡元培基本上待在上海从事教育和革命活动。《新年梦》[①] 是蔡元培唯一的一篇小说，全文用白话，连载于 1904 年 2 月的《俄事警闻》。《俄事警闻》1903 年底创刊于上海，蔡元培为该报的主编。他在 1903 年前后信仰无政府主义，"向往的只是乌托邦社会"，《新年梦》就是其空想社会主义思想的反映。[②] 小说的主人公自号"中国一民"，是"最爱平等、爱自由的人"，十六岁时跑到"通商口岸"做工，后游历世界各国，回到"初次出门的通商场"。小说中的"通商场"隐约指向上海租界。小说叙述的正在发生的故事是从甲辰年（1904 年）正月初一早上开始的，时代背景为日俄在东北开战，所叙情节为"中国一民"睡着之后所做的"新年梦"：他走向一个很大的会场，作为议员代表参加会议，讨论国法，包括未来社会的组织方式（具体规划类似于托马斯·莫尔《乌托邦》所描绘的理想共和国）和处理中外关系的三个议案。一个议案为恢复东三省，一个议案为消灭各国的势力范围，一个议案为撤去租界。新的国法受到广泛支持，人们的恶习被扫除，与列强的不平等条约被一一取消，租界被赎回，新中国在世界上迅速崛起。在新中国，一切事务由公众意见决定，没有君臣等级，没有家庭的存在，没有夫妇的名目；幼有所教，老有所养，青壮年每天劳动八小时，按个人情况划分职业。"中国一民"睡梦醒来，时间又回到了 1904 年的正月初一。《新年梦》就是"中国一民"在上海做的一个梦，这个梦是中国的大同愿望与西方的乌托邦理想的结合。"中国一民"的"新年梦"明显受到租界体验的影响，例如：在区域空间（包括道路、医院、学校、工厂、公园等）

---

① 蔡元培：《新年梦》，见《蔡元培全集》第 1 卷，中华书局 1984 年版，第 230—242 页。

② 唐振常：《蔡元培研究的几点辨正》，《百年潮》1999 年第 5 期。

的规划上，上海租界景观提供了赖以想象的直接经验；取消家庭、性爱自由的观念，虽然来源于西方空想社会主义著作，但上海租界的情欲状况无疑为之提供了语境支持。小说关于未来中国的想象，非常重视租界问题，把它作为三大议案之一来叙述，并介绍了收回租界的详情。可见，租界的文化空间性质影响了蔡元培的中国乌托邦想象。

尽管"乌托邦是对人的一种可能性生活方式的描述"①，但是古典桃源梦与中国近现代的乌托邦叙事还是存在观念上的本质分野。正如曼海姆在《意识形态与乌托邦》一书中所言："只要用宗教的和封建的方式组织起来的中世纪秩序还能在社会之外，即在超越历史和缓和其革命锋芒的某种彼岸世界，设置它的乐土，那么，关于乐土的观点就仍然是中世纪社会的组成部分。直到某些社会集团把这些意愿变为他们的实际行动，而且试图实现它们，这些意识形态才变成乌托邦。"② 近现代中国的乌托邦叙事属于后者。在空间上，上海式的乌托邦叙事不像古典桃花源那样构设现实社会之外的闭锁空间，而是以世界主义的开放视野，在世界大势的格局下来畅想未来中国。关于未来中国的畅想，最终落脚于"去租界"后的上海空间。这是因为对于半殖民地半封建的近现代中国而言，理想的社会图景必然涉及对现代文明和民族自主的渴求，所以，最具现代气象与殖民气息的国际大都市上海，就成了重塑中国的最佳空间。上海梦与中国梦之间有着最为深切的联系，在乌托邦叙事中，二者具有合二为一的效应。无论蔡元培的《新年梦》、梁启超的《新中国未来记》，还是其后通俗作家的作品，皆是如此。

在时间上，近现代中国作家的乌托邦叙事，讲述的不是桃花源式的"同时代"故事，而是面向未来，带有浓厚的进化论色彩。近现代乌托邦叙事进入未来时间的基本方式有三种。

---

① 李永虎：《乌托邦的现代性困境》，《吉首大学学报》（社会科学版）2012 年第 3 期。

② ［德］卡尔·曼海姆：《意识形态与乌托邦》，黎鸣、李书崇译，商务印书馆 2000 年版，第 197 页。

第一种是直接定位为未来的某一时间点，如梁启超的《新中国未来记》开头即写道："话表孔子降生后二千五百一十三年，即西历二千零六十二年，岁次壬寅，正月初一日，正系我中国全国人民举行维新五十年大祝典之日。"① 包天笑的"未来小说"《新上海》省略了穿靴戴帽的"入话"交代，一开头就进入未来的时间点——中华民国四十四年的三月三日，叙述未来的事件——"上海正开了一个世界博览会"②。这两部连载小说都未写完。

第二种为"梦见"未来世界，如蔡元培的《新年梦》、陆士谔的《新中国》都以主人公在正月初一所做的梦来承载作者的乌托邦理想，梦醒之后的时间点依然为小说创作时的"当下"。这两部小说提供了系统的乌托邦社会图景。

以上两种时间类型，通常为清末力倡维新立宪和社会变革的知识分子所采用，未来中国与未来上海的叙事被糅杂在一起，构设出"理想主义者改造社会的蓝图"③，洋溢着对富强中国的乐观期待。

第三种为"重回"上海，如徐卓呆的《明日之上海》、程瞻庐的《牛渚生重游上海记》、毕倚虹的《未来之上海》、无咎的《未来之上海》。这四篇小说都选择让主人公在离开上海后重回上海，以"重游"的方式感受未来上海。时间的距离、巨大的变化让重游者成了这座城市的陌生人。重游者依旧抱着多年前的成见，对新上海的一切感到不解。为此，徐卓呆、程瞻庐、无咎在小说中提供了一位见证上海巨变的人物，陪主人公游览新上海，为之解惑。重游者记忆库中储存的是上海的罪恶形象，伴游负有解说的责任，对新上海的新景观、新制度、新气象进行解说。两人的对话构设了未来上海与"过去"上海的对照，在对照中，上海的乌托邦面目清晰地浮现出来。

---

① 饮冰室主人（梁启超）著、平等阁主人（狄葆贤）批:《新中国未来记》,《新小说》1902 年第 1 期。

② 包天笑:《新上海》,《新上海》1925 年第 1 期。

③ 耿传明:《清末民初"乌托邦"文学综论》,《中国社会科学》2008 年第 4 期。

以游重上海的方式设置乌托邦时间的小说，在时态上是错位的，"过去"的罪恶上海实际上就是"当下"的上海，"现在"的理想上海则是指未来上海。陆士谔的《新中国》以梦的方式来开启关于未来中国的叙事，但梦中内容的叙事策略与上述作品类似，包含了重游者与伴游的人物关系和新旧对照、时态错位等叙事策略。这类小说的幻想逻辑为："欲言未来之上海，当先明瞭现在之上海。"①

三、上海式乌托邦叙事的反转策略

上海式的乌托邦叙事是现实上海的反转，尤其是租界与华界现实状况的反转。反转涉及物质文明、城市景观、华人素质、行政权力等。福柯认为："乌托邦也就是非真实的位所。这些位所直接类似或颠倒地类似于社会的真实空间，它们是完美的社会，或者说是社会的颠倒，但是，不管怎么说，这些乌托邦本质上或基本上都是非现实的空间。"②上海的乌托邦叙事自然包含知识分子对现实的不满，是真实社会的颠倒。但是，租界的特殊性质——殖民性的城市，使得上海的乌托邦叙事与古今中外的乌托邦有着较大分野。这种分野主要表现为：上海的乌托邦叙事常常以租界内的文明气象为理想蓝本，通过修改世界最新科技成果的署名（改为中国人）和地点（大部分为上海），并加以想象夸张，来构设乌托邦；同时，作家们非常在意租界的权力归属问题，以及租界和华界的对照问题，以反转的策略重建未来上海的城市图景。

反转源于华界和租界的反差。正如晚清的竹枝词所云："出北城趋

①　赵君豪：《明日之上海》，《旅行杂志》1930 年第 1 期。
②　［法］米歇尔·福柯：《不同的空间》，见米歇尔·福柯等：《激进的美学锋芒》，周宪译，中国人民大学出版社 2003 年版，第 22 页。

新北门，洋场景别一乾坤。洋泾浜至头摆渡，商务兴隆铺户繁。"①乘坐飞机鸟瞰 20 世纪 30 年代的上海，看到的是"繁华绮丽之区，仅在租界一隅之地。一至华界，情状顿异，街衢狭隘，建筑简陋，与租界之文明程度一相比较，则相差当在数十年以外"②。上海绅商李平书论到租界与华界的反差状况时，既义愤又忧虑："通商以来，上海上海，其名震人耳目者，租界也，非内地也；商埠也，非县治也。岂非喧宾夺主耶！抑非所谓相形见丑耶?"③ 华人既承认外国人缔造了租界的文明气象，又因租界文明对民族主权与尊严构成了威胁而愤愤不平或"惴惴然不可终日"④。这种忧虑不仅指向当下，也指向未来，陈布雷的《未来之上海都市》（1921 年）一文就表达了对华人能否"享受未来都市之福利"⑤的担忧。租界与华界的反转叙事，交织着中国作家的忧虑与愿望。

对上海租界现代景象的惊颤与对殖民性的不安，使得关于上海未来的构想被拖入现实问题中，构设出上海乌托邦形象，是为了疏解现实的焦虑。在这种心态下，近现代中国作家的乌托邦叙事从民族意识的角度对上海城市空间进行重建。让乌托邦中的华界在文明程度上压倒"过去"（当下的）的租界，让华人成为未来上海的主人。《新中国未来记》以模糊的表述，暗示整个上海已政权归一：由我国国民决议在上海开设的"大博览会"，"把偌大一个上海，连江北，连吴淞口，连崇明县，都变作博览会场了"。⑥ 吴趼人的《新石头记》亦有类似的笔墨。在蔡元培的《新年梦》中，租界已收回，外国人在上海已没有

---

① 张春华、秦荣光、杨光辅：《沪城岁事衢歌上海县竹枝词淞南乐府》，上海古籍出版社 1989 年版，第 43 页。
② 赵君豪：《明日之上海》，《旅行杂志》1930 年第 1 期。
③ 李平书：《论上海》，转引自熊月之：《历史上的上海形象散论》，《史林》1996 第 3 期。
④ 赵君豪：《明日之上海》，《旅行杂志》1930 年第 1 期。
⑤ 陈布雷：《未来之上海都市》，见罗炯光、向全英编著：《蒋介石首席秘书陈布雷》，吉林文史出版社 1994 年版，第 176 页。
⑥ 饮冰室主人（梁启超）著、平等阁主人（狄葆贤）批：《新中国未来记》，《新小说》1902 年第 1 期。

生意可做。程瞻庐的《牛渚生重游上海记》构思简单，以反转作为故事线索。牛渚生是上海"素负盛名"的社会小说家。"海上为万恶之窟，波谲云诡，不可思议"①，为他提供了丰富的创作素材，他凭着洞察社会与描写世相的能力所创作的社会小说大为畅销。其后他因厌倦写作生活，去往南洋群岛。三十年后，他返回上海，打算重拾旧行当，以书写黑暗腐败上海的社会小说来谋生。然而，三十年前作为"游戏中心"的上海于今转变为商业中心、工业中心、科学与文化中心，赌窟、妓寮、秘密社会、政客机关，都已在上海字典里找不到了，社会小说大破产，牛渚生的打算落空。

　　陆士谔的"理想小说"《新中国》对"新中国"的幻想，同样依赖于租界与华界的反转策略。《新中国》讲述小说家陆云翔 1910 年的正月初一喝醉了酒，睡在床上梦见与好友李友琴女士一起来到大街上，见到宣统四十三年（1951 年）的上海已改天换日：外国人谦和友善，外国巡捕全部换成了华捕，治外法权已经收回，租界的名目已久不存在，警政、路政都由地方市政厅主持；陆云翔与李友琴一起旁观上海裁判所审理一桩中国人告外国人赖账的案子，裁判官与陪审员、律师全为中国人，审判很公平；违法犯科的现象在上海华人中已消除，如果不是因为个别外国人不遵守法度，警察已没有存在的必要；洋货已全部被国货淘汰，中国货已占领全世界的市场；建立了供国人休闲娱乐的国民游憩所，在西人跑马厅的地基上建了一座大戏院"新上海舞台"，戏院的座位不分等级；原来僻陋的徐家汇，而今比当年租界最繁华的马路还要热闹；上海已有地铁，为中国人自己修建，中国人还发明了医心药、催醒术、水行鞋、测水镜、电汽车、空中自行车等，中国人的商务技术、冶铁技术等已超过了欧洲人；上海滩已经禁绝赌博，妓女行业已绝迹，吸鸦片已成为历史。我们很容易看出，陆云翔梦中的上海景象和故事，是外侨控制租界情形的反转，也是

―――――――――

① 程瞻庐：《牛渚生重游上海记》，《新上海》1925 年第 1 期。

华、洋生存境况和租界、华界状况的反转。反转太彻底，以致陆云翔
在锦文社演讲四十年前的上海世情风俗，没有人相信。反转的叙事策
略得到人物关系的支持。在《新中国》中，陆云翔是"过去"（当下）
上海的"回叙"者，一个自感惭愧的、时光倒错的回叙者，以"旧"
观念来揣度"新中国"/"新上海"的一切事物，被李友琴看作顽固迂
腐；李友琴则是中国/上海乌托邦的解读者，一个充满民族自豪感的
解读者。在两人的见识对比和思想交流中，摧毁殖民权力后的民族自
傲感得到释放。

《新上海未来记》①的反转策略更有意味。该小说标明为"寓言
小说"，作者为《快活世界》月刊的编辑庄乘黄，可惜这个刊物只出
了两期就停刊了，该小说也因此未能连载下去。已发表的两回颇有
新意。第一回为"楔子"，我们撇开不谈。第二回"重游沪海关尽沧
桑　过眼繁华都成梦幻"构设了未来上海的图景：不知到了哪一年，
万国和平会议议定取消上海租界，改为上海商场；从此外人受中国法
律支配，华人得享平等权利，可以大踏步自由出入公园，中外人士和
睦相处；上海因此中外人口剧增，人满为患；十六铺议事厅的议员开
会决定，将南京路、静安寺路下面挖空，开辟一条地下马路，建造
房屋，开设店铺，以便上海做个经商殖民的尾闾所；庞大的地下工程
竣工后，取名为"地中天"，地皮掮客纷纷购地造屋，运货设肆；议
事厅发表公告，允许活夜叉、野鸡、小脚老妈、叫花子、亡国大夫先
行迁入，允许藏污纳垢的小客栈、牟利害人的土膏店、专收黑货的
当铺，优先选地段，允许伤风败俗的小房子、男女同台演出的新剧
社、造谣生事的侦探在"地中天"自由行动；"地中天"成了上海的
一大著名景观，来上海的人无不去游地中天。小说关于"地中天"的
想象，非常奇妙。作者把租界移到地下，取名为"地中天"，并把罪
恶全部迁入其中，构设了一黑暗世界。这一世界在空间上的降格，寓

---

① 乘黄稿本、神我批注：《新上海未来记》，《快活世界》1914 年第 2 期。

意深刻，暗喻上海租界是黑暗世界，是罪恶的渊薮，是见不得人的世界。把租界贬至地下，也算是华人在空间上取得了胜利。小说对此有两处批注，表达的就是这种感想。一处评曰："开了新天地，容那旧社会。"一处评曰：地中天"是乾坤颠倒天地易位的影子"。面对"地中天"的乱象，华人又引入"木巡警"进行整治，取得成功。小说因此感叹，"上海这一次的大变迁……中华一部新历史上，是最有光彩的"。这最光彩的一幕还包括上海庄严矗立的三座铜像：黄浦滩前的叫"苦力中之奇男子"，虹口里的叫"面头大王"，泥城桥西的叫"翠英姑娘"。这部小说的反转策略，独出心裁，痛快淋漓地表达了华人对租界的隐秘复仇心理，既重构了外侨与华人的种族关系，又赋予象征性空间（雕塑）以民族意识与平民性质。

反转是上海式乌托邦的基本叙事策略，对未来上海／中国的描绘，很大程度上也是以租界景观为底本的。无咎的《未来之上海》[①] 安排主人公许懋功于 1925 年离开上海，十年后再回上海游览。此时的上海已成为"模范商埠"，其繁荣发达程度已远超纽约、伦敦、巴黎。租界已实行中国与各国共管。小世界改成了俱乐部，免费为公众提供洗浴、理发等服务。城隍庙改成了公园，比外国公园好得多。华界的马路比十年前租界的南京路还要宽阔整洁，让"老上海"许懋功误以为是租界。这篇小说关于未来上海的叙事，处处以现实租界为蓝本，不过对之进行了一番去恶存善的"消毒"；处处以租界为参照，不过把租界的繁华进行了空间移植，移植到华界。《新中国》对未来上海街景的描绘更是直接来源于对租界马路的想象："但见马路宽阔，店铺如林。电灯照耀，如同白昼。从徐家汇到南京路，十多里间，店铺没有间断过。绸缎、瓷器、银楼、酒馆、茶肆，没一样不全备。"[②]类似的描绘，在当时的纪实作品中经常可以看到，陆士谔不过把现实租界的繁荣程度稍

---

① 　无咎：《未来之上海》，《新上海》1925 年第 7 期。
② 　陆士谔：《新中国》，中国友谊出版公司 2009 年版，第 39 页。

加夸张而已。上海/中国乌托邦的建构,过于依赖上海经验,可以看作租界景观的仿写。未来上海/中国的想象,主要采取空间移植策略,把租界文明秩序化,换成中国(华人)主体,变成华界的现实。所谓未来上海/中国图景,很大程度上是租界社会的良性放大。

反转的策略,既是理想主义的,又有着现实的趋向。1925 年发表的短篇小说《牛渚生重游上海记》,想象三十年后的上海已"刷新",成立了"特别市","自治程度,一日千里,增进至速"。① 两年后,国民政府成立上海特别市,程瞻庐的愿望得到部分应验。国民政府设立上海特别市,包含反转的动机。蒋介石和上海市市长的态度充分地表明了这一点。1927 年 7 月 7 日,上海特别市正式成立,蒋介石在成立大会上的"训话"强调:"盖上海特别市,非普通都市可比。……上海特别市,中外观瞻所系,非有完善建设不可,如照总理所说办理,当比租界内,更为完备……彼时外人对于收回租界,自不会有阻碍,而且亦阻止不了,所以上海之成绩,关系内外至大。上海之进步退步,关系全国盛衰,本党成败。"② 首任市长黄郛在就职演说中亦指出上海乃"中外观瞻所系,关系实为重要"③。让上海来担当"中外观瞻"的重任,并希望上海特别市比租界更完备,是因为以租界为中心的上海在中国的政治、经济、文化、交通、贸易、金融等方面处于举足轻重的地位,更是因为强大的上海租界不受中国控制,并对中国尊严、利益构成了威胁。因此,国民政府的"大上海计划"的"最重要之目的,在使今日之租界,日渐衰落"④,把上海的中心转移到上海特别市,反转租界、华界的落差,改变中外观瞻的成见,证明党国的力量,证明中华的强盛与尊严。可惜国民政府的反转策略收效甚微,后来收回租界,也并没有起到明显的反转效果。

---

① 程瞻庐:《牛渚生重游上海记》,《新上海》1925 年第 1 期。

② 《国民政府代表蒋总司令训词》,《申报》1927 年 7 月 8 日。

③ 《黄市长就职演说》,《申报》1927 年 7 月 8 日。

④ 赵君豪:《明日之上海》,《旅行杂志》1930 年第 1 期。

四、未来的嘲讽与杂糅的乌托邦

乌托邦叙事虽然可以天马行空地畅想未来世界，但也是颇见性情的一种创作。"文学家的乌托邦，与他的品格思想，却有密切的关系"，如果陶渊明没有超越尘世的品性，"断没有那样高尚的乌托邦呵！"①因此，不同作家对未来社会的想象各有其品格，就小说门类来说，就有"未来小说""理想小说""政治小说""寓言小说""滑稽小说"等名目。

当然，并不是所有作家对未来社会的想象，都执着于理想乌托邦的建构。在上海式乌托邦叙事中，徐卓呆的《明日之上海》、毕倚虹的《未来之上海》、吴闻天的《三十年后之上海》，既是对未来上海社会的猜测，又是对现实社会的嘲讽——以未来时间的上海嘲讽现实时间的上海。毕倚虹的《未来之上海》虽然封面标注"理想小说"，且带有淡淡的科幻色彩，但总体来看，作者对未来上海的想象，不是朝着理想上海的方向发展，而是借未来的时间点，来抒写对 20 世纪初殖民性上海种种怪现状的嘲讽。《三十年后之上海》②以反讽的笔调，对三十年后的上海进行了批判。小说从衣、食、住、婚姻等四个方面来设想 1955 年的上海：男女老少赤身裸体，不用穿衣服；不用在家里按时准备一日三餐，都是随时到餐馆解决；全部住旅馆，都没有自己的房子，自然也不存在房子的等级；夫妻是临时的，同居不会超过 48 小时。以此，小说对贪图享乐、着装暴露、男女关系混乱、缺乏安全感的现实上海进行了嘲讽。值得注意的是，小说虽然写的是三十年后之上海，但在进入故事时，却把"未来时"当作"现在时"使用，把"现在时"变成了"过去时"来讲述，在最后才点明，"滔滔的一大篇，

---

① 刘柱章：《陶渊明的乌托邦》，《艺林旬刊》1925 年第 4 期。
② 吴闻天：《三十年后之上海》，《新上海》1925 年第 8 期。

都是民国纪元后四十四年上海的事情，怎么被我现在已记出来呢"。到此，所述故事回归应有的时态。这是把未来拉入当下来叙述的一种特殊方式。但其实质，仍然属于把现实的不满与焦虑带入未来社会的想象。

徐卓呆的《明日之上海》是一部以"明日上海"来映射、嘲讽"今日上海"的"滑稽小说"。小说在徐卓呆自己编辑的《新上海》月刊连载时，第一期之后所刊登的内容，每次都在题目右边附上一段几乎不变的文字："【已刊大略】有一个从小离开上海的华侨之子，一朝从南洋回到进步的上海，遇见许多料想不到的事，样样都很有趣。"这段文字透露了几个关键信息，一是小说采取"重游"上海的叙事模式，归国华侨之子莫敏棋（很容易让人联想到"莫名其妙"）遇到的事是"料想不到"的，且"很有趣"。二是莫敏棋再次进入的是"进步的上海"。在这里，"进步的上海"是作者对"明日上海"的总体确认。实际情形并非如此，莫敏棋俯瞰这个城市时，"觉得竟与自己理想中的新上海，大不相同，更与自己幼时所见的上海，也不大相同"①。小说所描绘的未来上海不是朝着理想状态迈进，而是朝着荒诞离奇的方向"进步"。《明日之上海》分十一部分在《新上海》连载，第二、六、七、八、九部分都是关于个人或公司无奇不有的宣传推销术，如第二部分写小报发达，竞争激烈，于是有人突发奇想，把报纸印在面包、奶油等各种物品上，称为"油报""麴报"，其内容不过是相互攻击谩骂②。再如第六部分写商家的"最新营业法"，商家为了吸引顾客，大减价之外还有赠品，其头彩赠品甚至包括公司经理的姨太太一名，更荒诞的是，中头彩的竟是经理的儿子③。这些都是对势利庸俗的上海的嘲讽。但是，对可笑的人和事加以嘲笑，只能当笑话看，既无深意，又缺乏反思。相对来说，能让人发出"苦涩的笑"的为"（一）舶来车

---

① 徐卓呆：《明日之上海》，《新上海》1925 年第 2 期。

② 同上。

③ 徐卓呆：《明日之上海》，《新上海》1926 年第 2 期。

夫"和"（三）惊人的古董店"这两部分。"舶来车夫"讲述上海的外侨养尊处优，出门有车，后因恐惧老不用腿会变成蜗牛模样，便把拉黄包车当作时尚的健腿运动，免费载客。莫敏棋刚回到离别多年的上海，便遭遇了白种外国人身穿晚礼服免费拉车送他去旅馆的事，很是不解。这个故事既是对租界外侨生活奢华的攻击，又把往日狂妄的外侨置于低眉顺首的臣服状态，满足了民族主义的意淫心态。租界是外国人的天下，崇洋是租界的一贯风气，小说对这种状况进行了反讽。在"惊人的古董店"，莫敏棋看到货架上摆的竟然是中国人的日常用品，备感疑惑。好友陆芝谷（伴游）告诉他，由于上海人崇拜洋货，样样都用洋货，使得中国产品在市场上几乎要绝迹了，故都成了价格昂贵的古董。高价购买这些古董的却是洋人，他们或买来当装饰品，或买来当珍贵礼品送人，闹出不少笑话，如把中国夜壶当花瓶摆在客厅里，把饭桶当荣誉证明。①"惊人的古董店"具有双向反讽的意味，既讽刺了外国人对东方文化的误读，把污秽当宝贝，还自以为领会了中国文化的精髓，又讽刺了上海人盲目崇洋的心态，弃国货不用。而讲述这个故事的行为，则包含了作者以民族主义的方式所进行的自我解嘲。小说的"（十）性欲研究社的内容"②和"（十一）劳工神圣"③这两部分，似乎是借上海的欲望状况和娘姨行径来讽刺新式知识分子的身体解放观念和劳工神圣观念。

　　上海式乌托邦叙事受到租界文化的杂糅性的影响，提供的是杂糅乌托邦。梁启超把"大博览会"与孔子后裔论道糅合在一起，"大博览会"起源于西方，符合上海租界的商埠性质，但是在欧化的"大博览会"的中心安排孔子后裔论道，仿佛展示了一幅"中体西用"的漫画。在构设乌托邦时，中国作家念念不忘"大同"理想，梁启超把"大博览会"看作是商务、技艺、知识、宗教汇聚的"大同"盛会。包天

---

① 徐卓呆：《明日之上海》，《新上海》1925 年第 6 期。

② 徐卓呆：《明日之上海》，《新上海》1927 年第 9 期。

③ 徐卓呆：《明日之上海》，《新上海》1927 年第 10 期。

笑同样以上海"世界博览会"为载体，来经营他的世界大同理想①。蔡元培在《新年梦》中期待战争消失、国家消亡、语言统一的"真正的大同世界"出现。陆士谔的《新中国》也把未来中国描绘成没有战争、财富平均、人人小康的大同世界。就其实质，他们都是把中国的桃花源搬到上海租界，把乡村模式的桃花源修改成都市乌托邦。

在西方，"'城市'形象和'乌托邦'形象长久以来一直纠缠在一起"②。近现代中国作家借助上海空间所构设的大同世界是桃花源与乌托邦的杂交，具有中西杂糅的特点。这个大同世界不是封闭的，而是面向全世界的。这个大同世界不是从天而降的，也不是由中国现实社会衍化而来的，而是对殖民性的上海租界进行一番"清洗"的结果。理想世界的叙述包含中国文化的元素，如未来中国梦总是从正月初一开始、保持青春的药取名为返老丹等；也掺杂了西方文化元素，如代议制的议会形式、最先进的工程技艺等。在空间的组合、景观的展示上，又可以看到明显的租界痕迹。包天笑的连载小说《新上海》第一回介绍了"世界博览会"场景和描绘的以上海为中心的交通地图，从中能嗅到洋场繁华绘影的余味，与"上海地方，为商贾麇集之区，中外杂处，人烟稠密，轮舶往来，百货输转"③之类的现实书写有着类似之处。但小说接下来把桃花源搬入上海大都市，以现代的博览会来容纳古典的桃花源："博览会的公园内，有一处地方，是一带清溪，回抱着两面堤岸，上面搭着几个茅亭，一大方草地，碧茸成茵，两岸却都种了桃花……已经熳烂地开放了。那清溪中也有几只小船，铜栏绿幔，放乎中流，好似身入桃花源一般。"④小说中的人物、场景、科技所组合的情境，非常奇特：年已八旬的过时客，带领一群

① 包天笑：《新上海》，《新上海》1925 年第 1 期。
② ［美］大卫·哈维：《希望的空间》，胡大平译，南京大学出版社 2006 年版，第 152 页。
③ （清）吴趼人：《二十年目睹之怪现状》，人民文学出版社 1959 年版，第 1 页。
④ 包天笑：《新上海》，《新上海》1925 年第 1 期。

儿孙游览现代的博览会，随后又步入古典的"桃花源"，遇到几位老友，作怀旧之谈，并讨论起跨江大铁桥、剧场音效设计、近视眼特效疗术、高架火车、地底火车；回到住处花树缭绕的"稻香村"，用无线电话与杭州的老友通话，邀请他来参观博览会；客人来后，被安排在自家的公共餐厅吃自助餐。这不是租界文化中西杂糅特性的绝妙写照吗？

如果注意作者的身份，会发现民国后从事乌托邦叙事的小说家都是被称为"通俗作家"（鸳鸯蝴蝶派）的一帮人。他们在上海卖文多年，有着扎实的旧学功底，又通过各种途径受到西学的熏陶，思想观念半新不旧。他们的生存环境与经验见识决定了中国的乌托邦叙事是中西杂糅的，是上海式的。通俗作家之所以纷纷进入乌托邦叙事领域，一方面缘于他们骨子里有着传统文人的诗性情怀，而"凡富于诗的精神者都自有他的理想世界"[1]。另一方面缘于他们对上海租界的态度有着"城"与"人"的区分：对"城"（欧化的城市景观与市政管理）持文化认同的态度，对"人"（违背儒家伦理规范的名利追逐与欲望放纵）持道德批判的态度。换言之，从器物、制度层面来看，上海租界呈现出令人欣喜的欧化的繁华气象；从儒家道德理想来看，上海租界则是黑色染缸和罪恶渊薮。当通俗作家专注于物质性与知识性的现代文明，并对租界、华界的状况进行反转后，上海就成了理想未来的模拟空间。当通俗作家同时把中国传统精神趣味加入其中，最终泡制出来的产品就是上海式乌托邦。

---

[1]　刘柱章：《陶渊明的乌托邦》，《艺林旬刊》1925 年第 4 期。

第七章　上海租界的空间政治与文学书写

一、混搭、并置与对照的空间结构

上海原本是中国的城市，但自从外国租界嵌入、切割、重组上海的城市空间后，上海空间权力的同质化被瓦解，租界逐渐成了城市的中心。

租界辟设后的上海具有"辐辏"的空间性①，不同的人群、制度、文化都赋存于空间，使得上海空间仿佛"一所最复杂，最奇特的，最丰富的博物馆"②。上海的城市空间可谓"一粒粟中藏世界。虹口如狄思威路、蓬路、吴淞路尽日侨，如在日本。如北四川路、武昌路、崇明路、天潼路尽粤人，如在广东。霞飞路西首尽法人商肆，如在法国。小东门外洋行街多闽人行号，如在福建。南市内、外咸瓜街尽甬人商号，如在宁波。国内各省市民，国外各国侨民类皆丛集于此，则谓上海为一小世界亦无不可"③。在社会制度方面，上海也呈现出一种混搭风格。"一个国家存留几种社会制度的现象，在殖民地及其他经济落后的国家，是有的。然而在一个都市，而能容许各种社会制度的

---

① 刘建辉：《魔都上海——日本知识人的"近代"体验》，甘慧杰译，上海古籍出版社 2003 年版，第 2 页。

② 郑振铎：《上海之居宅问题》，《文学周报》1927 年第 4 卷合订本。

③ 胡祥翰、李维清、曹晟：《上海小志·上海乡土志·夷患备尝记》，上海古籍出版社 1989 年版，第 51 页。

存在，那就不能不数东亚的老大中国，被白种人统治下的上海了。"①
不同的社会制度与空间文化的"辐辏"，影响了上海人的精神结构。
夏征农对之有过精辟的阐释："在上海，我们就可以看到高入云霄的
三大公司，与古香古色的虹庙为邻，看到风驰电掣的电车汽车与独
轮手推车同路。由这反映到人的思想上，于是就成为：提倡科学救
国者，同时又在那里提倡念经救国、太极拳救国；出入歌台舞榭者，
同时又在那里朝山拜佛、顶礼求神。"② 于是，徘徊于上海的十字街
头，潘汉年观察到的就是"狂叫明天开彩的慈善家"，"演讲'劳工
神圣'回来的阔少"，"刚认识之乎者也，而大卖圣书子书的闹客"，
"穿着西装的先生，向人招呼而恭恭如也作揖"，"左手提着白兰地，
右手挟着美姑娘要赴跳舞场的革命文学家"……③ 潘汉年所描画的
街头人物群像，因古与今、中与外的杂糅以及身份与言行的脱节，
呈现出难以协调的矛盾性。文化艺术空间亦是如此，胡适去六舞台
看戏，看到在洋房里表演的还是二十年前的老角色，虽然用了新式
机关布景，却仍然摆不脱旧式的程式动作，明明有了门，还要做手
势去关那没有的门④。租界化上海的文化空间总给人以脱序与冲
的感觉。

　　上海空间的"辐辏"或混搭，遵照对照原则，租界与华界给人
截然不同的空间感。晚清时期作为上海学校乡土教材的《上海乡土
志》写道："租界马路四通，城内道途狭隘。租界异常清洁，车不扬
尘，居之者几以为乐土；城内虽有清道局，然城河之水秽气触鼻，僻
静之区坑厕接踵，较之租界几有天壤之异。"⑤ 租界与华界的街道状况

---

① 段可情：《火山下的上海》，《创造月刊》1928 年第 1 期。

② 夏征农：《读〈啼笑因缘〉——答伍臣君》，见魏绍昌编：《鸳鸯蝴蝶派研究资料》
　上卷，上海文艺出版社 1984 年版，第 91 页。

③ 潘汉年：《徘徊十字街头》，《幻洲》1926 年第 1 期。

④ 胡适：《归国杂感》，《新青年》1918 年第 1 期。

⑤ 胡祥翰、李维清、曹晟：《上海小志·上海乡土志·夷患备尝记》，上海古籍出
　版社 1989 年版，第 68 页。

差异如此之大，以至于"瞎子认得租界"①。留日归来的郭沫若认为毗邻的租界与华界简直是一个"骇人的奇迹"，几步之遥，却隔着"好几个世纪"②的差距。这种情形在1928年革命作家笔下同样如此："外国人统治下的租界，有整洁坦平的马路。伟大的建筑物，与乎各色车辆的交通工具，都是清洁华丽的。中国人管理下的华界，有污秽不平的街道、矮小的房屋，也有点缀文明的交通工具，几辆破旧不堪的车子。"③时尚杂志《良友画报》通过图片与文字构设了1934年上海的空间特性："中国的上海在南市，在闸北，在西门。那里有狭小的房子，有不平坦的马路和污秽的街道。""外国的上海在霞飞路，在杨树浦，在南京路，在虹口。那里有修洁整齐的马路，有宏伟的建筑物，有最大的游乐场所，有最大的百货商店，还有中国政府要人们的住宅。"④

　　两个上海的存在及其毗邻关系，生成了中国与西方、传统与现代、无序与有序、破败与繁华的空间并置。并置、对照的空间结构，预设了上海在近代中国所扮演的角色："就在这个城市，中国第一次接受和吸取了十九世纪欧洲的治外法权、炮舰外交、外国租界和侵略精神的经验教训。就在这个城市，胜于任何其他地方，理性的、重视法规的、科学的、工业发达的、效率高的、扩张主义的西方和因袭传统的、全凭直觉的、人文主义的、以农业为主的、效率低的、闭关自守的中国——两种文明走到一起来了。两者接触的结果和中国的反响，首先在上海开始出现，现代中国就在这里诞生。"⑤上海的现代性空间也因此充满硝烟味，混杂着民族的屈辱与自强，成为解读中国现代转型与知识分子现代体验的焦点空间。

①　徐公：《瞎子认得租界》，《新上海》1925年第1期。
②　郭沫若：《湖心亭》，见《郭沫若全集·文学编》第9卷，人民文学出版社1985年版，第398页。
③　段可情：《火山下的上海》，《创造月刊》1928年第1期。
④　《如此上海——上海租界内的国际形象》，《良友画报》1934年第89期。
⑤　[美]罗兹·墨菲：《上海——现代中国的钥匙》，章克生等译，上海人民出版社1986年版，第4—5页。

二、上海租界的空间殖民主义

在上海绵延的城市区域，空间权力处于分割的状态。上海地方政府、工部局、公董局分别为华界、公共租界与法租界的权力机构。空间的并置与权力主体的分离，必然造成空间权力的争夺。自上海设立租界，空间权力的抗衡就没有停止过。上海道台宫慕久最初与英国领事贝尔福商定把城外的一片泥滩租给英国人，就包含对"蛮族"的高度警惕，有着"种族隔离"的考虑。然而，另辟空间的策略并没有阻止"华洋杂居"时代的到来，反而让租界成了一块不可控的"飞地"。上海租界正是在中外人士的"误解"中蓬勃发展的。[①] 租界的盛况让外侨备感自满，霍塞在《出卖上海滩》中不无得意地炫耀：贝尔福在租界地址的选择上"极显他的眼光之远大"，"他早已看到这片清目荒芜的泥滩将来必可成为英国在远东的势力根据地"。[②] 其后租界的扩张，英、法、美三国租界的分合，警察司法权力的易位，等等，都涉及空间权力的争夺与抗衡。

自晚清到民国，上海地方政府一直致力于改善华界的城市状况，增强华界的现代性质，赋予空间更多的民族尊严。1927 年上海特别市市长黄郛提出两条设想："一是筑一条环绕租界的道路"，以限制其越界发展；"另一条是吴淞筑港，并在吴淞与租界之间开辟一新市区，以削弱租界的重要性"。这两项构想成为 1929—1930 年市政当局制定《上海市市中心区域计划》和《大上海计划》的思想基础与主要出发点。[③] 除此之外，中国政府还把空间权力对抗场直接挪到租界。《上海

---

① ［法］白吉尔：《上海史：走向现代之路》，王菊、赵念国译，上海社会科学院出版社 2005 年版，第 11 页。

② ［美］霍塞：《出卖上海滩》，越裔译，上海书店出版社 2000 年版，第 8 页。

③ 张晓春：《文化适应与中心转移：近现代上海空间变迁的都市人类学研究》，东南大学出版社 2006 年版，第 104 页。

旧事》一书提到，1935 年，中国银行决定在外滩造一幢 34 层的中国银行大厦，"由于与沙逊大楼毗邻，跷脚沙逊立即横加阻挠：'这是英租界，在沙逊大楼附近造房子，不准超过我这大楼的金字塔顶。'中国银行不服，官司一直打到英国伦敦，结果还是跷脚沙逊获胜，中国银行被迫让步，34 层削去一半只造 17 层，两层还造在地底下。大楼造型为近代表现派中国民族式，大门上方有孔子周游列国石雕一组，借以表现礼仪之邦的中国与各国友好相处的愿望，但又忘不掉这幢大楼横遭欺凌之耻辱，所以屋顶上竖了根十米高的旗杆，借以在想象中稍泄心头之恨。"① 从中，我们可以看到租界空间权力斗争的激烈，孔子周游列国石雕与高高矗立的旗杆，可以看作空间权力的符号，标示着空间权力的主体性与等级性。

空间"永远是政治性的和策略性的"②。传统中国城市空间的政治性和策略性是本土权力结构与文化秩序的映射，而上海租界之所以显得另类，很大程度上是因为它的空间政治遵循的不是中国本土逻辑。

租界外侨的空间政治可以归结为"空间殖民主义"。吴家骅曾从建筑学的角度描述了"空间殖民主义"的特征③，陈蕴茜从文化学的角度对之进行了局部修饰："空间殖民主义的主要特征是在他人之乡，按自己的生活习性、文化偏爱去构造一个为自己所喜闻乐见的空间环境，以殖民空间移植来满足并宣扬自己的生活方式，表现自己的文化优越感，无视他人、他乡的社会及生态环境，从视觉到物质感受上嘲弄地方文化，奴化他国民众的心身。"④ 上海租界的城市规划、建筑风格、娱乐场所等方面都体现出空间殖民主义的特点。不同于以行政、宗教、园林空间为城市结构主线的上海旧城，租界是按照商业主

---

① 沈宗洲、傅勤：《上海旧事》，学苑出版社 2000 年版，第 60 页。
② ［法］亨利·列斐伏尔：《空间政治学的反思》，见包亚明主编：《现代性与空间的生产》，上海教育出版社 2003 年版，第 62 页。
③ 吴家骅：《论"空间殖民主义"》，《建筑学报》1995 年第 1 期。
④ 陈蕴茜：《日常生活中殖民主义与民族主义的冲突：以中国近代公园为中心的考察》，见王笛主编：《时间·空间·书写》，浙江人民出版社 2006 年版，第 278 页。

义的原则来规划城市空间的，商业行政区、休闲消费区与生活住宅区
有着大致区分，各个区间以马路连接贯通，带有明显的西方都市文化
特征。商业行政的集中地为外滩，黄浦江上长期停泊的外国军舰让外
侨"感到安全"①，同时也昭示了外滩商业主义的强权性质。进入租界，
"耳目之所接触，不啻身入欧美都市也"②。租界的标志性建筑都为欧
美风格，大理石等材料有的是直接从欧洲运来的。外侨把自己国内的
娱乐休闲方式带到上海，建立了俱乐部、跑马场、公园、跳舞场、咖
啡馆、弹子房……供他们闲暇消遣。外侨集中居住于租界的西部，离
南京路不远，空间开阔，非常幽静，空气也清爽得多。③ 外侨的洋房
依照西方社会的住宅风格而建造。郭沫若对上海西洋人的洋房是这样
描绘的："红的砖，绿的窗棂，白的栏杆，淡黄的瓦"，"壁炉的烟囱
头上涌出淡紫色的煤烟"，"平坦的蛋黄的草园，修饰的浅黑的园径，
就好像一幅很贵重的兽毯一样铺陈在洋房的下面"。④ 外侨对租界空
间的规划与塑造所采取的空间殖民主义，制造了"异托邦"的实景与
幻境。"异托邦"（heterotopias）⑤ 是福柯创造的一个概念，福柯认为殖
民地也是一种"异托邦"。上海的外侨通过复制西方本土的空间文化
特性，让他们拥有经验的连续性与权威感。例如，《上海》中的海关
职员、英国人丹顿走进外滩海关大楼，便找到了自信，因为在"丹顿
看来，海关大楼同恩菲尔德的市政厅没什么两样，都有一个高大的方
塔楼和一只大钟，十足的英国风格使他恢复了自信"⑥。因此，上海的

① ［美］霍塞：《出卖上海滩》，越裔译，上海书店出版社 2000 年版，第 8 页。
② ［美］卜舫济：《上海租界略史》，岑德彰编译，勤业印刷所 1937 年版，第 1 页。
③ 参见梁得所：《上海的鸟瞰》，《旅行杂志》1930 年第 1 期。
④ 郭沫若：《亭子间中的文士》，《现代评论》1925 年第 8 期。
⑤ 福柯的演讲《另类空间》（Des Espaces Autres，1967 年）对"heterotopias"概念
作了较多的阐释。国内的译者曾把"heterotopias"翻译成"异位"（《不同的空间》，
周宪译，见福柯等著《激进的美学锋芒》）、"差异地点"（《不同空间的正文与上
下文》，陈志梧译，见包亚明主编《后现代性与地理学的政治》）、"异托邦"（《另
类空间》，王喆译，《世界哲学》2006 年第 6 期）。
⑥ ［英］克利斯多福·纽：《上海》，唐凤楼等译，学林出版社 1987 年版，第 20 页。

外侨很容易产生错觉，以西方的经验与行动方式来判断、分析、批判租界的空间性质，抱着彭家煌的小说《教训》中西洋女子那种殖民心态。

外侨十分重视租界空间的等级性和掌控权。租界的外侨"对于中国人的宗教视为是野蛮的，对于中国人的一切习俗视为是近乎儿戏的"①。租界的殖民者习惯于在时间上把"被殖民者分析为在种族根源上是退化的种群"②，从而在空间上划分出华洋权力等差。几部欧美作家所创作的关于上海的长篇小说表明了这一点，在克利斯多福·纽的《上海》、乔治·苏利哀莫郎的《留沪外史》③、爱狄密勒的《上海——冒险家的乐园》④ 中，都刻意标明"英地界""法地界""中国城"的空间属性，叙述雄心勃勃的洋人从高楼俯瞰这座城市的姿态。这些初到上海的洋人，被要求服饰端庄考究，而在空间上他们毫无例外地与豪华旅馆、宽敞住宅、巍峨的办公楼相关联；而城中的华人，则显得肮脏瘦弱、麻木卑怯，被置于混乱、低矮、浊臭的棚户区或狭窄街道中来展示。由此，华洋等级与空间等级之间产生了固定的意义联络。并且，外侨还特意强化空间的等级和特权。租界里的华人虽然同样负担捐税，却长期在工部局与公董局中无参政之权，不能享受同样的空间权力；华人没有资格进入外侨的俱乐部；汇丰银行的大门只允许外侨进入，华人办事一律走后面的小门（《官场现形记》第三十三回写到这种情形）；租界里的电车车厢划分为一等与三等两个区间，通过隔离来表明外侨的优越与高贵；租界里的公园直到 1928 年 6 月 1 日起，才取消门禁，向华人开放……

租界外侨还通过象征性空间的建造来表明自己的主人翁身

---

① ［美］霍塞：《出卖上海滩》，越裔译，上海书店出版社 2000 年版，第 21 页。

② 章辉：《抵抗的文化政治：霍米·巴巴的后殖民理论》，《吉首大学学报》（社会科学版）2010 年第 1 期。

③ ［法］乔治·苏利哀莫郎：《留沪外史》，张若谷译，真善美书店 1929 年。

④ ［英］爱狄密勒：《上海——冒险家的乐园》，阿雪译，生活书店 1946 年。

份。1869 年英国爱丁堡公爵来游上海，外侨为之举行了盛大的欢迎仪式①；1915 年法租界以民族英雄霞飞将军的名字来命名界内最繁华的马路；外侨还在外滩建造了巴夏礼铜像、赫德纪念铜像、伊尔底斯纪念碑和胜利女神纪念碑，在中国的土地上铭刻他们的英雄形象和历史事件。租界外侨的行径，无疑"视上海租界为其国土的延伸"②，是典型的空间殖民主义。布尔迪厄指出："客观的权力关系，倾向于在象征性的权力关系中再造自身。"③租界外侨的做法，无疑是以象征性的空间来强化、传播他们的空间权力。

外侨通过"文化移入"④的方式来重构上海租界的文化生活空间，通过重现故国的空间以自适，通过标示空间的等级性、设置空间的门禁来显示种族身份的优越感，通过象征性空间来表明他们在租界的主人翁地位。

三、抵抗租界文化空间的多重策略

"空间是任何公共生活形式的基础。空间是任何权力运作的基础。"⑤外侨以殖民话语策略来控制租界空间，中国作家则密集地进行纸上的对抗。租界空间在现代作家心中所激发的情感，包含对殖民主义的愤懑，进而传达出阶级与民族的利益诉求。

---

① ［美］卜舫济：《上海租界略史》，岑德彰编译，勤业印刷所 1937 年版，第 25 页。
② 沈宗洲、傅勤：《上海旧事》，学苑出版社 2000 年版，第 66 页。
③ 皮埃尔·布尔迪厄：《社会空间与象征权力》，见包亚明主编：《后现代性与地理学的政治》，上海教育出版社 2001 年版，第 306 页。
④ ［美］H. J. 德伯里：《人文地理：文化社会与空间》，王民等译，北京师范大学出版社 1988 年版，第 124 页。
⑤ ［法］米歇尔·福柯、保罗·雷比诺：《空间、知识、权力——福柯访谈录》，见包亚明主编：《后现代性与地理学的政治》，上海教育出版社 2001 年版，第 13—14 页。

租界里的中国知识分子处于双重帝国①（中华帝国与欧美帝国）的边缘，不仅被北京坚守道统的庙堂知识分子所看轻，亦感受到外侨的种族歧视。因而，应对空间殖民主义时，他们的边缘身份决定了其话语策略并不完全一致。

留日归来的创造社作家更在意租界文化空间的英伦性质，敏感于民族身份，有着深切的空间屈辱感。他们置身租界文化空间，一时还难以适应，透露出空间的迷惘感，甚至理不清日本、中国、上海、故乡、欧美等多重空间所带来的身份确认问题，容易陷入殖民主义与民族主义纠缠的复杂境况。

文学研究会的作家倾向于把租界当作人间社会，对空间占有的贫富不均深表不满，如叶圣陶的《丛墓的人间》、郑振铎的《上海的民宅问题》都是从"人"的角度来讨论上海的住宅问题。郑振铎的《上海之公园问题》虽然以"主人"与"客人"来指称租界外侨与华人的身份，但主要还是落脚于"少数"与"多数"的权利平等，以"市民权"来声讨租界公园的空间垄断。

北京提倡文学革命的知识分子只是遥远地表示对上海的轻蔑（尽管胡适、陈独秀最初的现代性体验与上海直接相关），陈独秀的四次"论上海社会"、胡适的《归国杂感》、鲁迅的《所谓"国学"》、周作人的《上海气》等文章皆持这种态度。北京的知识分子不仅鄙视上海，而且把上海往"复古"的怀抱里推，这颇值得玩味。毋庸置疑，"上海是西方文化输入的窗口，中西文化首先在这里碰面、会叙，所以近代中国的新学许多是在这里孕育，再由这里扩散。"②然而，在五四时期，倡导文学革命的北京知识分子漠视上海的欧化思想与摩登文化，着意批判上海以新招牌贩卖旧货的行径。1918 年 1 月，胡适发表《归

---

① [美] 孟悦：《"世界主义"景观与双重帝国边界上的都市社会》，见刘东主编：《中国学术》第 13 辑，商务印书馆 2003 年版，第 37 页。

② 陈旭麓：《说"海派"》，见马逢洋编：《上海：记忆与想象》，文汇出版社 1996 年版，第 167 页。

国杂感》^①一文，在文中嘲笑了上海舞台的"旧手脚"和出版界的老套陈腐。1920年，陈独秀在《再论上海社会》和《三论上海社会》中对上海社会打着新文化招牌兜售旧派黑幕小说，借西方名人宣传"国粹"的做法表示愤怒，认为一切新式的东西到了上海都充满了铜臭味。^②1922年，鲁迅在《所谓"国学"》中指责洋场上"商人遗老们"与"文豪"，"趁着新旧纷扰的时候"，居然以"国学家"自居，印古书，贩卖鸳鸯蝴蝶体小说。^③1927年，周作人发表文章批评"上海气"，说"上海气的精神是'崇信圣道，维持礼教'"^④，有复古倾向。

为什么五四时期北京的新文学家执意要把上海风气朝着守旧复古的路子上推？这是他们提倡新文学反对旧文学的必然策略吗？是因为新文学家的提倡相对于上海已有的文化变革（上海是晚清文学变革与通俗文学创作的大本营）来说不算新奇，为了标新立异，故在策略上攻击上海的"旧"？或是出于传统的"文学神圣"观念对上海文学商业化风气的本能反感？这些假设不是毫无依据的，但最根本的解释可能还是租界空间及其所造成的精神状态（可参照前文夏征农的观点）。租界空间文化的混搭风格与商业主义（租界最基本的性质就是殖民性的商埠）的合谋，造成了上海的文学（文化）事业"新"中有"旧"，使命感中混杂着商业的考虑，追逐潮流的同时不忘市民趣味，总之，给人的印象就是上身马褂下身西裤的扮相。提倡文学革命的北京知识分子大致持"全盘性反传统"的态度，自然对亦中亦西、亦新亦旧的上海文坛（文化）深表不满，并选择性地攻击其"中"与"旧"。这也可以看作空间性的文学话语权力争夺，也就是说，自文学革命始，京海对峙的空间格局就已确立。

---

① 胡适：《归国杂感》，《新青年》1918年第1期。
② 陈独秀：《独秀文存》，亚东图书馆1922年版，第95—97、101—102页。
③ 鲁迅：《所谓"国学"》，见《鲁迅全集》第1卷，人民文学出版社2005年版，第409页。
④ 周作人：《上海气》，《语丝》1927年第112期。

实际上，各类作家都对租界空间缺乏认同感。租界空间的变化速率与节奏太快，而稳定的、熟悉的、习惯的空间形态是产生认同的基础，不断变换的城市空间形态"无法建立使其存在得以立足的感觉结构"①。作家旧有的乡村空间经验和城市空间经验难以用来解读租界空间，租界空间显得怪异，阻断了作家空间经验的连续性与一贯性，也阻碍了认同感的萌生。租界空间的殖民性更使得作家对之持拒斥的态度。

总体而言，现代作家对上海空间的体验与评判，迥异于外侨的姿态，但是亦存在内部的差异。"上海的时间与空间是分裂流动的。不同而并存的都市想象、多重社会认同体系之间的对抗和交互挪用，是上海现代性的复杂起源之不可避免的结果。"② 因此，新旧文人、外侨对租界空间的想象呈现出丰富的样态。

四、通俗作家的租界空间叙事

租界空间叠加着历史、民族、阶级、性别、道德的辩证关系，租界化上海的城市空间是一种特殊的社会空间，涉及民族意识、国家权利、阶级观念、种族优劣、文化身份、人身安全等问题。"海上繁华"是上海租界空间的基本特质。晚清文人对上海的想象与叙事充满道德的忧虑，同时又掩饰不住对海上繁华的艳羡。当晚清文人充满道德热情时，上海空间就被描绘为堕落的深渊，当晚清文人试图寻求黑暗中国的出路时，租界往往成为理想社会的可能选择，租界空间也被赋予了隐喻性的意涵。《海上尘天影》是较早在租界中构设理想社会的一部小说，包含华人的权力意识表达。小说中的核心空间绮香园位于

---

① 吴冶平：《空间理论与文学的再现》，甘肃人民出版社 2008 年版，第 82 页。

② ［美］孟悦：《"世界主义"景观与双重帝国边界上的都市社会》，见刘东主编：《中国学术》第 13 辑，商务印书馆 2003 年版，第 37 页。

租界区域，其权力结构却是租界现实的反转：绮香园由中国的花总掌管，日本妓女与西洋妓女则处于"属下"的地位。《官场现形记》表明了以洋场拯救官场的诉求。在叙述完黑幕层张的系列官场故事后，小说以甄阁学的老大哥病中所做恶梦收结。他的梦分为两个空间场景：第一个空间场景为豺、狼、虎、豹、猫、狗、老鼠、猴子、黄鼠狼等所聚集的树林子，隐喻魑魅魍魉的中国官场；第二个空间场景为上海公共租界的大马路，道路平坦，马来车往，洋楼高耸，一群中国官员安安静静、规规矩矩地坐在洋房廊下的椅子上，洋房里有人编校一本针砭官员劣迹的书（暗指《官场现形记》），准备拿来改造腐败的中国官场。在第一个空间场景中，豺、狼、虎、豹（鱼肉人们的中国官员）一副凶残嚣张的模样，而在第二个空间场景（租界）中，却显得服帖老实。第二个空间场景中的病人（暗指中国人是"病人"，需要疗治）问那是什么书，洋房里出来的编书人说，"上帝可怜中国贫弱到这步田地，一心要想救救中国"，然而中国人太多，老百姓怕官，只好编一本书先把做官的教育好。① 把两个空间场景连起来看，其中就有了以洋场拯救官场、西方拯救中国的意义指向。

民国成立之后，通俗作家仍然乐于借"海上繁华"说事，但"海上繁华"本身已成为他们质疑的对象。旧体诗《上海洋场序》既渲染了洋场的现代繁华景象，又指出租界的繁荣附带着中华"利权"的丧失，因而"但愿洋人海外流"②。包天笑的长篇小说《上海春秋》（1922—1926年）把上海当作"罪恶之薮"③，娑婆生（毕倚虹）的长篇小说《人间地狱》（1923年）把上海比作"恶汇而魑魅生，法紊而妖魔厉"④ 的人间地狱。

五四时期的通俗作家解构上海空间神话时，倾向于把上海与乡村

① 李宝嘉：《官场现形记》，人民文学出版社1957年版，第1049页。
② 梅鹤：《上海洋场·序》，《滑稽时报》1915年第3期。
③ 包天笑：《上海春秋·赘言》，漓江出版社1987年。
④ 袁寒云：《人间地狱·序一》，娑婆生：《人间地狱》，自由杂志社1924年版。

勾连。《乡老儿上海游记》记录的主要是乡老儿游历上海租界的见闻感受，但却从华界（半淞园）的景观开始落笔，以华界景观（半淞园）结尾。起始就营造了在半淞园静观江岸夕阳的传统中国空间的审美情趣。在引出游历者乡老儿之后，首先大肆渲染了乡村空间宁静幸福的生活。这与作者张冥飞以中国乡村空间的标准审视租界空间有关。张冥飞对国学的兴趣比较浓厚，他在 20 世纪 20 年代曾编了《章太炎先生国学讲演集》。从中国乡村空间的旨趣来审视上海见闻，那么"海上繁华"除了"热闹好玩"，余下的便只有虚假、险恶、淫欲、违背常理。《乡老儿上海游记》以乡下人的眼光与身份来暴露上海的本质，挖苦上海，是晚清文学中常见的乡下人在上海出洋相、遭欺诈模式的颠倒。在乡老儿的眼中，租界"现代文明"利弊同在，例如汽车就是"极便当之中伏着极不便当"的交通工具①。乡老儿以辩证的眼光来看待租界的物事，包括马路、汽车、火车、电车、住房、服饰、游戏场等，粉碎了"上海的名头了不得"的神话②。乡老儿一方面解构租界现代空间的神话，另一方面指出了租界空间的殖民性质。他指责上海人真窝囊，无权入公园竟然默默忍受；他感叹南京路上那么多的洋房晚上空着，华人却只能挤在狭窄的住房里；他惋惜那么多的华人丧生于车轮底下，更为"汽车见到外国人格外小心"而满怀民族义愤；他也注意到上海旧城的"街道果然不如租界修得整齐"，"乱糟糟的样子"。③乡村旨趣与民族意识的结合，让他感觉在上海"一刻也存身不住"。

小说《租界》④（作者叶劲风为《小说世界》杂志的编辑）以另一种叙事策略对租界的空间权力进行了质疑。对于七里庙的乡民来说，租界是一个繁华而令人生畏的世界，他们不厌其烦地谈论它，并心生向往。小说叙述了张老头子游历租界的过程。小说特别强调了张老

① 张冥飞：《乡老儿上海游记》（四），《心声》1923 年第 4 期。
② 张冥飞：《乡老儿上海游记》（一），《心声》1922 年第 1 期。
③ 同上。
④ 叶劲风：《租界》，《小说世界》1923 年第 1 期。

头子在七里庙的威望身份：最年长，有见识，"凡是后辈们有什么事，总得去请教他"。张老头子进入租界后，他的乡村经验失去了权威性，他不能理解租界管理规则（行人不能在马路中间走、不准随地大小便），虽误读而不自知。乡村长者在租界失去了认识与行动的能力，完全被租界所掌控，并且以误读的方式认同租界，希望外国人"看中"七里庙，把七里庙变成租界。张老头子游历租界的故事可以看作空间权力的交锋事件，中国的乡村空间经验难以理解西式的租界空间，在后者面前失去了行动的能力，完全为其所掌控。租界通过现代景观的视觉冲击和管理规则的规训，越过乡民的民族意识与政治观念的荒芜地带，征服了中国的乡村世界。租界以新奇宏伟的现代城市景观做支撑，造就了租界的权势话语地位，游历者也以新获取的租界空间经验为荣，转身便向乡村世界炫耀。小说的反讽叙事暗示了乡民艳羡租界的虚妄与愚昧。

《从上海来》《从上海来的客人》则反其道而行之，安排拥有上海空间体验的中国人回乡，借此表达对上海的否定。范烟桥的小说《从上海来》讲述了阿金水衣锦还乡的故事。五年前阿金水在村里做长工，五年的上海生活把他驯化成了乡村的异己，他的穿着皮鞋走惯大马路的脚，已不适应乡村的土路，对故乡的乡亲故旧、生活环境都充满鄙薄，但他回答不了乡村教书先生的问题：外国公园为什么不许中国人和狗进去？乡村空间是停滞的、平静的，从上海来的阿金水打破了乡村的宁静，他对上海繁华景象的描绘，让村人感到乡下生活的暗淡，并对上海满怀企羡。他的离婚事件更是"惹得村上的人们心绪不宁"①，"上海之罪恶"渗透到了遥远的乡村。上海在小说中以邪恶的力量出现，上海来的阿金水与村里有名望有权势的倪相公相互勾结，进一步表明了上海租界文明对乡村的渗透与操纵。杨小仲的小说《从上海来的客人》首先渲染了嘉年村的所有村民对即将从上海回乡扫墓的

---

① 范烟桥：《从上海来》，《新上海》1925 年第 1 期。

方坤生的狂热期盼。倒不是因为方坤生是多大一个人物，而是因为方坤生是从神秘不可测度的上海来的，对方坤生回乡的狂热期盼，也就是嘉年村对上海的集体幻想。正因为方坤生是村人借以想象、羡慕上海的中介，故方坤生的上海装扮在村人的眼中焕发出耀眼的光辉。值得注意的是：乡村威望者——村中教书的老先生，他的"一切的行为，都是全村的表示"，然而，他在人前的严肃倨傲与在学生方坤生面前的平和谦恭形成了鲜明的对比。两人交谈，老先生这位村里知识最高的人，"不觉神智颓丧，感到自己的低微"①，怅然若失。方坤生的现代文化视野挫伤了乡村知识分子的自信。与村民对上海的狂热相比，方坤生比较冷静地阐释了上海的地狱与天堂的双重特性。最终村民也由狂热转向了冷静："上海是上海人的上海，关我们什么事呵！"

通俗作家对租界空间权力的叙述往往流于表面，叙事风格不无夸饰。他们常常以乡间的上海租界想象作为叙事起点，这种想象来自道听途说——"到过上海的人，都能确认上海的富丽繁华，回到家乡以后，莫不如海客谈瀛洲一样，说得人们心醉"②。通俗文学通过"入城"或"返乡"的故事，最终对坊间的洋场形象进行祛魅。在祛魅的过程中，租界的繁华、空间权力的华洋有别与生活状况的穷富悬殊是必不可少的元素。通俗作家表达对租界空间权力的不满时，心态单纯，采取的是作为华人（中华民族）一员的无等差立场，对空间权力的质问源于朴素的民族情感，对空间权力结构并不深究，也不详解。

五、新文学家的空间政治：弄堂、公园和马路

新文学家自然更在意租界的空间权力问题。与通俗作家有所不

---

① 杨小仲：《从上海来的客人》，《小说世界》1923 年第 7 期。
② 昧椒：《洋场零语》，《新中华》1935 年第 13 期。

同，新文学家不俯就市民趣味，也不从乡民的视角来辨析租界空间权力。参与叙述上海租界的五四新文学家不是"老上海"，他们往往是上海的寓居者、漂泊者或闯入者，如郁达夫、郭沫若、彭家煌、叶圣陶等。他们穿越喧嚣的租界空间，述说着属己的空间感。本雅明指出："大城市并不在那些由它造就的人群中的人身上得到表现，相反，却是在那些穿过城市，迷失在自己的思绪中的人那里被揭示出来。"① 正因为如此，新文学家对租界空间权力的叙述更具个性化，富有反思色彩。

"民族被想象为一个共同体，因为尽管在每个民族内部可能存在普遍的不平等与剥削，民族总是被设想为一种深刻的、平等的同志之爱。"② 但是上海新文学家民族情感的表达，总是掺杂着阶级观念的成分，五四时期是如此，20 世纪三四十年代更为凸显。因此，上海的民族主义是阶级民族主义。30 年代鲁迅批判国民党在上海的"民族主义"文学运动时也指出："殖民地顺民的'民族主义文学'……不是各民族间的平等的友爱。"③ 这一点在上海的空间叙事中被反复渲染。

空间有内外之分，有私人空间与公共空间的区别。租界时代上海地价的昂贵与人口的拥挤，使得空间问题上升为上海住宅的主要问题。逼仄的"内室"让寓居者深感压抑，住进上海的弄堂房子，"您总会觉得这回是进了牢笼了。四处都是房子，除了仰头到四十五度的角度以上才看得见的天空，再不会瞅见其他任何的自然，大都市的激动的神经强烈的刺激，也到不了您那里来。"④ 五四文学对上海住宅的关注，着意强调空间的压迫感。这种压迫感既源于居室的狭窄，让

---

① ［德］本雅明：《发达资本主义时代的抒情诗人》，张旭东等译，生活·读书·新知三联书店 1989 年版，第 6 页。

② ［美］安德森：《想象的共同体：民族主义的起源与散布》，吴叡人译，上海人民出版社 2005 年版，第 7 页。

③ 鲁迅：《"民族主义文学"的任务和运命》，见《鲁迅全集》第 4 卷，人民文学出版社 2005 年版，第 323 页。

④ 穆木天：《弄堂》，《良友画报》1935 年第 110 期。

人产生"黑暗地狱""丛墓""牢笼"等空间体验，也与宽阔的花园洋房带给底层社会的挫败感有关。这种挫败感与城市的殖民性有着内在关联，因此任何关于住宅问题的叙述，都喻示着空间的政治性。《上海人所占的空间》（1925年）一文对弄堂房子的分租所造成的局促空间，与公共租界南京路上先施公司、永安公司橱窗陈列的物品所占的阔大空间进行比较，得出令人惊讶的结论："上海人所占的空间，竟不及大公司窗中的货物。"[1] 叶圣陶在《丛墓的人间》（1924年）的开头就抛出人与空间的依存关系，并指出城乡居民无论穷或富，都拥有宽阔的生存空间。这算是铺垫，接着说到上海。叶圣陶以"丛墓的人间"来喻指上海底层市民的空间占位状况。上海设立租界后，石库门房屋逐渐成为上海的流行样式，就是所谓的"上海式房子"，这种一楼一底的"上海式房子"就像"印板文字"一样，全是一个模子。[2] 这是上海居住空间的趋同化。在这样的一套房子里，最大限度可以住七八户人家，杂乱肮脏。入夜后，楼上楼下横七竖八躺满了人，仿佛"新陈错杂的丛墓"。叶圣陶有感于租界中高大洋房与拥挤石库门的反差，呼唤空间权利的平等。他认为，所有上海人居住空间均等时，丛墓就变成了人间，而这将需要上海"转上那新的轨道"。[3]

　　远离自然，寓居于狭窄、昏暗、憋闷的弄堂，现代作家迫切需要不时归返自然以调节身心。然而，租界中空气清新、花草繁茂、场景开阔的自然空间属于稀缺资源，只有几处公园，且为外侨专享。例如，1916年公家花园（外滩公园）的《公园规则》规定："本公园是供当地外籍居留者休息的场所。"[4] 因此，郑振铎表示抗议："我们是被放逐于乐园之外了！主人翁是被放逐出自己的公园之外了！……我们

---

① 萧萧：《上海人所占的空间》，《新上海》1925年第1期。

② 郢（叶圣陶）：《丛墓的人间》，《文学周报》1924年7月21日。

③ 郢（叶圣陶）：《丛墓的人间（续）》，《文学周报》1924年7月28日。

④ 薛理勇：《旧上海租界史话》，上海社会科学院出版社2002年版，第259页。

的呼吸权是被剥夺尽了！"① 华人也不是全部不允许入园,1914 年版和
1923 年版的《上海指南》写道:"华人除西服或日本装者不得入内。"②
租界里公园空间的准入规则,明显包含种族、阶层、文化的偏见,现
代作家对公园空间的叙事,就容纳了作家对民族、阶级问题的思考和
对殖民特权的批判。创造社作家由于在情感与趣味上不与上海通融,
故对公园空间所包含的殖民意识与民族意识的冲突特别敏感。成仿吾
在《春游》(1924 年)中写道,"住在上海好像坐牢,孤独的我又没
有什么娱乐,在外人庇荫下嘻嘻恣欲的狗男女又使我心头作呕。外国
人的几个公园,都红着脸去游过多次"③。由于租界里的公园规定华人
只有穿西装才能入内,郭沫若为了能带孩子进入外滩公园玩,不得不
"穿件洋服假充东洋人",同时体验到"亡国奴"的屈辱感。④1928 年
租界里的公园对华人开放后,公园所承载的空间政治由殖民主义与民
族主义的冲突,转变为阶级观念。万迪鹤的《外滩公园之夜》并没有
把笔墨集中于描绘外滩公园的景色,借助嗅觉与听觉,作者由公园里
的场景联想到公园外苏州河腥臭的气息和生活重压下劳动者的呻吟,
指出这就是"外滩公园里最大的特色",由此完成了对空间阶级性的
控诉。公园里的情形,作者聚焦的是因农村破产来到城市以卖淫谋生
的女子,鹄面鸠形的妓女哀切地诉说着自己的凄苦处境,乞求男人照
顾她一次生意。作者以此来诅咒上海这座所谓的"文明都市"。而结
尾一句"回过身来,近中秋的月球在沙逊大厦的屋顶上,在沉沉地往
下坠"⑤带有隐喻的色彩,既是作者沉重心绪的映射,也透露出对特
权阶层空间权力沉沦的预期。茅盾的《秋的公园》(1932 年)把秋天
上海的公园看作"都市式高速度的旧战场"。其实,浪漫感伤的文字

---

①　郑振铎:《上海之公园问题》,《文学周报》1927 年第 4 卷合订本。

②　薛理勇:《旧上海租界史话》,上海社会科学院出版社 2002 年版,第 260 页。

③　成仿吾:《春游》,见《成仿吾文集》,山东大学出版社 1985 年版,第 444 页。

④　郭沫若:《月蚀》,《创造周报》1923 年 9 月 2 日。

⑤　万迪鹤:《外滩公园之夜》,《夜莺》1936 年第 1 期。

不过是用来遮掩作者真意的烟幕。散文在唯美颓废的抒情中，插入公园拒绝"短衫朋友"的事实，并在最后以感伤的笔调哀叹摩登男女的公园恋爱故事"将来就要没有：这样的风光不会长久"①。结合起来看，散文透露的是空间权力的阶级性以及摩登男女时代行将终结的主题。

马路也是新文学家经常着墨的空间。随着左翼文学观念在上海的汹涌扩张，马路空间在20世纪三四十年代成了新文学家阐发政治哲学的焦点空间。可以说，在三四十年代的中国，没有哪个城市的马路会像上海的马路那样，承载着如此浓厚的空间政治意味和性别欲望气息。无论《夜过霞飞路》②《深夜的霞飞路》③，还是《南京路》④《南京路行进》⑤《南京路序》⑥，抑或《北四川路之夜》⑦《神秘性的北四川路》⑧《北四川路无言的漫步》⑨，都把反殖民主义、民族观念与街头色情融为一炉，建构起租界马路的空间性质。租界马路空间的描绘带有"街头政治"（此处在字面意义上使用这一术语）的意味，也就是潘汉年在《徘徊十字街头》里提到的"街头哲学"。甚至孤岛与沦陷时期上海马路的空间叙事仍然大致沿袭这一策略。诗歌《雨霞飞路夜步》呈现的是沦陷时期的霞飞路，在飘雨的暗夜，霞飞路投影出人生选择与出路的彷徨与质问："霞飞路哀然踏在／无主宰的步伐下，／问一问到何处去吧，／你底眸子里藏着一个疑团。"⑩散文《霞飞路》⑪把霞飞路

---

① 茅盾：《秋的公园》，《东方杂志》1932年第8期。
② 王礼锡：《夜过霞飞路》，见《王礼锡诗文集》，上海文艺出版社1993年版，第571页。
③ 郑伯奇：《深夜的霞飞路》，《申报·自由谈》1933年2月15日。
④ 体杨：《南京路》，《市政评论》1935年第16期。
⑤ 洪遒：《南京路行进》，《文学青年》1936年第2期。
⑥ 芸斋：《南京路·序》，《关声》1935年第1期。
⑦ 李夾人：《北四川路之夜》，《中国学生》1935年第2期。
⑧ 逸子：《神秘性的北四川路》，《新人》1934年第7期。
⑨ 乐浪：《北四川路无言的漫步》，《大陆》1940年第3期。
⑩ 鲁宾：《雨霞飞路夜步》，《人间》1943年第1期。
⑪ 赵更媞：《霞飞路》，《上海生活》1939年第7期。

的街景与尚武精神、欧化风尚等联系起来。作品铺陈尚武精神的策略非常有意思。作品先引出德意志的尚武精神，接着为我们提供了一幅女性尚武的街景剪影：时尚的青年女郎在街上闲逛，雄赳赳的武夫陪侍在侧，活泼的哈巴狗在前引道。文章随后转入法租界霞飞路的类似场景：夕阳西下，晚风如织，打扮入时的外国女人牵着哈巴狗，旁边陪侍着一位浓眉大眼、昂首阔步的水手。霞飞路尚武意味的街景自然带有殖民地的色彩。作者接着追溯霞飞路与法国霞飞将军的关系，进一步把尚武的光荣归到外国人的头上。而晨曦之中匆忙赶路的中国女学生形象的引入，最终使女学生分享了霞飞路的荣光，成为另一道风景。在此，作者使用了"替代"的策略来叙述霞飞路的空间政治。

六、空间叙事的上海模式

两个上海（中国的上海与外国人的上海）的存在，以及空间的对照关系（新旧、中西、贫富），规约着上海叙事的基本思路，二元对立思维是上海书写的基本路子，影响了现代文学的文本特征。

首先，在结构上与行文思路上，上海书写的相关作品常常通过场景空间的对比、转换来谋篇布局，生发主题。例如叶圣陶的散文《丛墓的人间》，浑沌的散文《上海不可久留》①，王独清的诗歌《上海的忧郁》②，郭沫若的诗歌《吴淞堤上》、散文《梦与现实》和小说《湖心亭》，彭家煌的小说《势力范围》③，穆时英的小说《上海的狐步舞》，以及《母性之光》《风云儿女》《野玫瑰》《三个摩登女性》等国产影片，都是如此。段可情的《火山下的上海》④把上海比作一座无形的火山，

① 浑沌：《上海不可久留》，《小说月报》1923 年第 7 期。
② 王独清：《独清自选集》，乐华图书公司 1933 年版，第 99—106 页。
③ 彭家煌：《势力范围》，见《怂惠》，开明书店 1927 年版，第 119—129 页。
④ 段可情：《火山下的上海》，连载于《创造月刊》1928 年第 1、3、4 期。

而贫富悬殊、苦乐两重天的社会现实正在积累能量，终将摧毁这个"不平等，不自由，黑暗，污浊，腐败，奢侈的都市"。作品所采取的上海革命主题，借助了惯常的"天堂"与"地狱"相对照的隐喻结构。这种隐喻结构，依靠空间的并置来实现。空间的并置借鉴电影的蒙太奇手法，组织起上层阶级在跳舞场、妓院、洋房等空间的奢靡享乐生活，底层市民在工厂辛苦劳作，在酷热的夏夜蜷曲在鸽笼式的房间或马路的水泥地上等场景。通过场景的切换与对照来生发主题。穷人的酸辛证明了富人豪奢生活的不合理，华界的破败脏乱对比出了租界繁华的不正当，穷与富、天堂与地狱的空间对照对应着租界与华界的分野。因此，阶级革命主题与民族革命主题在空间上聚合。这恰恰证明了列斐伏尔的观点："空间里弥漫着社会关系；它不仅被社会关系支持，也生产社会关系和被社会关系所生产。"[①]

其次，近现代作家常常以一分为二的策略来叙述上海。晚清的小说在楔子、开头部分习惯以繁华与罪恶的二分态度来进入上海。例如，陆士谔的长篇小说《新上海》落笔即着眼于文明与野蛮在上海的奇异结合[②]。现代作家亦是如此。李定夷以"文明为罪恶之渊薮"[③]来为上海定性。何畏《上海幻想曲：1922年正月的印象》表达了对上海的两种态度："上海！我要做一曲怎样的赞美歌？""上海！我要做一曲怎样的吊亡歌？"[④]革命作家殷夫直面上海的双重品质：上海"是你击破东方的迷雾，/是你领向罪恶的高岭！""你是中国无产阶级的母胎，/你的罪恶，/等于你的功业"[⑤]。

另外，上海的空间特性与左翼阶级斗争观念有着内在的逻辑关联，为左翼观念的传播提供了现实注脚，并且为左翼文学叙事提供了

---

① [法]亨利·列斐伏尔：《空间：社会产物与使用价值》，见薛毅主编：《西方都市文化研究读本》第3卷，广西师范大学出版社2008年版，第25页。

② 陆士谔：《新上海》，上海古籍出版社1997年版，第1页。

③ 李定夷：《新上海现形记》，《小说新报》1918年第1期。

④ 何畏：《上海幻想曲：1922年正月的印象》，《创造季刊》1923年第4期。

⑤ 殷夫：《上海礼赞》，见《殷夫选集》，人民文学出版社1958年版，第69—70页。

便捷模式。"左翼的政治角色之一乃是在空间中进行阶级斗争"①，对空间差异的揭示无疑有助于唤起不平的情绪。早在 1923 年，郭沫若在《上海的清晨》中就写道："坐汽车的富儿们在中道驰驱，/ 伸手求食的乞儿们在路旁徙倚。"②由街道空间生存状态的差异，郭沫若推导出静安寺路"火山爆喷"的阶级革命主题。丁玲的《五月》《一九三○春上海》，郑伯奇的《深夜的霞飞路》，都是以场景、人物、处境的对立来构设左翼文学模式的。

　　这类受到租界化上海的空间政治的影响而创作的作品，我们可以笼统地称之为"上海式创作"，其文本结构与主题生成方式所形成的文本模式可以称为"上海文本模式"。

---

① ［法］亨利·列斐伏尔：《空间：社会产物与使用价值》，见薛毅主编：《西方都市文化研究读本》第 3 卷，广西师范大学出版社 2008 年版，第 30 页。
② 郭沫若：《上海的清晨》，见《郭沫若全集·文学编》第 1 卷，人民文学出版社 1982 年版，第 319 页。

第八章　租界里的民国机制与左翼
电影的边界

　　讨论左翼文学，其对象相对明确。因为文学创作属于个人的精神活动，只要作家愿意遵照左翼观念来创作，问题就不大。电影与文学不同，不属于"一个人"的事业。左翼[①]"没有资本，没有机器设备"[②]，没有自己的电影公司，左翼编剧和导演只能依靠"借鸡生蛋"的方式制作影片，这样生产出来的影片是否可以算作严格意义上的"左翼电影"？参与影片生产的左翼与非左翼人士，在何种情形下、在什么程度上能够达成共识？决定影片思想风貌的内外因素有哪些？当我们进入这些问题的历史情境时，"左翼电影"的边界就变成了一个需要重新考量的问题。

　　哪些国产影片可以纳入左翼电影的范畴？《中国左翼电影运动》是对"左翼电影"加以定性的权威资料集，在编辑的过程中，左翼电影运动的领导者夏衍"亲自确定了1932至1937年六年内，九家电影公司出品的74部国产电影为'左翼电影'，并明确表示，这74部以外的任何电影都不可以叫做'左翼电影'"[③]。令人不解的是，其中大约30部影片的导演或编剧并不是左联成员，包括《渔光曲》《姊妹花》《神女》《天明》《都会的早晨》《都市风光》《大路》《夜半歌声》等经典影片。那么，另外40多部编剧或导演为左翼文艺家的影片，是不

---

①　本章中的"左翼"用来指称文艺家或知识分子群体的身份时，限于党的"电影小组"和左翼文化总同盟（包括左翼作家联盟、左翼戏剧家联盟及其音乐小组、左翼美术家联盟等）中的成员，"非左翼"则指这个范围之外的人员。

②　阳翰笙：《左翼电影运动的若干历史经验》，见《中国左翼电影运动》，中国电影出版社1993年版，第5页。

③　孙建三：《关于中国教育电影协会的部分史料》，《电影艺术》2004年第4期。

是就可以贴上"左翼制造"的标签呢？或者说它们是否代表了左翼电影的独特精神风貌，属于"只此一家，别无分店"的电影类型呢？

问题并非如此简单。例如，被认为是左翼电影"第一声"的《狂流》，编剧夏衍是左翼电影的领导者，导演程步高并非左翼人士。夏衍后来坦言：把《狂流》说成是他的"创作"，是"欠妥当的"。他对《狂流》的编剧情形作了如实说明：导演程步高给夏衍讲了影片将要拍摄的故事（在夏衍担任明星公司"编剧顾问"之前，明星公司派导演程步高及摄影师去武汉完成了水灾新闻素材的拍摄，历时一个多月，拍摄的胶片达一万余尺），夏衍记录下来，然后与其他编剧一起仔细研究，尽可能保留导演提供的情节和结构，写出一个有分场、有表演说明和字幕的"电影文学剧本"，给导演看后，再根据电影公司的意见进一步加工，最后在编剧会议上讨论通过或重新修改。夏衍和程步高最初合作的《狂流》等剧本，都是这样定稿的。①

由此可见，《狂流》等相当一部分左翼电影，并不是由左翼人士独立编剧的，左翼人士只能算是剧本的主创人员，不能单方面决定电影的风貌，最终呈现在银幕上的故事是制片商、导演、编剧和其他工作人员，以及观众趣味、电影检查机构等综合意志的体现。那么，左翼电影的边界应该如何确定？

左翼电影的边界问题，需要进入 20 世纪 30 年代的民国机制，进入租界化上海的文化场域，才能作出符合历史的解答。

一、民国机制与左翼电影的生成空间、史述逻辑

"……民国机制就是从清王朝覆灭开始，在新的社会体制下，逐

---

① 　夏衍：《左翼十年》，见《中国左翼电影运动》，中国电影出版社 1993 年版，第 781—782 页。

步形成的，推动社会文化与文学发展的诸种社会力量的综合，这里有社会政治的结构性因素，有民国经济方式的保证与限制，也有民国社会的文化环境的围合，甚至还包括与民国社会所形成的独特的精神导向，它们共同作用，彼此配合，决定了中国现代文学的特征，包括它的优长，也牵连着它的局限和问题。"① 民国机制的观念视野对于廓清左翼电影的边界问题，同样行之有效。关于左翼电影的考量，必须放在诸种社会力量的综合中，考虑到民国社会政治的结构性因素和文化环境的围合，"还原面对民族危机的民国姿态"②，才能摆脱主观化的简单裁定，作出不违背历史的解释。

　　民国成立之初确立的民主共和制，使得国民政府统治下的文艺生产不可能形成"一体化"的局面。民国初年颁布的《中华民国临时约法》规定人民享有"各项之自由权"，包括"人民有言论、著作、刊行及集会、结社之自由"。③ 南京政府颁布的《中华民国训政时期约法》同样规定"人民有发表言论及刊行著作之自由"和"结社、集会之自由"，"结社"的自由是指"组织政党或社团"的自由。④ 从实际情形来看，针对国民党和民国政府的革命行动频繁遭到当局的严酷镇压，而文学艺术创作的自由、思想观念表达的自由，为约法所确认，存在较大的发挥空间。知识分子"以言获罪"的例子并不多见，国民政府逮捕、迫害左翼人士的理由不是言，而是行——从事革命活动。1933 年 4 月 26 日，江苏省高等法院宣判陈独秀"叛国"罪，宣判之后，章士钊仍能在报纸上公开为之辩护，声言"陈独秀倡言推翻国民党，并非危害民国，乃布达未来之政治理想，无背于近世立宪国之通则"⑤。由此可见，在 20 世纪 30 年代的民国，知识分

---

① 李怡：《民国机制：中国现代文学的一种阐释框架》，《广东社会科学》2010 年第 6 期。

② 秦弓：《现代文学的历史还原与民国史视角》，《湖南社会科学》2010 年第 1 期。

③ 《中华民国临时约法》，商务印书馆 1916 年版，第 2 页。

④ 《中华民国训政时期约法详解》，广益书局 1936 年版，第 9 页。

⑤ 《章士钊律师为陈独秀的辩护词：国民党与国家》，《申报》1933 年 5 月 4 日。

子可以振振有词地利用法律赋予人民的"自由权利",与国民党的专制相抗衡。

当然,不必幻想国民党的宣传部门会对左翼知识分子的言论放任不管。国民政府从维护其统治出发,利用书报和电影检查制度,对左翼文化进行压制、摧残,"不时查禁左翼出版物,但也不敢做得太过,有的禁了一段又开禁,有的加以修改或换一个名目之后亦能重新登场"①。甚至存在以暴力手段打击左翼文化的现象。常被电影史提到的是 1933 年 11 月"特务"捣毁艺华影片公司,并恐吓联华、明星、天一公司的事件。当局虽然通常为此类暴力事件的幕后指使者,但并没有采取军警公开执法的方式,大打出手的为"不明身份"的"特务""流氓"。这表明国民政府镇压左翼文艺时,多少有所顾忌。而且,每一次暴力事件都会激起知识界的声讨,让当局难以应对。

中国由辛亥革命到国共合作北伐,再到国共两党刀枪相见,然后进入 1931 年日本侵华的民族危机时期。革命的进程,导致了左中右翼知识分子之间历史与现实关系的错综复杂。20 世纪 30 年代的电影界汇聚了左中右翼知识分子,他们在现实利益、人情关系、思想观念、党派身份等方面纠缠在一起。例如,起草制定《电影检查法》的郭有守是共产党员②,国民党官员潘公展持有明星公司的股份③,联华公司的董事会成员多为国民政府高官和商界大亨④。左翼电影的生长,充分利用了人际、观念的交叉网络。左翼电影的领导人夏衍、阿英、郑伯奇担任明星公司"编剧顾问",最初担心他们写的电影剧本不能通过上海租界和上海市党部的检查,明星公司老板周剑云就说,只要"不太刺眼",还是有办法,无论工部局还是市党部,只要有熟人,必

① 秦弓:《三论现代文学与民国史视角》,《文艺争鸣》2012 年第 1 期。
② 孙健三:《中国早期教育电影的辉煌一页》,《北京电影学院学报》2007 年第 4 期。
③ 夏衍:《左翼十年》,见《中国左翼电影运动》,中国电影出版社 1993 年版,第793 页。
④ 萧知纬:《三十年代"左翼电影"的神话》,(香港)《二十一世纪》2007 年第 10 期。

要的时候"烧点香",问题就可以解决。[①]甚至左翼剧作家洪深也说,工部局、市党部的电影审查,不是没有"例外",没有"空子可钻"。[②]电影界对之心照不宣。

总之,具有宪法性质的《中华民国训政时期约法》对"人民自由"的确认,专制与自由的公开对抗,以及国民政府的派系纷争,为左翼知识分子的活动提供了间隙,左翼电影在"民国社会的文化环境的围合"中获得了长足发展。然而,左翼电影的史述逻辑却不大考虑民国机制,而是依照政治斗争的二元对立原则建立起来的,属于"独家逻辑"。重返20世纪30年代民国的文化语境,会发现左翼电影的史述逻辑简单牵强、漏洞百出。

1931年秋之前,左翼知识分子与中国电影界几乎没有什么瓜葛,左联最初也没有把电影这种都市艺术纳入规训范围。然而,"九一八"之前左翼人士对电影理论与国产影片的零星评介,在电影史中却被当作重要史实加以介绍,这显然属于戴着放大镜的写史态度。除了使用"放大镜",左翼电影史的书写还常以"打马虎眼"的方式抢占电影进程中的重要事件。"《不怕死》事件"、中国电影文化协会的成立等,只要与左翼人士沾点边,都被纳入左翼电影运动的光辉历程,被表述为左翼主导的事件。例如,中国电影文化协会是"新兴电影运动"的重要推动力量,"系由中国电影界努力分子集合组织",是上海电影圈的一个组织。程季华的《中国电影发展史》却把它说成在共产党的领导下成立的,不提及主持协会的五位常务委员(非左翼人士),却特别指明部门负责人中的左翼人士(夏衍、聂耳、沈西苓)。为了凸显、提升左翼人士的地位,特意把21位执行委员与11位候补委员混在一起列出,以便在排名上做文章,把夏衍、田汉、洪深排在最前面;实际上,21位执行委员中的左翼人士不足五分之一,夏衍仅仅是排名

---

① 夏衍:《左翼十年》,见《中国左翼电影运动》,中国电影出版社1993年版,第779页。

② 同上。

靠后的候补委员。① 这样处理，所造成的史述效果是：中国电影文化协会由左翼剧作家主持。

中国电影史的书写，无疑受到超强的革命叙事逻辑的操控。在历史时间的整合方式上，以左翼电影的重要事件带动影界进步活动的叙述，把上海电影界的新气象主要归为左翼的功劳。为达此目的，刻意对时间进行重新编排，而不是严格按照历史时序进行叙述。正如刘宇清所指出的，"建国后的电影史书一律采取'扬左抑右'或者'宁左勿右'的态度，将一切成果据为己有"，"造成了'唯有左翼电影才有资格代表上海电影'或者'左翼电影才是上海电影唯一的正统'等深刻印象"。② 左翼电影的革命性、权威性的认定，还试图从政治斗争的框架中获得支持，把电影检查解说成针对左翼电影的产物。程季华主编的《中国电影发展史》把"电影检查"看作"反动派迫害进步电影运动、扼杀电影文化的一贯手段"③，实际情形却要复杂得多。国民政府 1931 年开始对电影进行统一检查，检查的重点为"泛滥一时的武侠神怪影片与所谓'淫靡肉感'的美国好莱坞影片"④，对外国影片的检查尤为严格。罗刚（时任国民政府中央电影检查委员会主任）在总结中央电影检查委员会的工作时，首先谈到的就是"取缔初期神怪武侠影片"。⑤ 陈立夫在谈到中国电影的"新路线"时，主张扫除"那些充满着淫靡，妖艳，肉感，等等宣传罪恶"的外国电影。⑥《中国电

① 《电影文化协会积极进行》，见《中国左翼电影运动》，中国电影出版社 1993 年版，第 23 页。

② 刘宇清：《上海电影传统的分化与裂变（1945—1965）》，上海大学出版社 2010 年版，第 176 页。

③ 程季华主编：《中国电影发展史》第 1 卷，中国电影出版社 1981 年版，第 175 页。

④ 汪朝光：《1934—1937 年的中央电影检查委员会研究》，见姜进主编：《都市文化中的现代中国》，华东师范大学出版社 2007 年版，第 440 页。

⑤ 罗刚：《中央电检工作概况》，见《中国电影年鉴 1934》，中国教育电影协会 1934 年版，第 1—3 页。

⑥ 陈立夫讲述、王平陵笔记：《中国电影事业的新路线》，见《中国电影年鉴 1934》，中国教育电影协会 1934 年版，第 1—17 页。

影年鉴 1934》中的"禁演国产影片一览表"列出禁演影片 61 部，禁演的原因百分之九十以上是违背了当时的《电影检查法》第二条第三款"妨害善良风俗或公共秩序者"。① 从禁演影片的片名来看，这些影片绝大部分为武侠片。《电影检查法》虽历经数次修订，但"左翼电影"始终未被列为四项查禁重点之一，而仅以禁止"鼓吹阶级斗争"之表述被包含于其中一项附属的八个细则条款之内。② 实际上，1931年 6 月至 1934 年 2 月中央电影检查委员会查禁的影片中，只有《出路》和《摧残》这两部影片被明确指出违反了"提倡鼓吹阶级斗争"的条款。

从反抗国民党统治的角度来确定左翼电影的价值和身份，纯粹把国民政府看作是压迫左翼电影的反动力量，与史实不尽相符。由"捣毁艺华事件"可窥其端倪。孙建三介绍了"捣毁艺华事件"后电影界的反应和左翼电影的发展情况：

> 中国教育电影协会作出反应决议："呈请中央制定保护中国电影业法规案"。组织参加年会的全体骨干成员三百人参观明星、联华、天一，声援三家收到恐吓生产"左翼电影"的主要公司，向特务示威。不仅使艺华、明星、联华、天一各公司从此不再受特务之扰，而且使得明星、联华、艺华三家公司在特务捣毁艺华后的三年中拍出更多更好的"左翼电影"。③

上面提到的中国教育电影协会并非左翼组织，而是电影界的一个社团。值得注意的是，该协会的主要会员多为政府官员。1933 年 5月中国教育电影协会第二届年会选出的执监委员，5 位常务委员全部为国民政府和国民党中央党部的官员，21 位执行委员中的 15 位、7位监察委员中的 6 位同样为国民政府和国民党中央党部的官员，汪精

---

① 《电影检查法》，《立法院公报》1930 年第 24 期。

② 钟瑾：《民国电影检查研究》，中国电影出版社 2012 年版，第 4—5 页。

③ 孙建三：《关于中国教育电影协会的部分史料》，《电影艺术》2004 年第 4 期。

卫、陈果夫、陈立夫、蔡元培、吴稚晖等国民党高官赫然在列。① 打着"上海影界铲共同志会"旗号捣毁艺华的"特务""流氓"，到底属于"哪一部分"，笔者没有查到证据确凿的史料和论述。但这样一幅画面，对权威的左翼电影史观来说，具有挑战性：一帮党政大员控制的中国教育电影协会，浩浩荡荡地向"特务"示威，声援制造"左翼电影"的公司，并呈请国民党中央制定保护中国电影业法规。为何会出现这样戏剧性的一幕？孙建三提供了一种解释："被中国电影史学界称之为'左翼电影'的74部影片在20世纪30年代有一个更为官方的名称——'教育电影'。左翼电影也正是在这样一个名称的保护下，躲过了'白色恐怖时期'一次又一次的围剿，并且成为第一批在国际影坛上崭露头角的中国影片。"② 这也可以部分解释在中国教育电影协会举办或参与的国产电影评选中，为什么左翼电影频获大奖。

　　国民政府有意扶持国产电影，对左翼电影的查禁，自然不如对左翼文学那么严厉。内部的权力之争，甚至制造了"放纵"左倾电影的表象。"浙省密报事件"的处理说明了这一点。1933 年 4 月 3 日，国民党浙江省主席鲁涤平向行政院提交《关于挽救电影艺术为中共宣传呈》，并附其撰写的《电影艺术与共产党》一文和证据"剪报一束"，判定《天明》等七部电影有左倾倾向，指出《晨报·每日电影》和《时事新报·电影》宣传共产主义。然而，中央电影检查委员会重审《天明》等七部电影后，得出的结论是它们并没有左倾嫌疑。国民党上海市党部也为《晨报·每日电影》和《时事新报·电影》做了辩护，指出《晨报》社社长潘公展和副刊《每日电影》主编姚苏凤均系国民党党员，没有反动之嫌，《时事新报·电影》的情形亦类似。③

① 郭有守：《中国教育电影协会成立史》，见《中国电影年鉴1934》，中国教育电影协会 1934 年版，第 1—29 页。
② 孙健三：《中国早期教育电影的辉煌一页》，《北京电影学院学报》2007 年第 4 期。
③ 松丹铃：《从左翼影评发现左翼电影：1930 年代"浙省密报事件"研究》，《福建论坛》2014 年第 7 期。

夸大国民党的思想钳制和专制效力，拔高左翼知识分子在"白色恐怖"的上海的战斗形象，提升左翼人士在电影变革中的领导地位，以此来界定左翼电影，多少与民国机制有所不符。况且，左翼电影只是"一种有待国民党发现的电影类型"①。

二、租界化上海对左翼电影的规约

把左翼电影当作主流的电影史著，容易给人造成这样一种印象：左翼电影运动是一场席卷全国的电影运动。实际上，就活动空间来看，左翼电影运动基本上在租界化的上海展开，左翼电影创作与评论的主体为上海电影圈。因此，我们考察左翼电影的边界，需要进入租界化上海的文化场域。

在20世纪30年代的民国，注定只有上海，才能成为左翼文化思潮的诞生地和活动中心。②租界化上海也是左翼电影运动的大本营。作出这个判断，首先是因为上海是国产电影的中心，几乎垄断了国产电影的制作与发行。而上海的中外电影商人及电影院"十九皆在租界以内"③，制片公司也大部分设在公共租界或法租界。其次，左翼作家联盟、左翼戏剧家联盟、电影小组、影评人小组等与左翼电影有关的组织，都是在上海租界成立的。左翼成员夏衍、田汉、阿英、王尘无、石凌鹤、沈西苓、许幸之、司徒慧敏、洪深、阳翰笙、陈鲤庭、唐纳、唐瑜、鲁思、郑君里、王莹、陈波儿、胡萍、赵丹、金山、聂耳、孙师毅等，几乎都寓居上海租界，在租界谋划左翼电影事业，撰

① 松丹铃：《从左翼影评发现左翼电影：1930年代"浙省密报事件"研究》，《福建论坛》2014年第7期。

② 李永东：《租界文化与30年代文学》，上海三联书店2006年版，第94—102页。

③ 汪朝光：《检查、控制与导向——上海市电影检查委员会研究》，《近代史研究》2004年第6期。

写左翼影评。国民政府不能掌控的上海租界，为左翼电影话语的生产提供了相对自由的政治空间。租界化上海不仅是国产电影制作、发行、放映的垄断性空间，而且是电影借以言说时代、社会、民族的焦点空间。哲学家李石岑在 1934 年写道："在资本主义发展到尽头的现代，在各种矛盾尖锐化的现代，要想抓住时代发展的核心，恐怕只有上海是最适当的地点吧！""在清闲的苏州、鄙俗的南京、古色古香的北平等处"，"是不容易得到的"。① 因此，左翼电影运动的展开与左翼电影的风貌受到租界化上海文化语境的制约。

　　作为左翼电影的纲领性文件，《中国左翼戏剧家联盟最近行动纲领》规定左翼的电影剧本"内容暂取暴露性的"，"指示出在资产阶级与无产阶级底尖锐化的斗争过程中，中间阶级之没落底必然与其出路"。② 这一原则反映了租界化上海的阶级结构特性。因为在 20 世纪 30 年代，只有租界化上海存在一个庞大的、成气候的资产阶级和产业工人群体。从《中国左翼戏剧家联盟最后行动纲领》的原则与 30 年代中国电影的状况来看，左翼的"无产阶级电影运动"注定只能在上海展开，以"阶级"观念的表达作为重心，并且以"上海"作为影像叙事的主要背景和表述对象。

　　20 世纪 30 年代的租界化上海为国际大都市，号称"东方巴黎"，摩登繁华，洋风炽盛，欲望横流，是富人的天堂、穷人的地狱。城市风气与文艺生产之间有着密切的互动，包天笑对上海社会与上海文学曾有过这样的感叹："有此卑劣浮薄、纤佻媟荡之社会，安得不产出卑劣浮薄、纤佻媟荡之小说？供求有相需之道也。"③ 作为大众化、商业化艺术的电影，受城市风气的影响更为显著。30 年代的国产电影，无论左翼还是非左翼电影，都充斥着上海繁华欧化的城市景观和生活场景，把资产阶级的罪恶享乐与底层民众的困苦挣扎进行对照；

---

① 新中华杂志社编：《上海的将来》，中华书局 1934 年版，第 71—73 页。
② 《中国左翼戏剧家联盟最近行动纲领》，《文学导报》1931 年第 6、7 期合刊。
③ 包天笑：《小说大观宣言短引》，《小说大观》1915 年第 1 期。

惯于穿插都市摩登男女的三角恋爱故事，呈现性感的歌舞表演，以批判的态度售卖浪漫的小资情调和火热的身体欲望，最后推出前进的观念。电影的商业性质使得左翼电影不得不考虑租界文化语境所养成的观众口味。李少白指出："一些真正有左翼内容的电影改动很大，比如《狂流》，那个三角恋爱多陈旧，但是如果里面没有三角恋爱，人家能看吗？《脂粉市场》和《压岁钱》都很典型，电影不完全是剧作者的意图，也有老板的意图。比如说胡蓉蓉学秀兰·邓波儿跳舞，那么多的歌舞，和夏衍的路子是两回事儿。"[1] 这些改动，是为了迎合消费者，而消费倾向，则为上海这座城市的趣味所决定。正如美国城市学家伊利尔·沙里宁所说："让我看看你的城市，我就能说出这个城市居民在文化上追求的是什么。"[2] 上海的风尚、左翼的追求以及国民政府的要求，三者的角逐，很大程度上决定了包括左翼电影在内的国产电影的风貌，正如当时有观众以嘲讽的态度指出的：一部影片中假使有裸浴的穿插，字幕或画面中加入一些"三民主义……"字样或者一面青天白日旗，结尾有一条光明的大道，这样就可以通过制片商、电影检查委员会、影评者的三道难关，而成为一部面面俱到的荣誉作品。[3] 30年代女性电影的风行和女性人物的组合模式，就是洋场趣味、左翼观念和党国愿望综合的结果。[4]

20世纪30年代的上海由上海特别市和公共租界、法租界三个城市区域构成，各自拥有独立的权力空间。三个区域的权力空间并置共存，使得电影在全市上映要获得三方权力机关的确认。一方面，多文化语境与多权力的共存，对左翼电影的生产与上映构成了双重约束。

---

[1] 李镇主编：《银海浮槎：学人卷》，民族出版社2011年版，第167页。

[2] [美] 伊利尔·沙里宁：《城市：它的发展、衰败与未来》，顾启源译，中国建筑工业出版社1986年版，"序"第1页。

[3] 顾倩：《国民政府电影管理体制（1927—1937)》，中国广播电视出版社2010年版，第19页。

[4] 李永东：《租界文化语境下的中国近现代文学》，人民出版社2013年版，第165—229页。

　　左翼电影既要获得国民政府中央电影检查委员会核准，又须通过公共租界和法租界的电影检查。另一方面，多权力共存为左翼电影运动提供了腾挪的空间。中方和租界方面的电影检查条例并不一致，没有通过中央电影检查委员会审查的影片在租界可能允许上映，相反亦然。而左翼电影人士非常善于利用权力并置、交叉的地带来谋取左翼话语的传播。

　　租界对于"可能伤及各种民族感情，或触及政治敏感的影片"①加以禁止。反帝影片的拍摄遭遇了租界电影检查制度的掣肘，难以自如地选择题材和表现主题。1933年上海公共租界工部局《关于电影检查之报告》中写道，"含有政治意味之任何影片，在经核准演映以前，例须由特务股主任报告警务处处长。关于检查电影之举，在本局与法租界当道之间，有一种密切圆满之合作"②。可见，反欧美帝国主义的影片在上海租界没有多大的存在空间，就是"反日的战争片"，也受到"很多压迫"，"不能通过"租界电影检查这一关。③"凡有'沪战'、'一二八'、'九一八'、东北地图等提示中日紧张关系的字幕、影像、声音、歌曲，该影片一概禁映"④。影片涉及"帝国行径"的表现时，有关事件的时间、具体空间、帝国主义的国别，往往缺乏标识信息，"日本帝国主义上了银幕，便成了'狼国'，便成了'匪'，而不能直接指出是'日本帝国主义'"⑤。因此，就出现了一个奇怪的现象，带有抗日反帝思想元素的左翼电影，如《大路》《风云儿女》《马路天使》等，从未出现关于帝国行径的正面描写，从未见一个身份明确的外国人在

①　钟瑾：《民国电影检查研究》，中国电影出版社2012年版，第108页。
②　上海租界工部局编：《上海公共租界工部局年报》，上海公共租界工部局1933年版，第17页。
③　郑正秋：《如何走上前进之路》，《明星月报》1933年第1期。
④　顾倩：《国民政府电影管理体制（1927—1937）》，中国广播电视出版社2010年，209页。
⑤　凤吾（阿英）：《论中国电影文化运动》，见丁亚平主编：《百年中国电影理论文选》（上），文化艺术出版社2002年版，第125页。

镜头前露脸。反帝情绪往往依靠片中歌曲来表现，如《风云儿女》的主题歌《义勇军进行曲》和插曲《铁蹄下的歌女》，《桃李劫》的主题歌《毕业歌》，《新女性》的主题歌《新女性歌》。左翼电影评论家也承认，虽然反帝是《新女性》的重要主题之一，但也只能从《黄浦江歌》"被租界剪得前后不接这一点上"看到。① 反帝情绪往往依靠画面、语言的侧面暗示来营造侵略与反抗的时代声音，如报纸新闻、杀戮的局部场景、奔跑的马蹄、汹涌的人群等。当帝国形象处于缺席状态，左翼电影反帝主题的表达效果难免打折扣。

左翼电影所表达的左翼观念，需要经过上海趣味的市场检验和国民政府、租界当局的电影检查，是各方意愿权衡的结果。这就引出了另一个问题：谁的左翼电影？

三、谁的左翼电影？

讨论文学经典问题时，我们需要追问：谁的经典？讨论五四时，李怡追问：我们讨论的是谁的五四？他认为："五四不仅属于'左'，在某种程度上也属于'右'，它就是现代中国诸阶层、诸文化的共同的思想平台。"② 讨论左翼电影，同样需要追问：我们讨论的是谁的左翼电影？

本章开头部分已论及左翼电影的边界不能完全由左翼人士的身份来确定，下面主要从思想品格方面来讨论"谁的左翼电影"问题。

左翼电影被认为是反帝、反资、反封建的电影。《中国左翼戏剧家联盟最近行动纲领》给"无产阶级电影运动"规定的方向是"与布

---

① 王尘无：《关于〈新女性〉的影片、批评及其它》，见陈播主编：《三十年代中国电影评论文选》，中国电影出版社 1993 年版，第 347 页。

② 李怡：《谁的五四？——论"五四文化圈"》，《中国现代文学研究丛刊》2009 年第 3 期。

尔乔亚及封建的倾向斗争"。①1933 年左翼影人阿英、王尘无在《论中国电影文化运动》《中国电影之路》中对国产电影新动向的论述，都提倡"反帝反封建的电影"。左翼电影研究专家陈播把"左翼文化运动"定义为"无产阶级领导的人民大众的反帝反封建的新文化运动"。② 总之，"三反"被当作左翼电影的基本思想。然而，"三反"是20 世纪 30 年代民国文化场域的公共主题，不为左翼独有。最初在中国电影界叫出"三反主义"的，是多年"在新旧两岸之间的野渡上容与中流"③ 的老牌导演郑正秋，他明确表示"电影负着时代前驱的责任"，希望以"三反主义""替中国电影开辟一条生路，也就是替大众开辟一条生路"④。

　　在电影史的叙述中，左翼电影（运动）的独特品格和存在价值，首先依靠"垄断"反帝话语来确证。电影界开启反帝话语的标志性事件是"《不怕死》事件"。《不怕死》是 1930 年 2 月 21 日开始在上海租界的大光明和光陆大戏院放映的美国派拉蒙公司出品的影片，含有诸多辱华内容。"《不怕死》事件"并非左翼人士策划、组织的事件，它是各界人士、国民政府和新闻媒体共同参与的一个公共事件。汪朝光对此事件做过专门的研究，他指出："'《不怕死》事件' 经报章披露后，上海舆论和市民群情激愤，当局随后的介入，使事件由民众抗议行动的民间层面而升级至政府处理的官方层面，事件的解决亦因官方出面而形成对抗议一方有利的结局。"在对此事件的成功处理中，上海电影检查委员会、国民党的宣传系统扮演了重要的角色。⑤ 而电

①　《中国左翼戏剧家联盟最近行动纲领》，《文学导报》1931 年第 6、7 期合刊。

②　陈播：《跋：中国左翼电影运动的诞生、成长与发展》，见《中国左翼电影运动》，中国电影出版社 1993 年版，第 1115 页。

③　柯灵：《中国电影的分水岭——郑正秋和蔡楚生的接力站》，《电影艺术》1984 年第 5 期。

④　郑正秋：《如何走上前进之路》，《明星月报》1933 年第 1 期。

⑤　汪朝光：《〈不怕死〉事件"之前后经纬及其意义》，见李长莉、左玉河主编：《近代中国的城市与乡村》，社会科学文献出版社 2006 年版，第 244—259 页。

影史却把它当作左翼事件来叙述。

"反帝"是主权国家必须面对的现实问题，是政府、知识分子和民众共同关注的话题。在中国共产党电影小组成立之前，因"九一八事变"和"一·二八事变"的发生，国产电影中就出现了一批包含"抗战""民族救亡"题旨的影片，除了新闻片，1931年上映的故事片有《铁血青年》《海上英雄》等，1932年有《共赴国难》《野玫瑰》《三个摩登女性》《奋斗》《南国之春》《南海美人》等。① 这些影片中承载抗战观念的人物，基本为底层民众和知识青年，反帝倾向鲜明。1931的抗战影片与左翼无关，1932年抗战影片的编导中田汉属左翼，蔡楚生、孙瑜不是左翼人士，郑逸梅属于旧派文人。由此可见，反帝话语在电影中的显现，并非始自左翼，也非左翼所专擅。综合来看，反帝是日本侵华后国产电影的重要话语。

反封建、反资产阶级趣味也是知识分子和当局共同寄予新电影的一种期待。中国电影文化协会的全体成员正是因为意识到"帝国主义的侵略与封建势力的压迫"的深重，才提倡"电影文化的前卫运动"，号召建设"新的银色世界"。② 国民党中央委员陈立夫在题为《中国电影事业的新路线》的讲话中，批判了电影界"迁就社会的低级趣味"，以"宣讲迷信的怪异片子"和"诲淫诲盗的东西"诱惑观众，批判国产电影迎合"有闲阶级的嗜好"和"布尔乔亚阶级的享乐性"。③ 有意思的是，反封建迷信的左翼电影《狼山喋血记》还是国民党中央宣传部推荐给联华公司拍摄的剧本。④

把1933年之后的左翼电影与之前非左翼的抗战电影对照来看，

---

① 相关影片信息见郑培为、刘桂清编选:《中国无声电影剧本》下卷，中国电影出版社1996年。

② 《电影文化协会积极进行》，见《中国左翼电影运动》，中国电影出版社1993年版，第23页。

③ 陈立夫讲述、王平陵笔记:《中国电影事业的新路线》，见《中国电影年鉴1934》，中国教育电影协会1934年版，第1—17页。

④ 钟瑾:《民国电影检查研究》，中国电影出版社2012年版，第4页。

会发现它们在思想观念、故事风格方面存在承续关系，或者说具有互文性。《野玫瑰》为非左翼电影，叙述了乡村有产者对贫困者的欺凌以及遭遇的暴力反抗，也呈现了乡村姑娘与都市资产阶级的对立，提倡青年自食其力。在影片结尾部分，频繁以字幕配合画面，呼吁不愿做亡国奴的街头大众参加义勇军，抗击敌人，江波和小凤在汹涌前进的义勇军队伍中又走到了一起。《野玫瑰》的这些观念和情节元素，在后来的《风云儿女》《新女性》《天明》《挣扎》《渔光曲》等左翼电影中不难发现其影子。《野玫瑰》结尾以激昂的人群洪流来喻示革命力量势不可挡，这一手法在左翼电影中更是屡试不爽。左翼电影《风云儿女》与非左翼电影《南国之春》《共赴国难》在人物的对比、转变与抗战主题的整合上，以及对都市浮华浪漫生活的表现上，多少有着经验、路数的相通。1931年上映的非左翼电影《自由魂》以1911年"辛亥广州起义革命"事迹为背景，从阶级观点的角度来表现底层江湖艺人的革命情绪，着眼于全民族的解放。更让我们感到意外的是，剧本中的《流浪汉之歌》简直就是标准的左翼文本：

> 流浪汉们！朋友们！我们都是下层阶级的鸡鸣狗盗之徒，是没有职业的"下等人"。我们什么"坏事"都做；可是谁逼着我们这样做呢？我们也是人！时机来了，我们也可以做出一番轰轰烈烈的好事来，让那些行尸走肉、横行霸道的所谓上层阶级之人羞愧死！喝酒吧！现在时机既然还没有到来，大家且痛饮吧！且开怀痛饮，浇浇胸中的块垒！[①]

《流浪汉之歌》很容易让我们联想到《风云儿女》中的插曲《铁蹄下的歌女》，两首歌曲有着情感、精神上的相通性，都表现了被遗

---

① 郑培为、刘桂清编选：《中国无声电影剧本》下卷，中国电影出版社1996年版，第2178页。

弃、被欺凌的下层人物对社会的控诉、对统治者的批判以及革命的诉求。

左翼电影频繁获得国产电影大奖，更加模糊了左翼电影的主体归属。中国电影历史上第一次国产电影评奖，由中国教育电影协会在 1933 年举行，评奖委员会为国民党中央党部、教育部、内政部、中国教育电影协会、中央电影检查委员会和中央大学选派的 15 名代表组成，其中没有左翼人士。从评奖结果来看，后来被称作左翼电影"第一声"的《狂流》获得总分第二的佳绩。[1]1934 年举行的"第二次国产片竞赛"，评奖委员的单位来源与上届基本相同，左翼电影《姊妹花》（郑正秋编导）获有声片第一。[2] 第三次评奖是 1936 年国民党中央宣传部组织的"国产影片评选"，左翼电影《凯歌》（田汉编剧、卜万苍导演）获得总分第一的成绩。这次评选还奖励了编导和摄影师共 20 人，其中 19 人为左翼电影的编导和摄影师。[3] 以国民政府官员为主的评奖委员会把国家的电影奖多次颁发给左翼电影，说明这些电影获得了观众、电影公司和国民党宣传部门的一致认可。而且，国民政府和国民党中央宣传部还两次选送左翼电影《三个摩登女性》《都会的早晨》《城市之夜》《渔光曲》参加国际电影节，《桃李劫》最初也在国民党中央宣传部选出的参展影片中。[4] 如果把左翼电影看作国民政府宣传观念的对立面，看作专属左翼的影片，显然难以自圆其说。

相关史料和诸多研究成果表明，20 世纪 30 年代的知识分子与国民政府对国产电影的现状和"新路线"在诸多方面达成了共识，都主张取缔和压制香艳奢华、聚焦武侠神怪的影片，批评迎合市民低俗趣

---

① 郭有守：《中国教育电影协会成立史》，见《中国电影年鉴 1934》，中国教育电影协会 1934 年版，第 1—29 页。

② 王湛：《选赛国产影片之结果》，见《中国电影年鉴 1934》，中国教育电影协会 1934 年版，第 1—2 页。

③ 孙建三：《关于中国教育电影协会的部分史料》，《电影艺术》2004 年第 4 期。

④ 萧知纬：《三十年代"左翼电影"的神话》，（香港）《二十一世纪》2007 年第 10 期。

味和有闲的资产阶级趣味的影片，提倡民族意识和革命精神，宣扬科学观念，直面现实生活。左翼和国民政府除了意识形态的分歧外，在其他价值判断上呈现出趋同倾向。[①] 而且，左翼在电影中渗入一点富有"新意"的"意识形态"，电影公司"不仅不觉得可怕"，还认为这样的电影可以获得观众和影评人的赞许。[②]

总之，用来确定左翼电影边界的那些主要观念，属于电影界"共享"的观念，获得了各阶层的广泛认同；左翼电影的风貌，由左中右翼势力的聚合与冲突的情形决定，由左翼诉求、观众趣味和"面对民族危机的民国姿态"[③] 决定。

左翼电影的边界由哪些因素确定？主要因素无外乎创作者的身份和影片的思想品格。"借鸡生蛋"与集体创作的方式，以及电影的商业性质，决定了左翼电影不能完全由编剧或导演的左翼身份确定，况且许多左翼电影的编剧和导演并不是左翼人士。"三反"主题也不是确定左翼电影的充分条件，因为这是20世纪30年代国产电影共享的文化精神，左翼电影运动之前和之后的非左翼电影，同样贯穿着这些主题。亦不能以电影检查制度和左、右翼对立的观念来确定左翼电影的价值和性质，因为左翼电影是经国民政府中央电影检查委员会核准拍摄、上映的，部分左翼电影还获得政府的嘉奖。那么，左翼电影的界定只剩下一项硬指标——鼓吹阶级斗争。可是，左翼人士是在"民族矛盾上升，阶级矛盾退居次要地位"[④] 的时代语境下进入电影界的，社会舆论不支持民族内部斗争。而且，电影检查制

① 顾倩：《国民政府电影管理体制（1927—1937）》，中国广播电视出版社2010年版，第7—8页。

② 夏衍：《左翼十年》，见《中国左翼电影运动》，中国电影出版社1993年版，第782页。

③ 秦弓：《现代文学的历史还原与民国史视角》，《湖南社会科学》2010年第1期。

④ 阳翰笙：《左翼电影运动的若干历史经验》，见《中国左翼电影运动》，中国电影出版社1993年版，第11页。

度的存在，使得明确反叛国民政府和鼓吹阶级革命的影片不可能诞生。共产党组织也并没有要求夏衍他们"拍摄一部'反映无产阶级观点'的阶级斗争电影"，左翼人士"向电影渗透和传播思想的途径，仅仅在于改动若干情节或增加几句字幕，而不是改动整部电影或电影主题。而他们在此背景下制作的'左翼电影'，其左翼性是相当脆弱的"；左翼以"字幕"作为主要手段来表达"阶级斗争"观念，发挥的空间也非常有限，因为国民党电影检查机关对允准上映的电影胶片的字幕进行了严格的审查和删剪。① 左翼电影表现的底层苦难、上层荒淫、穷富对立等社会问题，属于文艺的永恒话题，也是 30 年代电影的基调。

在 20 世纪 30 年代，并没有"左翼电影"和"左翼电影运动"的说法，当时对风貌一新的电影（运动）的通行称谓为"新兴电影"和"新兴电影运动""中国电影文化运动"，左中右翼人士皆参与了这一运动。"'左翼电影运动'是夏衍在五六十年代总结 30 年代党领导电影这段历史的时候才提出来的，可能沿用了'左翼作家联盟'这么一个概念"②。但是，以左翼文学运动来推导"左翼电影运动"的存在，是不严谨的，两者"容纳、参加运动的人是不一样的"。把"左翼电影（运动）"从"新兴电影（运动）"中抽离出来，当作特定的电影类型或电影运动，难以自圆其说。重返 30 年代的民国语境，就会发现左翼电影的边界模糊不清。不过，左翼文艺家进入电影界后确实做了诸多工作，助推了国产电影的转向，左翼影评尤其产生了明显的引导作用，使一些电影工作者受到左翼观念的影响。尽管如此，严格意义上的左翼电影并不存在，只存在带有一定左翼性的影片。

既然纯粹的左翼电影并不存在，我们不如放弃这个概念，转而采

---

① 松丹铃：《教育电影还是左翼电影：20 世纪 30 年代"左翼电影"研究再反思》，《近代史研究》2014 年第 1 期。

② 李镇主编：《银海浮槎：学人卷》，民族出版社 2011 年版，第 166 页。

用更具历史容涵性的"新兴电影"概念；既然"左翼电影运动"缺乏"硬货"的支撑，那么，这个概念也只能在"左翼的电影运动"的意义上使用，而不能理解为"左翼电影的运动"。"左翼的电影运动"属于"新兴电影运动"的一部分。

第三编
地方、世界与现代中国文学

第九章　小说中的南京大屠杀与民族国家观念表达

侵华日军的南京大屠杀事件惨绝人寰，曾震惊国际社会，随后又湮没于"冷战"时代，淡出国际视野，成了"被遗忘的大屠杀"。直到 1982 年日本篡改历史教科书事件，南京大屠杀的历史才重新引起学界关注。学界对南京大屠杀的研究，在历史学领域已蔚为大观。然而，有关小说中的南京大屠杀研究仍显冷落，只有洪治纲、费卫结、胡春毅、郭全照、经盛鸿、徐静波、周正章等学者发表了相关论文。他们的研究大致采取个案分析，以一两部小说为例，从直面历史、观照人性、揭示苦难以及解读叙述策略等角度切入，讨论对象集中于阿垅的《南京血祭》、严歌苓的《金陵十三钗》和哈金的《南京安魂曲》。关于南京大屠杀的小说创作，历经抗战、"冷战"和全球化时代，相关作者来自多个国家，作品数量多，承载的观念复杂。因此，只有对数十年来中外作家的相关小说作整体考察，才能全面洞悉这一特殊事件所承载的历史情结和现实寄寓，才能揭示南京大屠杀叙事的心理动因和文化姿态的复杂性。

对南京大屠杀的小说作整体研究，并不意味着要面面俱到，而是要重点关注这些小说所容纳的主导观念和基本主题，同时考虑历史与现实的关联，由此确立研究视角。当然，在研究过程中，也不宜照搬国际上同类事件的研究模式。人们常把南京大屠杀与奥斯维辛大屠杀相提并论，然而，同为"二战"时期发生的人类惨剧，中外人士记忆、想象南京大屠杀与奥斯维辛大屠杀的方式和态度有别。奥斯维辛大屠杀主要作为人性、文明、种族的灾难被铭记和反思；而南京大屠杀在历史和小说中主要作为民族国家事件存在，近期的国家公祭仪式也指向"保存历史记忆、彰显国家意志"①。鉴于此，笔者选择从民族国家观念角度来研究小说中的南京大屠杀。

民族国家观念的想象和建构，很大程度上受到作家身份和时代语境的影响。南京大屠杀小说的创作者身份较为庞杂，有参加了南京保卫战的爱国军人阿垅和黄谷柳，有日军随军记者石川达三，有承续旧观念进行创作的周而复，有怀着去蔽心态走进南京大屠杀历史的海外华人作家……从创作者的国籍来看，又有中、日、英、美各国。随国籍而来的身份归属意识从来就不是单纯符号，它涉及言说的位置与态度。况且，战争最能体现政治民族主义的性质。因此，位置、态度与时代性的遇合，使得民族国家观念在南京大屠杀小说叙事中获得了繁复而歧异的表达。

一、日军暴行的命名方式与民族政治的叙事选择

侵华日军在南京犯下的烧杀奸掠等系列罪恶，恐怕没有一个语词能够全面指称。国际通行的命名有两种，即"南京大屠杀"（Nanking Massacre）和"南京强奸"（Rape of Nanking）。②"南京大屠杀"的说法为中国和日本所采用③；"南京强奸"是西方对南京暴行的通行说法，且为最初确立的称谓。持中立态度的西方国家对中日战争的进展，一开始持坐山观虎斗的态度，故西方新闻界最初报道强奸问题是比较

①　陈金龙：《南京大屠杀纪念：国家公祭的价值解读》，《光明日报》2014年12月24日。
②　参见严歌苓《金陵十三钗》的创作谈《悲惨而绚烂的牺牲》（《当代·长篇小说选刊》2011年第4期）、哈金《南京安魂曲》（江苏文艺出版社2011年版）的"作者手记"中所提到的系列著作。
③　"二战"后的东京审判把日军在南京的暴行称为"南京暴虐事件"，日本的历史教科书称之为"南京虐杀事件""南京大虐杀""南京事件"等。

"谨慎"的,"只报道了一些未经核实的强奸事件"。但是由于日军有组织的集体强奸事件在南京频繁发生,很快"南京强奸"在世界范围内被用来比喻对这座城市的侵略。① 两种命名方式都使用了借代手法,从而造成名称符号在接受者头脑中唤起的能指(罪恶形象)相差甚大,也反映了民族政治和时代语境影响下不同的"告诉世界"的立场和策略。

中日和西方对日军南京暴行的命名差异,与小说创作的情形相呼应。大致来说,中国大陆和日本作家的小说,如《南京血祭》《大江东去》《南京的陷落》《月落乌啼霜满天》《活着的士兵》《血染金陵》等,主要在"屠杀"的意义层面叙述日军的南京暴行;而海外华人和西方作家的小说,如《金陵十三钗》《南京安魂曲》《紫金山燃烧的时刻》《南京的恶魔》等,则主要在"强奸"的意义层面叙述日军的南京暴行。屠杀与强奸的叙事区分,不仅与创作者所处的文化语境有关,也与小说的创作时间有关。抗战与"冷战"时期的小说,为民族战争的意识形态所主导,于是侧重屠杀;21世纪的小说则立足于南京事件的创伤性记忆,经由女性立场通达民族国家观念的表达,热衷于从强奸维度进入日军暴行的叙述。大致可以说,20世纪的南京大屠杀叙事围绕"战争与男人"展开,而21世纪则围绕"战争与女人"展开。

日军南京暴行的命名方式和民族国家观念表达的差异,影响并体现在小说的故事空间、人物设置和叙事视角的选择上。

首先,中外作家在故事空间的选择上存在分野。由中国和日本作家创作、较早出现、偏重屠杀的小说,涉及的主要空间为战壕、山峦、城墙、指挥部、街道、码头、私人住所,这些空间具有侵略与抵抗的战争属性,是中日两国生死对决的空间;而21世纪中外作家创

---

① [美]苏珊·布朗米勒:《违背我们的意愿》,祝吉芳译,江苏人民出版社2006年版,第57页。

作的偏重强奸的小说，受全球化时代西方文化观念扩张的影响，往往把故事的主体空间设置在美国教堂和教会学校（难民所），故事笼罩在暴行与庇护、苦难与拯救的话语结构中，外侨力量、宗教气息作为重要元素强势嵌入其中，被强暴的南京以女性形象出场，无辜者、柔弱者所经历的惨痛是叙述的重点，南京浩劫朝着西方人与日军抗争的方向倾斜，引发对战争的非人性、反人类性质以及战争创伤的思考。

其次，主要人物的设置和叙述视角的选择，配合了民族政治的表达需要。在战时中国作家的南京大屠杀书写中，中国人是故事主角，经由中国人的视角聚焦屠杀，叙事的情感和思想逻辑遵循中国人的立场，外侨、教堂处于叙事视野之外，即使涉及庇护与庇护所，亦被处理为中国文化空间内的庇护。黄谷柳《干妈》中避难的士兵，被干妈安排在自家地下室。张恨水《大江东去》中来不及撤退的军官孙志坚本想以死相搏，寺庙的老和尚劝他暂避寺庙。两部小说中勇敢担起庇护责任的干妈和老和尚扮演着中国"母亲"和"父亲"的角色，庇护是躲避日军屠杀的权宜之计。中国"父亲""母亲"之所以不赞成这些勇士在南京沦陷后"杀身成仁"，是因为他们是"国家的人"，应当"为国家爱惜羽毛"[1]，不可无谓地抛洒生命。21世纪美籍华人作家哈金、严歌苓、祁寿华和英国作家莫·海德的南京大屠杀书写，明显受到西方文化观念的影响，从而与中日作家的创作拉开了距离。欧美国家尤其是美国在文化观念上强调救助，"美国人对一切救援行动，对陷入困境者的一切帮助都深为感动。勇敢的行为，如果使受难者获救，就更加是英雄行为"[2]。再加上留在南京保护难民的外侨大部分是传教士，基督教观念让他们采取的唯一道德立场是"站在弱小的受害者一方"，"置

---

① 张恨水：《张恨水全集：大江东去　一路福星》，北岳文艺出版社1993年版，第161页。

② [美]鲁思·本尼迪克特：《菊与刀》，吕万和等译，商务印书馆1990年版，第26页。

身于人道和无视一切的暴力之间"。① 因此，欧美籍作家对南京大屠杀事件的讲述，跳出了中日民族对抗的二元格局，把以传教士为主的西方人作为关键人物引入对南京浩劫的叙述，构设出由西方人主导的拯救南京的故事。美籍华人作家流变的、"非本质的中间性"② 和跨界的离散写作，使得他们无意于把南京浩劫仅作为中国人的灾难或抗争来叙述，他们乐于把上帝观念、普遍价值等西方经验嵌入南京事件。为了凸显雄强、道义的西方形象，劫难中柔弱者、卑贱者的陪衬就显得必不可少，因此小说选择以中国女人与西方传教士为主的人物组合，钟情于传教士、教会学校女学生和妓女的故事。美籍华人作家跨文化、政治和中西兼顾的创作姿态，使得其小说关注南京的美国教堂、安全区，以及西方人在庇护难民、阻止暴行中所扮演的角色。英国作家莫·海德的小说《南京的恶魔》则把日本和中国皆东方化，日军中的"南京恶魔"是病弱的，嗜血成性，中国则是"食人族"，存在顽固的迷信，中日两国文化与国民性格的病态造成南京的灾难。与此相对照，为西方社会所不容的英国姑娘在揭示、裁决南京血腥历史事件中，证明了自我，成为最后的英雄。在南京浩劫的跨时空演绎中，这部小说同样把女性身体被侵犯、肢解的事件作为故事的关节点。

　　21 世纪海外华人作家和西方作家进入南京大屠杀叙事领域，提升了该题材的创作水准，向世界扩散了大屠杀的历史真相。他们从人性的异化、宗教的拯救、心灵的创伤、生命的意义等方面进入南京大屠杀的书写，采取了类似于奥斯维辛大屠杀叙事的价值系统。然而，他们不大在意奥斯维辛与南京大屠杀的区别——奥斯维辛大屠杀没有严格的国界，主要是种族和宗教性质的灭绝行动，而南京大屠杀是主权国家被入侵后发生在首都的暴虐事件。因此，奥斯维辛大屠杀叙事可从人类、宗教、种族、人性、文明等角度展开，而南京大屠杀叙事

---

① ［美］哈金：《南京安魂曲》，季思聪译，江苏文艺出版社 2011 年版，第 271 页。
② ［澳］比尔·阿希克洛夫特等：《逆写帝国：后殖民文学的理论与实践》，任一鸣译，北京大学出版社 2014 年版，第 207 页。

则绕不开民族国家观念的表达。海外华人作家和西方作家以个别传教士和妓女的圣洁道德、心灵创伤来承载南京大屠杀的历史，把中国劫难讲述成以西方文化空间（教堂、教会学校）和西方人为主体的故事，显然属于剑走偏锋的写法。

南京大屠杀作为国家战争的一部分，规约了战时中日作家的书写姿态。他们对日军南京暴行的解读，灌注了征服与抵抗、血腥与仇恨的雄性文化色彩，通达国家权力、民族荣誉的较量，在英雄主义的指导下侧重于阐释南京浩劫的大屠杀性质，有意回避强奸事件。"战争——扯着胜利的大旗，高扬着武器，悄悄向男人签发着强奸许可证"[①]，日军将领对士兵的性暴力最初并没有加以有效约束，多少包含用"强奸"来增强其凝聚力和战斗力的意思。"女性的身体在民族战争中其实是战场的一部分，侵犯民族主权或自主性与强暴女体之间、占领土地与'占领'妇女子宫之间，似乎可以画上一个等号"[②]。然而，这并不适合宣扬。日军强奸两万名中国妇女的兽行，到底有损打着"圣战"旗号的皇军的"声誉"。日本作家在涉及日军的性暴力问题时显得小心翼翼。堀田善卫《血染金陵》只是通过转述谈及慰安妇的悲惨情景；石川达三《活着的士兵》尽管述及虐杀中国姑娘的事件，但对带有色情意味的虐杀作了"战争需要"的解释。与之相对照，当时日本方面最初则乐于宣传屠杀，《东京日日新闻》等多家媒体就争相报道"杀人竞赛"事件，以此塑造民族"英雄"。"在和平时期，杀一个人是犯罪；在战争时期，杀千百万人是英雄"[③]，日军正是在这种法西斯战争逻辑下来宣扬屠杀的。

强奸令中国深受其辱，受害者对之亦讳莫如深。"若说屠杀只是

---

① ［美］苏珊·布朗米勒：《违背我们的意愿》，祝吉芳译，江苏人民出版社 2006年版，第 28 页。

② 陈顺馨：《强暴、战争与民族主义》，《读书》1999 年第 3 期。

③ 赵鑫珊、李毅强：《有关战争的哲学断想》，见《战争与男性荷尔蒙》，百花文艺出版社 1997 年版，第 8 页。

对肉体的消灭，以及通过屠杀来进行征服，那么'Rape'则是以践踏一国国耻，霸占、亵渎一国最隐秘最脆弱的私处，以彻底伤害一国人的心灵来实现最终的得逞和征服，来实施残杀的"，对于受虐国来说具有比"屠杀更为痛苦的含义"①。因此，在日军肆无忌惮强暴中国女人之初，日军的暴行"在蒋介石的授意下遭到中国官方新闻封杀"，直到1938年1月，日军的南京暴行才大白于天下。②强奸是把双刃剑，它极度伤害国民的民族自尊心，也极度刺激了国民的种族意识和民族仇恨的喷发。"国民所获得之种族意识愈多，民族魂之激荡愈强"③。南京陷落后，被困在城内的国军野战救护处的两名军官就察觉到，贩夫走卒认为"打败仗而被烧被杀，好像是民族和国家计算得到的应有的牺牲；但强奸妇女，无论如何是一桩卑劣的行为，是国家民族切骨的深仇，应该不顾一切，誓死起来反抗"④。因此，在1938年的报刊中，并不乏关于日军性暴力的报道。不过，屠杀、抢劫、强奸、纵火在报道中的排序还是有讲究的。1938年中国报刊对南京大屠杀的报道，最初是强调屠杀，其后才逐步同时关注强奸。例如，《首都沦陷记》⑤与《陷后南京惨象》⑥这两篇报道文字、内容颇多雷同，应出自同一记者之手。《首都沦陷记》先发表，《陷后南京惨象》是其扩充版，后者增加了"纵火狂烧""奸淫妇女"两部分内容，按照"凶残屠杀""纵火狂烧""奸淫妇女""掳掠一空"的顺序进行报道。由此可见，中国方面对日军暴行的报道，更愿强化其大屠杀性质。战时中国作家关于

① 严歌苓：《创作谈：悲惨而绚烂的牺牲》，《当代·长篇小说选刊》2011年第4期。
② [美] 苏珊·布朗米勒：《违背我们的意愿》，祝吉芳译，江苏人民出版社2006年版，第57页。
③ [德] 鲁屯道夫：《全民族战争论》，张君劢译，中国国民经济研究所1937年版，第9页。
④ 蒋公穀：《陷京三月记》，见张宪文主编、张连红编：《南京大屠杀史料集》第三册，江苏人民出版社、凤凰出版社2005年版，第62页。
⑤ 《首都沦陷记》，见陈鹤琴、海燕编：《敌军暴行记》，中央图书公司1938年版。
⑥ 《陷后南京惨象》，《湖北省政府公报》1938年第355期。

南京大屠杀的小说，即使涉及性暴行，也多用暗示与模糊的表述，不对事件作直接描述。阿垅的《南京血祭》和张恨水的《大江东去》没有涉及强奸中国妇女的场景和具体事例，《干妈》也只是间接暗示干妈在日军军营被性侵的遭遇，指明"她代表南京所有的母亲们"[1]。干妈被看作忍辱负重的南京形象、民族形象的象征，她的遭遇召唤着民族复仇的行动。

战时中国关于大屠杀的宣传，意在强化全民族的抗战意志和必胜信心。即使陷入非常被动的境地，也要将日本隐喻为"一个将要没落的太阳"[2]，以此来激励民族信心。阿垅反对用"失败主义"的论调叙述南京保卫战[3]，《南京血祭》关于中国阵地的失守、战争的溃败仅以只言片语带过，大篇幅叙述的是中下层将士的顽强斗志、为国牺牲的朴素信念和对敌的有力阻击。小说的"尾声"写到南京沦陷、日军屠城，用的都是概略写法，并强调中国军人仍在各自战斗，还指出胜利的日军是一支绝望的、走向末路的军队。结尾更浓墨重彩叙述了骑着白马的某师长冷静带领部下从南京突围，沿途像狂风野兽般地扫荡敌人，最终收复芜湖，小说到此结束。失败的南京保卫战经阿垅的叙述，丝毫没给中国读者带来气馁、受挫感，反而让读者更多体认到民族战斗精神的悲壮喷发。

鲁屯道夫认为，在民族战争中，民族的战斗意志和种族意识尤其重要。[4] 战时中日作家对南京大屠杀的叙事态度，体现了对各自民族精神的维护。而战后中外作家的南京大屠杀叙事，在民族观念的建构上则产生了分歧。写作时的政治语境、国际关系影响到中外作家对大屠杀事件的理解，海外华人作家模棱两可的文化身份也在大屠杀叙事

---

① 黄谷柳：《干妈》，花城出版社 1990 年版，第 2 页。

② 汝尚：《当南京被虐杀的时候》，《七月》1938 年第 8 期。

③ 阿垅：《南京血祭》，人民文学出版社 1987 年版，第 216 页。

④ ［德］鲁屯道夫：《全民族战争论》，张君劢译，中国国民经济研究所 1937 年版，第 7 页。

上烙下了鲜明的印迹。因此，战后中外作家的南京大屠杀叙事，在民族观念的表达上可谓各异其趣。

二、将军的写法与士兵的写法

从理论上说，南京大屠杀事件的讲述，可从个体生命的角度展开，也可从国家、政党、人类的角度展开；可着眼于全局，也可描写南京城受难一隅；可采取见证者视角，也可采取旁观者视角；可基于侵略者的立场，也可基于受难者或第三者的立场。不过，叙事方式不同，唤起的民族观念及其艺术感染力也会有别。

南京攻守战和大屠杀，是几十万人在南京城内外上演的人类惨剧。面对宏阔、绵密、杂乱、流动的浩劫场景，如何用语词进行有序赋形，是一个富有挑战性的叙述问题。阿垅提出了两种写法：将军的写法和士兵的写法。"在战争里，将军所看见的是森林，不是树；而士兵所看见的恰好是树，而不是森林"①。不仅战争的写法有这种区分，大屠杀的写法亦复如此。周而复《南京的陷落》、唐人《血肉长城》（《金陵春梦》第四集）等的宏伟叙事属于将军的写法，其他小说则是士兵的写法。

事实证明，将军的写法对于南京大屠杀来说并不合适。周而复《南京的陷落》以得江山者的事后姿态嘲讽蒋介石军政集团在南京保卫战中的表现，对于围城前的整体局势，小说尚能通过披露国民党的战时动机、派系盘算、高层决策和外交局面来呈现，而一旦进入陷落后南京的叙述，则显然难以把握全局。因此，《南京的陷落》从将军的写法中撤退，以"杀人竞赛"事件来折中大屠杀叙述的"森林与树"的关系。但是，从杀人恶魔的日军视角来叙述大屠杀，

---

① 阿垅：《南京血祭》，人民文学出版社 1987 年版，第 224 页。

叙述他们对军人荣誉的竞争，那么，我国民族意识的表达与民族形象的塑造可能就会背离初衷。如何调配政治党派、国家观念和反法西斯的关系，是长期困扰抗战题材小说的一个重要问题。如果处理不好，就会出现这样的情形：在日本媒体与《南京的陷落》所提供的"杀人竞赛"故事中，杀人者竟被赋予类似"英雄主义"的色彩①，而《血肉长城》对战时国民政府执政者的妖魔化，与日伪所做的宣传何其相似②。在《南京的陷落》和《血肉长城》中，我们看到了国家形象被双重虐杀：日本的他杀和中国的自我虐杀。这与小说简单地以阶级、党派立场来打量抗战、屠杀的整体图景有关。南京大屠杀属于民族的灾难，如不采取民族国家的叙事立场，那么，在民族整体立场向阶级、党派立场转移的过程中，民族惨剧就延伸出向内与向外的双向指控，内部的裂隙就会折损对日本法西斯的批判力量。

将军的写法只能提供虐杀事件的框架，士兵的写法则以丰富的细节刻画个体生命遭受虐杀的具体情形和独特体验。因此，士兵的写法更具悲剧的感染力，民族情感的表达也更真切饱满。

面对南京大屠杀的持续性和广延性，叙事者难以拥有"卫星图"那样的全局视野，难以提供大屠杀的"全息"图景。大屠杀注定适合采取见证者、亲历者的限知视角进行讲述。"个人经历的大屠杀"既是拉贝、魏特琳、程瑞芳、东史郎等记录大屠杀的方式，也统领了《干妈》《大江东去》《血染金陵》《月落乌啼霜满天》《南京安魂曲》《南京的恶魔》等小说的叙事观念。

当然，个人限知视角也有其局限性，它难以承载南京浩劫的巨量

---

① 《南京的陷落》叙述的"杀人竞赛"事件，与日本的新闻报道存在时间上的出入。小说把事件的时间推迟了，推到南京沦陷后，变成单纯的屠城，作家大概是想突出大屠杀的惨烈。但是小说还是给读者留下这样的印象：杀人魔王竞争的是军人荣誉，杀人对于日本人来说是民族英雄行为。这与小说的视点有关，由杀人者来解说虐杀行为，就有可能造成这样的叙事效果。

② 黄东：《塑造顺民：华北日伪的"国家认同"建构》，社会科学文献出版社 2013 年版，第 179—182 页。

信息和民族临危的丰富世相，因此就出现了将军与士兵写法的折中。阿垅的《南京血祭》和祁寿华的《紫金山燃烧的时刻》采用了第三人称多视角以及空间与时间相互推进的拼图式叙事。在《南京血祭》中，南京战役前后的各个角落、各路士兵的限知叙事，构成了阿垅笔下的全局，这是由士兵的写法叠加组成的全局。《紫金山燃烧的时刻》同样采取散点透视的方式。小说以天数为故事时间单位，轮番叙述日军少将中本千夫，国军上校林耀光，金陵女子学院的魏特琳、林海伦和伊娃，躲藏在家的宁宁和外公，安全委员会主席拉贝，外科医生威尔逊等每天的心理、行动和遭遇。几个主要人物各处于自己特定的空间（住房、难民所、医院、军营、阵地等），空间的被入侵和转移既是联络相关人物的纽带，也是惨剧发生的时刻。小说各部分的行动主体都拥有自己聚焦、体验南京大屠杀的局部视角，各个主体的所见、所想与所遭遇的暴行，组构起一幅视点分散、细节饱满、心理深描的南京大屠杀地图。第三人称多视角以及空间与时间相互推进的拼图式叙事，获得的不是从空中俯瞰的全局视野，而是跳跃式的点的汇集。这种写法带来结构上的散漫，但能制造很强的代入感，让读者充分领略大屠杀中个体生命的恐惧、绝望、愤怒、承担和变态，以及战时民族主义的生发与变异形式。散点透视的拼图式叙事适合呈现南京抗战与大屠杀的繁复情形，阿垅采取这种写法试图传达这样的观念："抗战并不是某一个英雄的业绩，也不是少数人壮烈的行为；而是属于全民族，属于全体中国人民，每一个将士都有血肉在内的。"① 阿垅的观念透露出把民族当作整体看待的民族主义立场。在民族战争中，肯定个人（从士兵到领袖），也就是对民族精神、民族形象的维护，并构成对侵略行为的有力回应。

　　不论作者的"位置"如何，对日军暴行的叙述，都排斥置身事外、冷静客观的书写方式，它召唤着"愤怒出诗人"的民族主义的激情表

_____

① 阿垅：《南京血祭》，人民文学出版社1987年版，第226页。

达，即便像张纯如的历史著述《南京大屠杀》、徐志耕的报告文学《南京大屠杀》亦是如此。这也是士兵的写法统领南京大屠杀书写的重要缘由。

三、日本作家的大屠杀书写：对中华民族的精神虐杀

侵华日军是南京暴行的制造者，日本作家的大屠杀书写，就成了大屠杀叙事不容忽视的重要组成部分。而且，日本作家在南京暴行的叙述中塑造的中国形象，不仅指向对历史的理解，也是通向未来的警示。因此，有必要专门加以论述。

日本人对南京大屠杀的叙述，无论是小说《活着的士兵》《血染金陵》，还是战时日记《东史郎日记》《南京大屠杀亲历记》，都主要把罪恶归于战争，剖析战场这个"具有强大魔力的磁场"[1]，如何去除普通士兵的软弱、悲悯、惶惑，一步步把他们改造成心理变态、疯狂嗜血的"作战的活武器"[2]，并从军需供给、民族文化、人性、"圣战"的角度对日军的暴虐作出辩护性解说。

尽管战争通常以占领土地、"打垮敌人为目的"[3]，但是日军的南京暴行完全超出战争的需要。日军疯狂虐杀俘虏与平民的情形，中外人士的小说、日记多有记录，此不赘述。值得注意的是日本作家在小说中对南京和中国的"精神虐杀"。在好战的军事家看来，"民族战争"不仅要在战场上以暴力征服敌人，"对于敌方民族之精神力及生活力，亦须加以攻击，以图其毁灭与疲弊"[4]。日本的"笔部队"战略进一步

---

[1] ［日］石川达三：《活着的士兵》，中国广播电视出版社 2008 年版，第 40 页。

[2] ［日］东史郎：《东史郎日记》，张国仁等译，江苏教育出版社 1999 年版，"序"第 1 页。

[3] ［德］克劳塞维茨：《战争论》第 1 卷，商务印书馆 1978 年版，第 11 页。

[4] ［德］鲁屯道夫：《全民族战争论》，张君劢译，中国国民经济研究所 1937 年版，第 3 页。

强化了这一观念，这就使得对首都南京、抗战领袖和中国民族精神的肆意攻击，成为日本人南京事件书写的基调。甚至被视为"最客观"地记录、想象南京大屠杀的小说《活着的士兵》，亦不掩饰日军对中华民族的轻视，认为中国永远停留在远古的过去，"支那人民"是无政府主义者，"过着完全对政治不问津的生活"。[1] 堀田善卫的长篇小说《血染金陵》在这方面走得更远，它把对中国的精神虐杀推演到令人惊讶的程度。

《血染金陵》初版于 1955 年，作者堀田善卫是日本"战后派"作家，然而小说对战争灾难的反思却显得怪异。《血染金陵》采用日记体，由陈英谛的日记构成。一个日本作家借一个中国人的口吻，如何叙述日本法西斯的野蛮侵略？一个中国叙事者和主人公，如何反思日军的侵华行径？实际上，堀田善卫在小说中并没有"移情"的诚心，未能进入南京难民被践踏、杀戮时的真实体验。作为作者的代言者，陈英谛是以海军部文官、国民政府情报员的身份留在南京的。然而，在民族共同体意识高涨的抗战初期，在沦陷的南京，陈英谛不仅没有承担反思日军暴行的功能角色，反而成了中国民族精神的诘难者、嘲讽者。小说借陈英谛的叙事视角，对南京、中国实施了全面的精神虐杀。

首先，作者缺乏直面南京大屠杀的诚意，或者说作者本来就没打算为南京大屠杀立此存照，因为小说从时间上直接跳过南京大屠杀。小说原题为《时间》，然而，陈英谛的日记从 1937 年 12 月 11 日直接跳到 1938 年 5 月 10 日，恰恰跳过了南京大屠杀的时间段。关于杀戮只有寥寥数语，简单说及杀了多少人，日后回叙时也只是作为零星事件被提起。

其次，小说包含这样一个表意逻辑：南京大屠杀是中国人咎由自取。陈英谛的日记没采取"兄弟阋于墙，外御其侮"的观念套路，而

---

[1] ［日］石川达三：《活着的士兵》，中国广播电视出版社 2008 年版，第 78—79 页。

是着重渲染"兄弟阋于墙"却不"外御其侮"。小说从南京大屠杀前夕的绝望氛围、城市心态的铺陈入手，从危机时刻的家族关系入手，让陈英谛不断评论兄弟间的冷漠、无情、自私，以及战祸临近时所暴露的阶级对立、民心涣散问题，以此肢解中华民族共同体的情感基础。就在小说结尾，作者仍不忘强调中国的内部分裂，以一对患难恋人政治道路的分歧为陈英谛的日记作结。小说隐含了这一逻辑：南京的陷落和大屠杀的发生，是中国人的咎由自取：如果有权势的兄长陈英昌愿把陈英谛的妻儿带到大后方，悲剧就不会发生；如果汉奸伯父愿意保护陈英谛一家，陈英谛的妻儿就不至于惨遭虐杀，表妹也不会被日军蹂躏。小说在写南京日军的暴行前，把中国军人的失职、政府的残暴、难民的抢劫、伯父之流对日军暴行的期待加以反复渲染，为日军的南京暴行做铺垫。其叙述效果是：读者不应对日军的所作所为感到奇怪，因为中国人自己早就这么干了，而且还期盼日军暴行早日到来。在南京尚未沦陷时，陈英谛已完成了中国系列厄运的推演——"炮火、死亡、占领、亡国、附属国、殖民地"[①]。小说频繁地把绝望情绪提前，并对之大肆渲染，虽为日记体，却随意地使用后设视点。

再次，小说着意通过话语修辞摧毁民族国家的一切象征，以达到对中国进行精神占领的目的。文化器物、城墙、首都、领袖、政府部门，这些都应属于民族国家的象征物，它们在小说中或被摧毁，或被贬低，或被占领，或被嘲弄。我们按小说中民族国家象征物被凌辱的顺序进行分析。一是城墙。为凸显日军占领城墙所具有的精神虐杀意义，在南京城墙被占之前，小说先把南京城墙解读成精神的象征物：抵御一切残酷，保卫血肉心灵，维护思想意志的统一，使一代一代生存延续下去。在此，城墙承载着国家认同的价值，接近众志成城的寓意。小说写南京的陷落和被践踏、杀戮，恰恰以道道城门的失守为表

---

① [日] 堀田善卫：《血染金陵》，王之英、王小歧译，安徽文艺出版社 1989 年版，第 30 页。

征，可理解为南京的陷落是民心涣散、精神共同体崩溃的结果，被摧毁的表面上是城墙，实则是华夏精神。二是文化器物。日军进驻苏州瓷器世家杨家，把杨家精美的瓷器一件件摔碎。"它不只是要摔碎那些特定的瓮、坛子，而是要毁其全部，扼杀中华民族！"[①] 这是一个象征性的事件：中国的英文 China，另一含义是"瓷器"，日军少尉毁尽杨家所有瓷器的举动，可看作摧毁中国精神、践踏中国"文化文明的价值"的一场仪式表演。三是首都南京。首都作为一国的象征，在民族主义的表达中往往被赋予庄严肃穆、整洁有序、宏伟繁华的形象。而小说却一再贬抑首都南京，嘲笑南京不过是"一个三流地方城市"，"威严全无"，在抗战中难以安抚市民的"内心恐惧"。[②] 贬低首都形象也就是贬低中国的国家形象；否定首都在国人心目中的威严感，也就是拆解国家带给人民的归属感、安全感。四是国家领袖。国家领袖代表国家形象，是影响民族凝聚力的重要因素，战时尤其如此。1938年杜衡在译文按语中盛赞"蒋委员长不但是中国民族的最伟大的领袖，而且是中国民族的唯一的灵魂"[③]，这一说法虽言过其实，但显然是出于统一抗战的考虑。《血染金陵》则频繁攻击、矮化蒋介石，应看作是对中华民族形象和向心力的解构。由此可见，《血染金陵》还未开始叙述日军在南京的暴行，就已针对中国象征物完成了精神屠杀，一步步拆解了中国的国家形象和民族认同感。

还有，"善解人意"的受害者与匪夷所思的仇恨转移。对于日军的南京暴行，不管是中国人还是国际友人无不充满悲愤，《程瑞芳日记》《陷京三月记》《拉贝日记》《魏特琳日记》以及中西媒体的报道，皆表达了这种态度。然而，《血染金陵》的中国受难者却难以置信地"善解人意"，对日军暴行持"理解"的态度。日兵把陈英谛一家用铁

---

① ［日］堀田善卫：《血染金陵》，王之英、王小歧译，安徽文艺出版社 1989 年版，第 14 页。

② 同上书，第 22—23 页。

③ Lancelot、Foster：《蒋介石将军及其夫人》，杜衡译，《世界展望》1938 年第 1 期。

丝串起来，并殴打他们，陈英谛对此的感想是："日本兵之所以这般粗暴，就是对他们作为兵士的正当名誉心、天性勇敢，没有以正当评价。"① 日军兽性横溢，到处强奸妇女，而杨孃却淡然给予如下解释："现在敌人处于极度兴奋、猜疑时期，因而失去常规，在其食欲、性欲得到满足后，一定会安定下来而也不会是遥远的事。"② 对于日军暴行，小说总是让受难的中国人担任"善解人意"的角色，并替敌人开脱罪责。

而且，小说把暴力叙事引向歧途，绑架中国作为罪恶的替身。儿子英武被日兵杀戮，陈英谛在麦地找到其尸骨，不知何故"却想起对面那户人家去年冬天将池塘里的水掏干后，那条可怜的黑鱼来"。前段文字还是陈英谛的自白，"莫愁，你知道了吗？我们的娇子……已被日本兵惨杀了"；下段文字却是，"我真恨不得马上朝对面那户人家楼上放一把火，将一切化为灰烬"。③ 日军残酷屠戮陈英谛的儿子，中国邻居在自家池塘捕杀黑鱼，这二者风马牛不相及，然而，小说对罪恶和仇恨进行生硬嫁接，从而转移了罪恶和仇恨的目标。

在这本书中，玩弄叙事技巧对中国进行精神虐杀和丑化中国人形象的情节还有很多。例如：反复说明中国人期待做日本人的奴隶，不断絮叨陈英谛与日军中尉桐野的主奴关系；把南京人的苦难和厄运归到汉奸头上，赤裸裸地宣扬汉奸心态；让陈英谛从死亡、屠杀中品味出诗意的美好，把暴力引向普遍的人类问题；沉迷于象征主义的文字游戏，故弄玄虚营造黑鱼、黄叶、黑色大鼎等意象，作为转移罪恶主体的烟幕，并大面积地对中国国民性进行臆想和讥讽；赋予历史文物、山川河流以空洞的时间意义，剥离自然与民族命运的依存关系，剥离南京人与大地的历史关系，斩断民族共同体的自然、历史纽带，

---

① ［日］堀田善卫:《血染金陵》，王之英、王小歧译，安徽文艺出版社 1989 年版，第 59 页。
② 同上书，第 64 页。
③ 同上书，第 106—107 页。

淡化侵华日军的丑恶、罪恶。

《血染金陵》以一个模拟的中国叙事者——中国军官兼情报员陈英谛的口吻来叙述南京大屠杀，赋予陈英谛民族主义者的身份，却让陈英谛进行民族精神的自贱自虐，并替日本人开脱罪恶。小说既丑化了陈英谛，又通过陈英谛的视角丑化了中国，而作者却躲在陈英谛身后，利用叙述者身份所具有的间离效应，把对中国精神的凌辱幻化成中华民族的内部体认，让这一切显得似乎与日本作者的立场无关。小说从解构中国的"家"共同体开始，直至解构"民族"共同体。要而言之，嘲弄、瓦解中国的核心价值，让中国自己承担大屠杀的罪恶。因此，《血染金陵》并非如有研究者所认为的，是一本对南京大屠杀进行反省的小说①，而是事后对中国、南京施行的又一次大屠杀——对中华民族的精神虐杀。

几十年过后，中国方面主动出版日本人撰写的《血染金陵》《东史郎日记》《南京大屠杀亲历记》，笔者觉得这是件颇令中国人尴尬的事。《东史郎日记》和《南京大屠杀亲历记》两部日记除了出版时写的"自序"表明正视历史、忏悔罪恶的态度外，日记正文缺乏塔杜施·博罗夫斯基所具有的"奥斯维辛集中营的恶名之一部分，也是属于你的"②这样的承担意识。读这些书，会对阿多诺的话深有同感："奥斯威辛之后再写诗，那就是野蛮之举。"③日本人的这些小说和日记，尽管有事后反省的姿态和为历史作证的价值，但文本中所包含的民族偏见和精神攻击，会越过创作与传播的时空间隔，对今天的中国构成二次伤害。这是中国人应该清醒和警觉的。

---

① 徐静波：《〈时间〉：堀田善卫对南京大屠杀的解读及对中日关系的思考》《日本问题研究》2013年第4期；徐静波：《百田尚树的无知与堀田善卫的良知》，《文汇报》2014年2月24日。

② ［波兰］塔杜施·博罗夫斯基：《石头世界》，杨德友译，花城出版社2012年版，第306页。

③ ［荷兰］塞姆·德累斯顿：《迫害、灭绝与文学》，何道宽译，花城出版社2012年版，第193页。

四、"南京强奸"：性别关系与民族权力的转喻叙事

日本作家的南京大屠杀叙述，既包含真实呈现和历史反省的成分，也隐藏着值得警惕的思想倾向，但到底属于抗战和"冷战"时期的遗存观念。沉寂多年后，南京大屠杀事件在最近十多年再次引起了中外作家特别是欧美籍作家的创作兴趣。新一轮的创作不仅关系到如何想象民族历史，更反映了现实的国家观念；欧美籍作家立足于"第三方"立场的南京大屠杀叙事，还提供了全球化时代想象中国历史和现实的"他者"视野，构成了南京大屠杀叙事的重要维度。因此，近年的南京大屠杀叙事尤其值得引起特别的关注。

抗战和"冷战"时期的南京大屠杀叙事以南京战役为重心，只在南京战役的主体故事中捎带叙述大屠杀事件。这类小说的政治意识鲜明，中国人或者日本人处于故事的前景，民族英雄主义色彩较为浓厚。而近年的小说则把南京战役作为背景处理，很快进入大屠杀的故事，如严歌苓的《金陵十三钗》、哈金的《南京安魂曲》、李贵的《金陵歌女》、祁寿华的《紫金山燃烧的时刻》。这些小说的主要人物几乎都是女性，她们被困在日军蹂躏下的南京——"魔鬼的世界""污秽的屠场"[①]，被庇护于美国教堂和金陵女子学院，期待保全生命和免遭凌辱——这是一场中外人士携手共同对抗日军兽行的特别战争。秉持救世观念的传教士以公开的姿态与日军兽行对抗，妓女则以改头换面的方式扮演着最终拯救者的角色。这类小说的宗教气息、拯救色彩、苦难意味非常浓厚。泛西方文化元素的介入无疑淡化了南京浩劫的民族国家底色，将女性推至前景则把叙述的重心由国家政治转向了身体政治。然而，把南京大屠杀（南京强奸）作为叙述重心的恰是这类小说。

---

① 叶以群选编：《南京的虐杀》，作家书屋 1946 年版，第 99—100 页。

　　从强奸角度来叙述南京浩劫，接近了战争的隐喻意义，因为战争可看作一方对另一方的强暴。"如果处于强势的入侵或攻击位置的民族以'男性'自居的话，那么，被侵犯的民族就必被视为弱势的'女性'，'她'就没法逃离忍受'性'侵犯的重创"①。南翔的中篇小说《1937年12月的南京》和葛亮的长篇小说《朱雀》（第五、六章），都构设了两名分别来自中日两国的军人与一个中国姑娘的战时关系，中国军人战前在爱情竞争中已落下风，南京围城之际，中国姑娘与日本军人的旧日情恋被当作拯救南京或家庭的筹码，其结果却是中国姑娘被日本兵强奸致死，男人、民族的较量与女人的受辱构成了连带关系，从而使强奸的意义指涉从个人延伸到民族国家。

　　女性身体与民族政治的转喻关系，构成了最近十余年南京暴行叙事的主流，"南京强奸"则是这种转喻关系的凝练表达。

　　"南京强奸"演绎了女性身体与民族抗战、国家尊严的依存关系。"身国合一"是中国传统政治学延续下来的一个重要观念。② 在灭族战争中，女性的身体与爱情是不容异族分享或侵犯的领地，女性身体被纳入民族共同体的尊严、凝聚力和纯洁性的保护机制中，并在此观念下进入相关文本的叙事结构，从而成为民族国家的隐喻。叙述大屠杀中日军对中国女性身体的施虐、征用，最早的小说为1938年创作的《活着的士兵》和《干妈》，两篇小说中被凌辱的女性为普通中国女人，对日军兽性的表述比较隐晦。在新时期以来的小说中，为"南京强奸"事件献祭的主要不是普通中国妇女，而是妓女（歌女），妓女身体成了被凌辱的中国的象征符码，并承担起呵护、修复民族尊严的历史重任。在《金陵歌女》《金陵十三钗》《朱雀》《南京的恶魔》等小说中，附存于"南京强奸"故事中的民族国家话语，主要依靠妓女的应对姿态得以巩固。

---

① 　陈顺馨：《强暴、战争与民族主义》，《读书》1999年第3期。
② 　张再林：《中国古代身体政治学发微》，《学术月刊》2008年第4期。

为妓女（歌女）立传的书写模式，如追溯其源头，概始于红色中国的国际友人——美国记者埃德加·斯诺，他为南京大屠杀中的歌女写下了这段文字：

> 美国和英国教会学校的女孩子被抓了出来，送进军中妓院，随后就音信全无了。有一天我从这个地区（指南京——笔者注）的一个传教士写的信里，读到一个不寻常的爱国举动。一群歌女来到教会学校与她们的善良的姐妹们一起避难。这位传教士问她们说，有没有人同意去服侍日本人，免得非职业性的女孩子们也受牵连，遭殃。这些歌女同大家一样都憎恨敌人，但是她们全都站了起来。毫无疑问，不管过去她们的德性有什么亏缺，现在的行为是一种补救，而她们中间有些人为此牺牲了生命。据我所知，她们死后并没有得到追认，甚至也没有获得勋章。①

这些"舍身饲虎"的妓女（歌女）确应获得追认和勋章。不过，这只是一个单独事件，不足以代表南京大屠杀的整体情形。然而，中外作家却对此津津乐道，把南京浩劫朝着为妓女立传的方向演绎。上段话所包含的"牺牲—保护—爱国"的思想逻辑，也为"南京强奸"的故事确立了基调。《朱雀》第六章"基督保佑着城池"重点叙述了"南京强奸"事件。小说中的"基督"与其说是切尔神父，不如说是秦淮河的头牌妓女程云和。在日军肆虐的南京，程云和不仅毫无成见地哺乳、抚养"杂种"女婴，并在圣诞之夜救了一个受伤的中国士兵，把他带进教堂。程云和所遭受的性暴行与掩护伤兵有直接关系，由此，小说在性暴力与庇护祖国儿女之间建立了联系，秦淮河名妓化身为拯救中国生命的苦难母亲形象。舍身饲虎的

---

① ［美］洛易斯·惠勒·斯诺:《斯诺眼中的中国》，中国学术出版社 1982 年版，第 162 页。

妓女形象在严歌苓《金陵十三钗》和李贵《金陵歌女》中得到了更为惊心动魄的呈现。

在严歌苓和李贵构设的"南京强奸"故事中，女性身体被区分为"纯洁"与"卑污"两种，即教会女学生的身体和妓女（歌女）的身体。当"身国合一"的身体政治受到日军威胁时，小说提供的解决之道是以卑污的身体替代纯洁的身体。《金陵十三钗》有中篇和长篇两个版本[①]，讲述了秦淮河妓女李代桃僵、舍身饲虎的故事。中、长篇版在性别政治与民族权力的建构上类似。故事展开的空间是日军占领南京后的美国教堂，英格曼神父主持这里的一切，也想凭借教堂楼顶上的美国国旗和他的美国身份庇护唱诗班一群女学生，随后赵玉墨等十多名秦淮河妓女和几个受伤的中国军人亦进入教堂避难。南京沦陷的结果把首都与国家置于被伤害的屈辱地位，受伤军人进入美国教堂寻求庇护，则表明连战斗的中国男人都只能在异国权力下苟且求生。无论中国女孩、妓女还是伤兵，在南京都处于藏匿状态，藏匿于美国权力与教堂的暗室，他们生命和尊严的保存，取决于勇敢的美国神父与凶残的日军的较量。当美国神父无力阻止日军的兽行，唱诗班的纯真少女面临被日军蹂躏的时刻，站出来的是处于隐匿状态的十三名秦淮河的妓女。这些妓女曾破坏中国家庭，把中国男人变得多愁善感、柔弱化、女性化，并造成孟书

---

① 中篇小说《金陵十三钗》原载于《小说月报·原创版》2005 年第 6 期，长篇小说《金陵十三钗》原载于《当代·长篇小说选刊》2011 年第 4 期，2011 年 6 月由陕西师范大学出版社出版。长篇版与中篇版的主要区别在于：长篇版增加了抗战胜利后姨妈孟书娟在日本战犯审判大会现场寻找赵玉墨的"引子"；结尾交代了秦淮河十三名妓女的最终命运。此外，两个版本中间部分的情节有所变更：在中篇版中，孟书娟对妓女赵玉墨充满敌视，因为玉墨曾闯入孟家的生活，引诱了书娟的博士父亲，造成书娟与父母的分离；长篇版把这一情节变成赵玉墨与教育部司长张世桃的风尘之恋，隐约透露了书娟父母的出国与孟父流连烟花有关，增加的情节为孟书娟与同学徐小愚的微妙关系。长篇版添加的开头和结尾改变了故事的时间形态，把叙事时态由正在进行的故事变成回忆的故事，追加了对日军暴行的历史审判。

娟的父亲远涉重洋，因而不能在战乱时刻承担起保护女儿的责任。
赵玉墨等十三名妓女在圣诞之夜挺身而出，假扮唱诗班的女学生舍
身饲虎，可以理解为在父亲、本国男人、国家缺席的情况下，她们
接替了原本不应该由她们扮演的角色，以减弱父亲、男人、国家的
屈辱感。这种选择与她们的妓女身份有关。"进犯和辱没另一个民
族的女性，其实奸淫的是那个民族的尊严"①，被占领国的男人"被
迫目睹'他们的女人'被强暴时所产生的伤害痛苦，既是一种未能
尽'保家卫国'的男儿责任所引发的内疚感，也是一种男性以至民
族自我的被侵犯感"②。其中，强暴处女被认为最具伤害力，因为"无
论在何种文化里，处女都象征一定程度的圣洁，而占领者不践踏到
神圣是不能算全盘占领的"③。对于苛求"身国合一"的中国更是如此。
《金陵十三钗》的主体故事显然没有朝着如此屈辱的方向发展，它
让十三名妓女来扭转屈辱的局面。把妓女——靠性交易谋生的不纯
洁女人交给日本人，强奸的意味似乎冲淡了，对民族尊严的伤害也
减轻了。秦淮河的十三名妓女不仅以替代的方式保护了唱诗班少女
所承载的民族纯洁性不受伤害，而且还承担起父亲、男人、国家的
另一重任：身藏小利器，准备刺向凌辱她们的日本禽兽。至此，被
看作下作卑污的妓女，在关键时刻作为民族形象的代言人，使民族
摆脱了隐匿状态和女性化处境，以战斗的男性化形象走向侵略者。
从民族国家观念演绎的角度看，长篇版的开头结尾值得注意。中篇
版以秦淮河的十三名妓女承担本不属于她们的父亲、男人、国家的
责任，自愿去日军魔窟而结束。长篇版开头的日本战犯审判场景，
则把这责任重新归诸民族国家，赵玉墨却改了名和整了容，重归匿
名的存在方式。

---

① 严歌苓：《金陵十三钗》，《当代·长篇小说选刊》2011 年第 4 期。
② 陈顺馨：《强暴、战争与民族主义》，《读书》1999 年第 3 期。
③ 严歌苓：《创作谈：悲惨而绚烂的牺牲》，《当代·长篇小说选刊》2011 年第 4 期。

　　与《金陵十三钗》的思想观念有所不同①，《金陵歌女》中歌女个人、家庭的苦难与国家的苦难相互诠释，她们放弃触手可及的自由生活，决然代替唱诗班的女学生走向日军魔鬼，是因为日军的野蛮入侵摧毁了她们与家园、亲人的血肉情感；虽然小说中的教堂作为避难所而存在，但卡洛德院长牺牲唱诗班女学生的决定和十二名歌女的献祭，对基督的拯救构成了否定；幸存下来的黄约翰娜后来废掉了教名，改回了她母亲给她取的小名黄宝妹。显然，《金陵歌女》比美籍华人作家的相关小说更强调民族的自决和承担，强调民族的抗争和文化的自信。

　　与《金陵歌女》《金陵十三钗》类似，英国作家莫·海德的长篇小说《南京的恶魔》也以战时创伤和民族尊严的修复为故事终点。不过，修复是在中英合作的跨时空冒险中完成的，起主导作用的是陪酒女——英国姑娘格雷。格雷因为自己的性创伤经历，对日军对待南京女性身体的暴虐行径怀有强烈的求证愿望。格雷的创伤是个人的创伤，而中国教授史重明的创伤则是民族的创伤。南京陷落后，史重明在日军野兽般的虐杀中产生了民族覆灭的危机感，不过，他的儿子即将出生（实际上是女儿），他有理由期待、确信：中国将生生不息、代代相传，中国将勇猛地存在。然而，顺三冬树的恶魔举动带给史重明以毁灭性打击：虐杀了他的妻子，夺走了他的孩子，摧毁了"□国"得以保存、延续的纽带。这比首都南京的毁灭带给史重明的打击更为沉重，因为在史重明的心中，它象征着想象中的中华民族的灭绝。这是他个人遭遇的民族国家之战，可是，他彻底失败了，且深感耻辱。这是因为，首先，妇女通常被看作民族形象、情感和精神的象征，是孕育民族之母，"祖国母亲""黄河母亲"等表述就是这种观念的隐喻

①　在南京大屠杀的叙事中，妓女（歌）李代桃僵、舍身饲虎的形象，并非始自小说《金陵十三钗》或电影《避难》（编剧李克威、李贵、严歌苓，1988年上映），而是始自李贵的长篇小说《金陵歌女》。《金陵歌女》于1988年2月出版，小说末尾注明的创作时间为1984年6月至1986年11月。严歌苓的《金陵十三钗》在人物、情节、主题等方面明显受到《金陵歌女》的影响，甚至可以看作是对《金陵歌女》的仿写。

形式。恶魔顺三冬树当着史重明的面，以令人发指的方式虐杀了他的妻子，在女性身体的"正式战场"上，证明了他"作为男性的无能"。① 这是对一个中国男人最极端的侮辱，也是对中国核心价值的否定。其次，顺三冬树夺走了史重明的孩子，摧毁了他关于中国未来命运、关于中国一切价值存续的幻想。而病弱、矮小的顺三冬树却在虐杀孕妇、抢夺婴儿的过程中证明了自己的"阳刚之气"，日后还以婴儿作为药方来恢复身体、维持生命，尽管瘦小病弱，仍然被日本人看作"东京最强壮的人""整个东京的大哥大"②——其"强壮"自然是凌辱、吞噬中国人所获得的邪恶精神力量所致。顺三冬树带给史重明的个人和民族精神创伤的程度可想而知，这也就决定了史重明后半辈子以"重返"创伤时刻的方式来抹除"精神失调"。③ 史重明不顾一切寻找南京恶魔和女儿的尸首，这是史重明五十年"唯一关注的事情"，是他"一辈子的工作"。④ 其深层心理机制则是：修复被南京恶魔伤害的男性尊严和民族尊严，要回自己的孩子，从原渠道找回尊严。因此，史重明与顺三冬树之间的南京大屠杀故事，可以看作民族尊严、国家形象的践踏与修复的故事。协助史重明修复尊严的是格雷，一个英国大学生，而且她处于冲突的前台，史重明则处于幕后。为了帮助史重明找到那个神秘的药方（女婴尸体），找到南京恶魔，格雷利用了她在东京夜总会做陪酒女的身份，不惜赴汤蹈火，深入虎穴。如果抹平小说的历史叙事（1937 年的南京）与现实叙事（1990 年的东京）的时空差距，那么，《南京的恶魔》与"妓女舍身饲虎"的故事模式其实有几分相似，包括格雷的行动所具有的维护（或修复）父亲、男人、国家尊严的功能，只是承担者的民族国家身份由中国转换为英

---

① [美] 苏珊·布朗米勒：《违背我们的意愿》，祝吉芳译，江苏人民出版社 2006 年版，第 34 页。

② [英]莫·海德：《南京的恶魔》，刘春芳译，人民文学出版社 2012 年版，第 83 页。

③ [英]安妮·怀特海德：《创伤小说》，李敏译，河南大学出版社 2011 年版，第 4—5 页。

④ [英]莫·海德：《南京的恶魔》，刘春芳译，人民文学出版社 2012 年版，第 322 页。

国，西方拯救东方的殖民话语深藏其中。

五、联想比附叙事中的民族主义

中外作家对南京大屠杀的不同理解，以及国家形象塑造的差异，在小说的联想比附策略中亦得到印证。

民族战争与杀戮容易唤起类似的历史记忆，人们也习惯于在类比联想中对当前事件作出评估。这是一种不足为奇的思维定式。不过，无论把特定的战事、灾难与何种历史事件相联系，都会涉及政治意识形态的表达问题。中外作家关于南京大屠杀的书写，常作历史事件的联想。其联想是中国、日本和西方作家民族意识的显影方式。

创作于抗战时期的《南京血祭》关于战争的联想，指向国军的抗战心态。小说由抗战联想到内战，是为了表达战士为抗日不惜牺牲一切的决心，并强调抗战的神圣感。日军攻破南京城墙，副班长习哨兵章复光怕不怕死，敢不敢与敌军坦克同归于尽。

> "干的，副班长！"他拍拍自己的胸，骄傲起来，说："副班长！我早说过，我姓章的狗命是捡来的，一个钱也不值。过去自己人打自己人，我打得比三本铁公鸡还起劲，想想真没意思。今天拼一拼日本坦克车，才是爹娘养的好儿子，不是婊子养的熊样子。"①

内战与抗战的对举，包含对内战的事后反思，但这种反思是为了衬托抗战的神圣。民族主义为抗日战士注入了无限的勇气和荣耀。排长袁唐接到紧急命令，去执行最艰巨、危险的作战任务时，"他，第

---

① 阿垅：《南京血祭》，人民文学出版社 1987 年版，第 146 页。

一次作战就是向日本军队反攻，他很高兴；他没有参加过罪恶的内战，第一次就以革命的姿态站在民族自卫的立场上，向侵略的血手开火，他怎么能不高兴呢？他不但要向人骄傲，也值得向自己骄傲"①。在国家危亡的时刻，民族内部的裂痕和纷争"在民族统一的名义下被化解，或者暂时获得缓解，至少被置于政党政治斗争之外"②，最大限度地整合了民族认同感。在民族战争中，民族认同感的坚硬度也会到达顶点，战士珍爱民族、保卫首都的决心得到强化，并从中体认到巨大的荣耀感。小说把内战与抗战对举，所表达的思想与"国共合作""全民抗战""抗战到底"的观念相吻合。

抗战时期中国作家创作的小说在内战与抗战的对举中，提升了民族抗战的神圣意义；战后日本作家的创作则把日军的南京暴行与中国的内乱相提并论，以此狡辩、抵消日军的罪恶。堀田善卫《血染金陵》刚讲述完日军侵占苏州杨家的暴虐举动，就立即转向十年前上海的"四一二反革命政变"，述及蒋介石对旧革命同盟者和青年学生的大肆杀戮。中尉桐野在承认南京日军给中国百姓带来不幸时，话锋一转："不过，在你们的历史上，不也曾在南京发生过太平天国时期的大屠杀事件吗？当然，还有各种各样别的什么……"③ 小说以突转的叙事，把日军的暴虐看成是中国历史上屠杀事件的又一次重演而已，企图抹除内部斗争与国族斗争的区别，淡化侵略性质。日本作家与中国作家的对举修辞在政治动机上恰好相反：中国作家以此强化民族认同感，而日本作家则以此提醒、宣扬中国的内部厮杀，拆解中国的民族共同体，分化民族认同感。

美籍华人作家和西方作家的文本，在劫难的比附策略上与中日作

---

① 阿垅：《南京血祭》，人民文学出版社 1987 年版，第 147 页。

② ［法］吉尔·德拉诺瓦：《民族与民族主义》，郑文彬等译，生活·读书·新知三联书店 2005 年版，第 38 页。

③ ［日］堀田善卫：《血染金陵》，王之英、王小歧译，安徽文艺出版社 1989 年版，第 121 页。

家有别。南京大屠杀过去六七十年之后，这些作家戴着西方观念的眼镜远距离回望这场浩劫，已无意于强化或拆解中国的民族意识，而是从人类暴行的角度表示担忧。有时把日军的南京大屠杀与太平军在南京的屠城事件相提并论，如莫·海德《南京的恶魔》借南京市民的说法，把日军即将侵占南京理解成"这是又闹一次太平天国啊"①。更多时候则以西方人在南京曾遭遇的劫难来比附南京大屠杀，把中国的反殖民事件和日军的法西斯暴行相提并论，把西方人的惨痛经验与南京大屠杀进行比附。哈金的《南京安魂曲》在述及安全区的难民营问题时写道，吴校长忍不住想起十年前外国人在南京的遭遇：几支中国军队对城里的外国人大肆施暴，抢劫、放火，摧毁他们的学校和住宅，有的士兵还殴打外国人，强暴妇女，所有的西方人都先后逃离了南京，而现在，"倒只有一群外国人可以帮助难民。真令人羞耻啊"②。西方文本援用的比附，包含把日本与中国同样当作"东方"看待的观念，淘空了中国革命和日本侵华的本质差异；去意识形态之后，中日两国的"暴行"同样被解读成针对平民的杀戮，在道义上应受到谴责。把中国和日本含混地当作东方，追溯南京大屠杀与民族历史的内在关系，走得最远的是《南京的恶魔》关于"吃人"的诠释。小说把南京大屠杀提炼成令人惊悚的场景和概念——"吃人肉"。然而，"吃人"文化传统的源头却指向中国。把中国文明解读成"吃人"文明的观点，在西方并不鲜见。鲁迅作品在西方的传播，造成了把中国看作"吃人"国度的固定偏见，英美报纸的评论就曾牵强附会地把姜戎的《狼图腾》与鲁迅小说的"吃人"主题联系在一起。③

《南京的恶魔》采取双线结构，包含两个叙事序列，一为史重明1937年的南京日记，一为1990年英国姑娘格雷到东京向史重明求证

---

① [英]莫·海德：《南京的恶魔》，刘春芳译，人民文学出版社2012年版，第86页。
② [美]哈金：《南京安魂曲》，季思聪译，江苏文艺出版社2011年版，第5页。
③ 李永东、李雅博：《论中国新时期文学的西方接受——以英语世界中的〈狼图腾〉为例》，《中国现代文学研究丛刊》2011年第4期。

1937 年南京大屠杀的一份胶卷，帮助史重明寻找南京恶魔顺三冬树的神秘药方。南京大屠杀的历史叙事序列（史重明的日记）与发现历史真相的叙事序列（东京故事）交错进行，两者的节奏、情感、氛围同步推进。后一叙事序列对前者具有阐释功能，拥有话语阐释权的是英国姑娘格雷，由她来对南京大屠杀的深层原因进行解说。格雷对南京大屠杀动因的解释就是：日军认为吃人肉可以治病。小说不仅在象征意义上把南京大屠杀解读成"吃人"，而且讨论了精神和肉体上的"吃人"传统。这个文化传统来自中国，并传到日本。在小说中，南京大屠杀"吃人"主题的建构，是由一个中国"神话传说"[①] 开启的：妙善（即后来的观音菩萨）挖出自己的眼睛，砍下自己的双手做药引，用来治愈父王妙庄王的疾病。格雷认为这个残酷与孝道掺杂的神话传说，对于理解和破解南京恶魔的历史隐秘具有关键性作用，"妙善是一条美丽的线——她是我将要拆开的织锦上最美丽的一个针脚"[②]。这里的织锦大而化之是指南京大屠杀事件，具体来说是指顺三冬树虐杀史重明的妻子，抢夺婴儿作为治疗疾病的神奇药物。这样一来，南京大屠杀的罪魁祸首就指向了"东方"文明，以"文化"的名义把被虐杀的中国与施虐的日本同样看成野蛮民族，大屠杀事件也就转换成文化事件，最终归结到"无知"头上。小说把南京大屠杀与东方文明的"吃人"传统进行比附，转移了对南京大屠杀的关注方向。莫·海德在"作者手记"中声称，她期望小说"开辟出一条正确理解这次大屠杀的途径"[③]。然而，仅就小说对南京大屠杀追根溯源所采取的比附方式而言，它无疑落入"东方主义"的窠臼，把受虐的中国的"吃人"文化作为日军暴行的注脚，在批判暴行的同时丑化了中国的民族形象，转移了审判罪恶的重点。

---

① 严格来说，观音菩萨的故事来自佛教，属于佛教故事，而非中国神话传说，此为莫·海德误读。
② ［英］莫·海德：《南京的恶魔》，刘春芳译，人民文学出版社 2012 年版，第 227 页。
③ 同上书，第 336 页。

六、对“南京大屠杀”叙事潮流的反思

关于民族战争与历史创痛的回忆，需要进入政治民族主义的范畴，实现重建民族观念和国家形象的意图。然而，不同时期的中外作家介入南京大屠杀题材的方式和力度千差万别，大屠杀甚至成了民族国家观念角逐的战场。对南京大屠杀的审视和表述，重要的不是时间距离，而是民族意识、历史观念和文化态度。

中国作家阿垅、黄谷柳、张恨水、李贵、王火、南翔、葛亮等对南京大屠杀的书写，是将之作为中国人自己的战斗和灾难来叙述的，南京城中的中国人是叙述、情感和思想的主体，他们以自己的方式面对和承担一切，尽管这些作家偶尔也借助美国教堂或教会学校来生发故事。其中，唐人、周而复、王火等关于大屠杀的书写，从阶级、政党的角度，谴责日军与中国政要同属“民族的罪人”，同样应当为南京民众的劫难负责。[①] 这些小说从民族内部的平等原则出发，要求高层领导、底层民众均等承担前线抗战的责任与南京陷落的苦难．把从南京逃离／撤退的权势阶层和国军军官当作民族罪人，对民族进行了内部区分。日本作家的南京大屠杀叙事，构成了另一种意义的大屠杀——对中华民族的精神虐杀。美籍华人作家哈金、严歌苓、祁寿华和英国作家莫·海德的南京大屠杀书写，留给我们的印象是：日本人是恶魔，西方人是救世主，而中国人是任人宰割的羔羊。他们把中国所遭受的这场灾难整合到西方的人性、生命、性别、拯救等普遍价值和宗教观念中，这与欧美社会对东方文化的理解与想象有关。其实，很难要求海外华人作家真正从“中国人”的立场来叙述南京大屠杀。哈金就坦言，他的《南京安魂曲》是把南京大屠杀看作“美国经验的

[①]　王火:《战争和人·第一部　月落乌啼霜满天》，人民文学出版社1993年版，第504页。

一部分"，小说本质上是"一个关于美国的故事"，隐含读者是英语读者。① 总之，南京大屠杀事件实际上成了中外作家民族国家观念表达的一面镜子。

尽管"告诉世界"是南京大屠杀叙事的基本动机，然而在中外作家近年的小说创作中，惨绝人寰的南京大屠杀竟然主要在"南京强奸"的意义上被叙述，而承担起维护/修复民族尊严和国家形象角色的，竟是在传统道德价值体系中身处卑贱的妓女（歌女）。首先，这缘于"铁蹄下的歌女"与被虐杀、强暴的南京和中国具有换喻关系；其次，秦淮商女所定影的南京历史形象，无疑极大地影响了南京大屠杀进入创作者视野的方式；再次，在消费主义与女性主义混合观念的驱动下，悲惨的民族历史被用来满足读者和观众猎奇、窥视的色情幻想。近年来，作家和导演热衷于把西方传教士与秦淮河歌女当成南京大屠杀的代言者，在南京大屠杀的民族疮疤上反复上演上帝和妓女的悲喜剧，宣扬传教士和妓女的荣光。这种现象颇为耐人寻味。

近年出版的《南京安魂曲》《魏特琳：忧郁的一九三七》《紫金山燃烧的时刻》《金陵十三钗》等小说，都是《魏特琳日记》《拉贝日记》面世后催生的产物，这些小说不仅从西方人的日记中获取创作素材和灵感，而且承续了其文化视点和宗教情怀，是对"西方经验"的复写和弘扬。也就是说，以中国人为受难主体的南京大屠杀，在进入小说后，很多时候承载、舒张的却不是中国的价值理想和民族精神，而是基督教义、女性主义和西方正义形象。我们的苦难历史被全球化和世界主义自觉不自觉地遮蔽了。与此相对照，纳粹在奥斯维辛集中营的种族灭绝行径，往往被理解为质疑西方现代文明的历史事件。因此，无论从题材本身还是民族国家观念的表达来看，在中国的历史伤口上铭刻现代西方优越形象的创作姿态，都不应成为南京大屠杀叙事的主流。

---

① 石剑峰：《哈金把"南京大屠杀"写成美国的故事》，《东方早报》2011 年 10 月 11 日。

文学到底该如何记忆、再现南京大屠杀？民族国家观念该如何参与南京大屠杀的叙述？马尔库塞认为："忘却以往的苦难就是容忍而不是战胜造成这种苦难的力量。在时间中治愈的创伤也是含毒的创伤。思想的一个最崇高的任务就是反对屈从时间，恢复记忆的权利，把它作为解放的手段。"① 南京大屠杀发生不久中日作家创作的《活着的士兵》和《南京血祭》之所以值得称道，是因为这两部小说敢于正视人类的这场灾难，并在个体生存与民族询唤的苦恼中升华出感人至深的力量。南翔、哈金、严歌苓、莫·海德关于南京劫难的叙述，其思想和情感的深度，也体现为人性光辉、生命折损与国家意识剧烈碰撞而生成的歧异形态。在碰撞所构成的两难时刻，个体生命的价值和民族共同体的情感，都得到了有力的声张。从既有的创作来看，南京大屠杀叙事的思想艺术力量，就在于聚焦个人生命在民族询唤下所生发的丰富的人性、伦理、道德和宗教内涵，这也是文学叙事区别于历史书写的价值所在。因此，南京大屠杀叙事既不能脱离个体生命、人类命运的关怀，也不能漠视民族意识的舒张。

从民族和国家的立场谈论南京大屠杀，或许会被看成不合时宜，持反对态度的人可能会以奥斯维辛大屠杀为例。其实，这两个历史事件被书写的境遇大相径庭。德国在"二战"后抱着反思历史、忏悔罪行的态度，奥斯维辛大屠杀的历史一直被深入细致地探究和反思，各国作家也从人性、种族、宗教、伦理、现代文明等各个层面，对之进行了反复书写，并涌现出不少经典文本。最有代表性的有诺贝尔文学奖获得者塔杜施·博罗夫斯基的小说集《告别玛丽亚》和《石头世界》、普利策新闻奖获奖作品《奥斯维辛没有什么新闻》、奥斯卡金像奖获奖影片《辛德勒的名单》以及社会学家鲍曼的专著《现代性与大屠杀》等。奥斯维辛集中营的罪恶历史因此而广为人知。然而，在很长一段

---

① ［美］赫伯特·马尔库塞：《爱欲与文明：对弗洛伊德思想的哲学探讨》，黄勇、薛民译，上海译文出版社2005年版，第179—180页。

时间，记忆和想象南京大屠杀却遭到国内外各种因素尤其是日本的掣肘，使得南京大屠杀的真相一直有被抹除的危险。目前，对于中国和世界而言，南京大屠杀的历史仍处于"去蔽"阶段，南京大屠杀的民族与国家叙事历经多年曲折才迎来宽松的创作语境，此时提倡"让纪念南京大屠杀走向人类层面"①，还有些操之过急。南京大屠杀作为民族的灾难史，必须经过"民族国家叙事"阶段，只有经过这一阶段的成功写作后，再更大范围地进入"人类层面"的书写，方是真正对死难者和民族历史负责。

就民族意识的表达而言，南京大屠杀文学叙事应对以消费主义姿态把民族劫难隐私化、情色化的写作方式保持高度警惕。另外，阿垅的创作动机对我们也有启示作用。1938 年，阿垅听说两个日本人创作的中日战争题材作品，是在打一枪写一笔的情形下完成的，这种态度为中国作家所不及。对此，他这样写道：

> 我不相信，"伟大的作品"不产生于中国，而出现于日本，不产生于抗战，而出现于侵略！即使是从分量和写作态度来说，我也有反感。
>
> 这是耻辱！
> …………
> 中国有血写成的"伟大的作品"！
>
> 并且，墨水写成的"伟大的作品"，假使是血写成的"伟大的作品"的复写，那不久也可以出现的。
>
> 那作品，将伟大于火野苇平的《麦雨士兵、土雨士兵和花雨士兵》②的！
>
> 否则，是中国的耻辱！③

---

① 徐萧：《"让纪念南京大屠杀走向人类层面"》，《东方早报》2014 年 12 月 13 日。
② 书名印刷有误，应为《麦与士兵》《土与士兵》《花与士兵》，统称"士兵三部曲"。
③ 阿垅：《南京血祭》，人民文学出版社 1987 年版，第 222—223 页。

　　正是在这种态度下，阿垅创作了关于南京保卫战和大屠杀的小说《南京》（即《南京血祭》）。他说："我不能让敌人在兵器上发出骄傲一样，在文字上也发出他们的骄傲来！我们要在军事上胜利，也要在文艺上胜利！"①时过境迁，阿垅的话依然铿锵有力，令人警醒。然而，几十年过去了，作为"血的复写"的作品仍不多见，对传教士日记的"复写"却在不断涌现。而且，在"宗教""人性""女性身体"的故事表象下，隐藏着西方拯救东方的话语结构。就今天的中国而言，直面抗战历史，理性审视战争中的政治与人性，刻画国民性格与人伦观念应对劫难的姿态，彰显国家意志的南京大屠杀书写，显得弥足珍贵。

---

① 阿垅：《南京血祭》，人民文学出版社 1987 年版，第 228 页。

第十章　区域文化对 20 世纪中国
小说流变的影响

　　文学受地域文化的影响，这是不争之论。刘师培在谈到南北文学差异及其成因时指出："大抵北方之地，土厚水深，民生其间，多尚实际；南方之地，水势浩洋，民生其际，多尚虚无。民崇实际，故所著之文，不外记事、析理二端；民尚虚无，故所作之文，或为言志、抒情之体。"[①] 从某种意义上可以说，"精神文明的产物和动植物界的产物一样，只能用各自的环境来解释"[②]，但这仅仅指出了区域文化与文学风格的静态对应关系。实际上，如果考虑到时代"精神气候"的巨大引力场的吸纳作用，区域文化与文学之间还存在着动态的张力关系。所以，"要了解一件艺术品，一个艺术家，一群艺术家，必须正确的设想他们所属的时代的精神和风俗概况。这是艺术品最后的解释，也是决定一切的基本原因。"[③]

　　考察 20 世纪中国区域小说（小说是区域文化最集中、最切合的文学载体）的生长历程时，我们往往忽略了这样一个问题，即制约区域小说消长沉浮的历史动因和各区域文化应对时代精神气候的潜在活力。这里的"消长"指各个区域小说的此起彼伏、藏显互动、扬抑相关；"沉浮"指区域小说整体的沉潜和浮现。不论从单个区域还是从全国格局来看，20 世纪区域小说的消长沉浮背后都有着复杂的文化、

---

① 　刘师培：《南北文学不同论》，见郭绍虞、罗根泽主编：《中国近代文论选》（下），
　　人民文学出版社 1959 年版，第 571 页。
② 　[法] 丹纳：《艺术哲学》，傅雷译，人民文学出版社 1996 年版，第 9 页。
③ 　同上书，第 7 页。

政治和心理因素在起作用。尤其是时代的精神气候，包括文学思潮、文艺政策、文化理念、社会心理、审美倾向、政治气候，规约着区域小说起伏流变。20世纪的一系列文化事件和文学事件，如启蒙运动、文学革命、延安讲话、文学寻根等，构成了区域小说生存的历史语境。文学本身不是一个独立的事件，我们只有把区域小说置于多重视野下，才能辨析出区域文化的应对机能，以及它们如何激活或抑制区域小说的生长。区域小说的消长沉浮除了作家自觉的审美及文化选择因素之外，很大程度上就是区域文化与20世纪的精神气候或龃龉或投合的结果。

一、区域文化的“召唤结构”与区域文学的交替繁盛

20世纪文学的潮涌始于政治小说的兴起。政治小说的兴起，是近代有识之士反思器物和政治制度变革的失败，进而转向思想文化变革的副产品。“借思想文化以解决问题的途径”[1]，必然重视文学的宣传感化作用。1898年12月，梁启超在《译印政治小说序》中写道：“在昔欧洲各国变革之始，其魁儒硕学，志士仁人，往往以其身之所经历，及胸中所怀，政治之议论，一寄之于小说。……往往每一书出，而全国之议论为之一变。彼美、英、德、法、奥、意、日本各国政界之日进，则政治小说，为功最高焉。”[2]梁启超和康有为对小说的创世功能都极为迷信。梁启超相信“小说有不可思议之力支配人道”，能“改良群治”；康有为则认为，对于妇女与粗人，“‘六经’不能教，当以小说教之；正史不能入，当以小说入之；语录不能喻，当以小说喻

---

① ［美］林毓生：《中国意识的危机——“五四”时期激烈的反传统主义》，穆善培译，贵州人民出版社1988年版，第45页。

② 任公：《译印政治小说序》，见陈平原、夏晓虹编：《二十世纪中国小说理论资料·第一卷（1897—1916）》，北京大学出版社1989年版，第21—22页。

之；律例不能治，当以小说治之"①。学界以前对政治小说的讨论，往往注意到它产生的时代语境，而不太注意到催生它的地域因素。政治小说主要为梁启超所倡导，并以广东作家为主体。广东这片土地提供了其滋生的文化土壤。近代的一系列历史事件都发源于广东或为广东人所策划，如：三元里抗英，林则徐戒烟，康有为、梁启超等人领导的戊戌变法，以及后来孙中山领导的辛亥革命。明清以后岭南学派形成的务实求变思潮与近代西学新思潮相碰撞，铸造了中西合璧的近代岭南文化和追新求变的文化精神。岭南人的政治热情和追新求变精神提供了孕生政治小说的最佳土壤，一批政治小说作家和作品相继涌现，如梁启超及其《新中国未来记》、吴趼人及其《痛史》《二十年目睹之怪现状》，黄小配及其《洪秀全演义》《廿载繁华梦》《宦海升沉录》《宦海潮》。

　　1908 年前后，政治小说消退，鸳蝴派小说迅速攻占了文学市场。鸳蝴派作家基本上为江苏籍。江苏鸳蝴派作家无论创作的数量还是质量，都在此时期占了首席地位。陈平原《二十世纪中国小说史（1897—1916）》所附"作家小传"列出的十四位小说家，江苏籍的就占了八位。1905 年科举制度废除后，江南才子原有的仕途受阻，只好在小说写作中释放满腹经纶才情。"鸳鸯蝴蝶派作品的发祥地是上海，但执笔者大都是苏州人。"②确切地说，鸳蝴派小说借上海的洋场风气推销固然不错，上海这个移民城市中江苏人本来就占多数，但就其实质而言，则与吴文化同时代精神气候的碰撞不无关系。鸳蝴派作家除苏州的包天笑、周瘦鹃、程瞻庐、程小青外，还有扬州的李涵秋、毕倚虹、张秋虫，常熟的徐枕亚、吴双热等。一两个吴地作家涉足鸳蝴小说，这也许是偶然，但吴地的作家群体不约而同地奔赴鸳蝴小说的话

---

① 康有为：《〈日本书目志〉识语》，见陈平原、夏晓虹编：《二十世纪中国小说理论资料·第一卷（1897—1916）》，北京大学出版社 1989 年版，第 13 页。

② 宁远：《关于鸳鸯蝴蝶派》，见魏绍昌编：《鸳鸯蝴蝶派研究资料》上卷，上海文艺出版社 1984 年版，第 177 页。

语空间，那起码可以说明鸳蝴派创作较多地附着了吴地的地域文化信息。鸳蝴小说的滋生与吴地文化气候有很大的关系。江南秀山柔水陶冶了江苏人柔和文雅的民性，六朝的轻靡颓废遗风、扬州苏州的烟花风流余韵、明代王阳明倡导个性自由对情欲的释放、江南世家子弟的世纪末情感、吴地的崇文风气及商业文化的繁荣，共同为鸳蝴小说的流行准备了相应的作家文化品格、审美取向，以及读者的欣赏趣味、期待视野。有论者指出，"江苏文学产生不了悲壮，只有蕴藉的美和趣味的美"，而这恰恰是鸳蝴小说应有的文学品格。同时，鸳蝴小说的出现也是对前期梁启超等政治小说的理论和实践所带来的空洞、枯燥的反拨。鼓噪一时的政治小说由于"拟想读者"（妇女与粗人）与"实际读者"（文人）的错位及落差，在它所借助和放大的政治热情消退后，"不可能再单靠'政界之大势'或'爱国之思'来吸引读者，作家也不再以为小说真的能拯世济民重整乾坤，于是出现一大批立意娱人或自娱的作品"①。江苏的山川风情、商业气息、秦淮余韵、名士才情与时代文化语境的碰撞，带来了江苏鸳蝴小说的繁荣。也造成了鸳蝴小说的基本特点，即：消闲倾向（从鸳蝴派的代表刊物《礼拜六》的"出版赘言"可以看出）；重趣味；多以情场为表现对象（"吾起侪为小说，不能不写情欲，却不可专写情欲"②）。

为什么在梁启超所极力提倡的政治小说式微后，他当初极力批判的"诲淫"倾向又会在江苏作家的鸳蝴小说中改头换面登场？区域小说空间由粤向吴的迁移值得揣摩。吴地鸳蝴小说能抢占政治小说的风头，在于它承续了后者夸饰煽情的文风，又在滥情中杂以民族大义、英雄气节。鸳蝴派作家把文人风流、儿女情长的秦淮旧梦与时代风云相串缀，夺取了政治小说的生命元气，克服了其枯燥空洞并填以情欲，迎合了市民的阅读期待。而此项工作之所以只能由吴地作家完成

① 《陈平原小说史论集》中，湖北人民出版社 1997 年版，第 592 页。
② 恽铁樵：《再答某君书》，《小说月报》1916 年第 3 期。

则与其地域文化有关联。

五四时期，区域小说创作形成了一个高潮。区域小说的繁盛，自然与《文学革命论》以及《人的文学》《平民文学》所提倡的平民立场和写实倾向，以及文学研究会"为人生"的创作理念不无关系，但更直接的推动力则是问题小说的式微和乡土小说的兴起。新文学发轫期的小说创作绝大部分未能脱离对欧化叙事的幼稚模仿，局限于知识分子的顾影自怜或个性张扬，咀嚼身边小小的悲欢离合。尤其是问题小说浮光掠影似地把人生、劳工、家庭、爱情、信仰等众多问题一股脑儿扫进小说的大口袋，并随意开出解决的方子，带来了小说创作的模式化、概念化、粗浅直白的弊端。茅盾在《文学家的环境》一文中对之有过统计性的描述："我们试把去年（指 1921 年）发表在各杂志各报的创作小说按性质归纳一下，便知道这一百篇中有百分之五是描写学校生活，百分之二十是描写无产阶级的生活，其余的都是描写青年的婚姻问题。"他接着评价道：这些小说基本上都"相互类似了，尤其是占全体百分之七十五的婚姻小说，几乎篇篇一律。所以'单调'两字，竟不能辩卸"。① 周作人认为，要克服文学革命后小说的单调，要克服新文学概念化的毛病，应该提倡有地方色彩的文学。1921 年，周作人在英国作家劳斯《希腊岛小说集·序》的译文后面顺便提到："中国现在文艺的根芽，来自异域，这原是当然的；但种在这古国里，吸收了特殊的土味与空气，将来开出怎样的花来，实在是很可注意的事。"1923 年，他在《地方与文艺》一文中进一步谈道："这几年来中国新兴文艺渐见发达，各种创作也都有相当的成绩，但我们觉得还有一点不足。为什么呢？这便因为太抽象化了，执着普遍的一个要求，努力去写出预定的概念，却又极真实地强烈地表现出自己的个性，其结果当然是一个单调。我们的希望即在于摆脱这些自加的锁纽，自由地发表那从土里滋长出来的个性。"

---

① 雁冰（茅盾）：《文学家的环境》，《小说月报》1922 年第 11 期。

　　乡土小说与区域小说是两个内涵和外延都相交的概念。丁帆对 19 世纪至 20 世纪初的世界乡土小说进行考察后得出，"'乡土小说'作为一个世界性的文学母题，已经用'地方色彩'和'风俗画面'奠定了各国'乡土小说'创作的基本风格以及它的最基本的要求"①。丁帆还对"地方色彩"和"风俗画"两个概念作出界定："倘使不突出某一地区的民俗、风物、人情生活，在一个有别于其他地域的狭小地区进行视界阈定描写的话，就不可能使作品具有'地方色彩'"②；"'乡土小说'取之于'风俗画'描写，一是要突出其'地方色彩'；二是要突出其美学特征"③。这些论断，套在区域小说上照样有其合理处。因此，可以把五四时期的乡土小说纳入区域文学的框架来考察。

　　在周作人的大力提倡下，1923 年前后，在问题小说式微的同时，以乡土文学为主的区域小说成为潮流。"蹇先艾叙述过贵州，裴文中关心着榆关，凡在北京用笔写出他的胸臆来的人们，无论他自称为用主观或客观，其实往往是乡土文学"④。以乡土文学为主的区域小说的风行，还得力于鲁迅的创作示范："五四时代之后，在鲁迅作风影响之下，青年从事乡土文艺或世态人情之刻画者很有几个人，比较成功的有王鲁彦和许钦文两位。"⑤除王鲁彦（浙江）、许钦文（浙江）外，许杰（浙江）、王任叔（浙江）、彭家煌（湖南）、黎锦明（湖南）、许玉诺（河南）、蹇先艾（贵州）、台静农（安徽）都把笔触伸向自己的故土，展示与自己血脉相连的那片土地的人情风俗、山川风光以及子民的生存样态，带有浓厚的地域色彩。

　　由对问题小说的反拨而勃发的区域小说，之所以在浙东而不是别的区域成气候（鲁迅、王鲁彦、许钦文、许杰、王任叔都为浙东人，

①　丁帆：《中国乡土小说史论》，江苏文艺出版社 1992 年版，第 11 页。

②　同上。

③　同上书，第 10 页。

④　鲁迅：《中国新文学大系·小说二集》，良友图书印刷公司 1935 年版，"序言"第 10 页。

⑤　苏雪林：《王鲁彦与许钦文》，《现代》1934 年第 5 期。

彭家煌、黎锦明、许玉诺、蹇先艾、台静农虽不是浙东人，但几乎都
与鲁迅有师承关系或有意模仿其乡土小说写法），以乡土为载体而不
是以别的为载体，只能以越地的文化精神特质来解释。正是越文化的
历史实录传统、平民忧患意识、反传统异质文化的发达，使得以乡土
为载体的区域小说在浙东取得了令人瞩目的成就。

　　浙江区域小说的发达及文学品位，还与越地作家和理论倡导者宽
广宏远的文学视野有关。20世纪20年代浙江的区域小说基本上达到
了茅盾后来提出的乡土文学的品格："关于'乡土文学'，我以为单有
了特殊的风土人情的描写，只不过像看一幅异域的图书，虽能引起我
们的惊异，然而给我们的只是好奇心的厌足。因为在特殊的风土人
情而外，应当还有普遍性的与我们共同的对于命运的挣扎。"①除此之
外，浙江作家还意识到文学的地域性与民族性、世界性的辩证关系。
茅盾在《新文学研究者的责任与努力》里指出，全人类最终将同一，
文学应表现人类的普遍情感，在文学人类化以前，应重视民族性，新
文学运动的性质是民族文学。②郑振铎在《文学的统一观》里提到："文
学的时与地与人与种类，都是互相关联的；……世界的文学就是世界
人类的精神与情绪的反映。决不易为地域或时代的见解所限，而应当
视他们为一个整体，为一面反映全体人类的忧闷与痛苦与喜悦与微笑
的镜子。"③鲁迅在《致陈烟桥信》中谈道："现在的文学也一样，有地
方色彩的，倒容易成为世界的，即为别国所注意。打出世界上去，即
于中国之活动有利。"④越地理论家的视野具有"海的个性"——宽广、
宏远。这对越地创作的自觉和成功无疑是一个很有说服力的注释。

　　从民国成立前后到五四时期直到革命文学风行之前，在区域小说

----

① 蒲（茅盾）：《关于乡土文学》，《文学》1936年第2期。

② 郎损（茅盾）：《新文学研究者的责任与努力》，《小说月报》1921年第2期。

③ 郑振铎：《文学的统一观》，《小说月报》1922年第8期。

④ 鲁迅：《书信·340419致陈烟桥》，见《鲁迅全集》第13卷，人民文学出版社
2005年版，第81页。

的格局中，吴越作家可谓独领风骚，撑起中国文学的繁盛局面。民国前后的言情小说被吴地作家占尽了风头。乡土小说由周作人树起理论大旗，并由其兄鲁迅显示出"新文学创作的实绩"，提供了乡土小说的经典范本。王鲁彦、许钦文、许杰、王任叔的加入壮大越地乡土文学创作的阵容。20 世纪 20 年代整个文坛，其"实绩"亦由吴越作家充实。浙江的鲁迅、周作人、王鲁彦、许钦文、许杰、王任叔、郁达夫、徐志摩，江苏的朱自清、刘半农、叶绍钧、俞平伯、汪敬熙点亮了 20 年代中国文学的大半个星空。可以说，没有吴越作家，世纪初至 20 年代的文学园地将呈现一片萧条。

此时期，中国西南部、西北部、东北部的新文学创作尚未成气候，这固然由于这些地区的封闭、落后，强劲的"西风"首先席卷沿海各省，到这些地区已掀不起多少微澜；中原地区以及山东则是由于作为传统文化的腹地，在五四时期处于被消解的尴尬境遇，而无法立即焕发生机以应对文化转型。但是，为何独独吴越小说应运而生，一枝独秀？这可能与吴越文化的召唤结构在应对新文学的范型方面所具有的潜力分不开。

江山代有才人出，各领风骚八九年。20 世纪三四十年代，是各区域小说争奇斗艳的年代，大部分区域的文化传统都与新文化进行了程度不同的磨合，作家努力寻求自身传统区域文化与时代精神的切合，或以自身区域文化的优势观照文明进程中的人性异化。海派小说、京派小说以及四川、湖南、山西、河北、东北的区域小说，各自展示了自己的活力。而河南、陕西、山东以及西北地区，或由于传统儒家文化的深厚而一时难以与时代精神合拍，或由于文学土壤的贫瘠而一时难以培育出文学的奇葩。那么，从区域文化的角度来看，某些区域小说又是如何应运而生的呢？这些区域文化的召唤结构又是如何在时代语境中给其区域小说创作注入活力的呢？

这个时期的几个有趣现象值得注意。有趣现象之一，在越文化的历史实录传统、平民忧患意识、反传统异质文化孕育出以乡土为载体的区域小说之后，越地作家在上海掀起了几股颇令人惊异的小说潮流，在吴人的鸳蝴派小说中注入了"现代质"①，形成了海派小说（主要包括新感觉派穆时英、施蛰存、杜衡和后期海派小说家徐訏、苏青、施济美、东方蝃蝀），关注的焦点由乡村转向了都市，由对农民的解剖转向了迎合市民的趣味——新派的或老派的。上海这个现代都市，什么文学思潮都能容纳，通俗的或先锋的、革命的或保守的、民族的或西方的，但是为什么恰恰是浙江籍作家，甚至也不是毗邻上海的苏州人，成了海派小说的主体和中坚？这与越地的求异创新传统和异质文化传统有关。

有趣现象之二，湘西作家沈从文，四川作家沙汀、艾芜、李劼人，东北作家萧红、萧军、端木蕻良、骆宾基、舒群、白朗、罗烽、李辉英，山西作家赵树理、马烽、西戎、胡正、孙谦、束为，各自在思想倾向、主题形态、文体特征、叙述方式上风格特异，在其区域文化的古井中汲取了新鲜的泉水。

有趣现象之三，在解放区，毛泽东在《延安文艺座谈会上的讲话》发表后，来自各地的作家积极贯彻"讲话"精神，但其创作并非千人一面，而是风貌各异。山药蛋派（赵树理、马烽、西戎、胡正、孙谦、束为）、茶子花派（周立波、丁玲、康濯）和白洋淀派（孙犁），在实践"讲话"精神时，其创作都带有浓厚的地域特色。

十七年的小说创作，总体上说，其区域特色被主流话语消磨，只能以潜在结构与政治话语结合。吴越作家、东北作家潜沉下去了，三晋作家也雄风不再，只有湘楚的区域小说创作继续保持着强劲的发展

---

① 海派小说的"现代质"既包括精神方面的特质，也包括文学形式方面的特质。精神方面，如：对人尤其是都市人的漂泊心态、潜在意识、分裂人格、终极归宿等的探讨和反思；在凡俗日常生活中深掘人生的悲喜剧。文学形式方面，如：常常以快速的节奏、电影镜头般的跳跃结构，刻意捕捉新奇的感觉和印象，并注重挖掘与表现潜意识和变态心理；把异域情调、浪漫抒情和哲理思索相融合，营造独特的小说氛围。海派小说的形成，实际上与越地作家用求异创新传统、平民情怀以及哲理反思精神来改造吴地鸳蝴派小说有一定关系。

势头。而之前一直缄默的齐鲁大地和三秦大地的文学园地却枯木逢春，焕发出无限的生机，涌现了一批区域小说新贵。可以说这是地域文化与时代精神气候相切合的结果。例如，齐鲁文化的古典人文精神和理想色彩，就与十七年的主流话语、时代精神氛围相当合拍。

20 世纪 80 年代中期以来，作家自觉地追求创作的区域文化特色。湖南、陕西、山东、江苏等地的文学创作势头旺盛，成功的背后有着区域文化精神的强劲支持。"区域文化对小说创作的影响是多层面的，但都指向小说艺术个性化这一终极目标。"① 拿寻根小说来说，各地寻根作家的小说都有意凸显了其区域色彩。如湖南的韩少功，东北的阿城、郑万隆，山西的郑义、李锐，浙江的李杭育，陕西的贾平凹，西藏的扎西达娃，山东的莫言，都把笔触伸向了那片情牵梦绕的二地，他们的小说都贴上了区域文化的标签，提供了某种区域文化的范例。

二、区域的文化力量与 20 世纪中国小说的发展

通过对 20 世纪区域小说消长沉浮的粗略考察，我们可以得出以下结论：

第一，区域文化对 20 世纪中国小说现代转型的意义。

每一次区域文学创作的潮涌，都构成了对前一阶段文学的反拨，并因此推动了 20 世纪文学现代性转型的进展。实际上，整个 20 世纪某一类或几类区域小说的崛起，都是由于其区域文化的召唤结构与时代精神气候相切合，由其区域文化与时代精神气候相碰撞而孕生的小说风貌及文学精神，构成了对此前文学界疲软现象或弊端的反拨矫正。"不管在复杂的还是简单的情形之下，总是环境，就是风俗习惯和时代精神，决定艺术品的种类；环境只接受同它一致的品种而淘汰

---

① 田中阳：《区域文化与当代小说》，湖南师范大学出版社 1996 年版，第 15 页。

其余的品种；环境用重重障碍和不断的攻击，阻止别的品种发展。"① 正是"里应外合的文化共振"使得某些阶段的某些区域文学获得了发展机会，不断调整文学的走向，完善了 20 世纪文学的现代品格。

第二，区域小说的流变沉浮与 20 世纪中国小说的曲折发展。

纵观 20 世纪中国文学的发展，其存在状态一直在"投靠"与"返归"两极之间穿梭往复。中国文人一直强调文学的创世功能，"文章乃经国之大业不朽之盛事"，可以观民情知得失，洞悉"盛世""衰世"之音。自梁启超把小说抬到"文学之最上乘"的显赫地位，作为"改良群治"的喉舌后，20 世纪的文学就被绑上了主流意识形态的战车，而随之狂奔。20 世纪初的政治小说，五四时期的问题小说，1928 年前后的革命小说，40 年代的延安文学，一直到 80 年代"寻根"前的小说，都胶着于直接当下的历史感召，狂热地追逐时代的主旋律，成为某种观念的载体。在文学背离本体性，向外投靠时，又总有某股力量把它往回拉。这也就是孔范今所说的"历史结构的悖论性与文学的补偿式调整和发展"现象。而构成文学返归自身的力量有多种，就20 世纪的文学现实来说，乡土的诱惑、区域文化的召唤，无疑起着不可替代的作用。鸳蝴小说、乡土小说、寻根小说以及其他一些区域小说，都以"土之力""地之子"的文化厚积，把文学的发展引向了深处。20 世纪文学犁铧留下的最深痕迹，往往就是区域文学的繁盛之处。

第三，区域性与民族性、世界性的关系。

区域化是民族化的基点。闻一多在《〈女神〉之地方色彩》中指出：《女神》过于欧化，"薄于地方色彩"，"真要建设一个好的世界文学，只有各国文学充分发展其地方色彩，同时又贯以一种共同的时代精神，然后并而观之，各种色料虽互相差异，却又互相调和"②。因此，

---

① [法]丹纳：《艺术哲学》，傅雷译，人民文学出版社 1996 年版，第 39 页。
② 闻一多：《〈女神〉之地方色彩》，《创造周报》1923 年第 4 期。

区域小说在精神内涵的开掘上，应有一种更加恢宏深厚的拓展。既要入乎其内，把握区域文化的神髓气韵；又要出乎其外，用现代性、世界性的眼光审察区域的文化风韵及其子民的生存样态，实现由狭隘的"族意识"思考方式，向开阔宏大的、透视人类社会的"类意识"思考方式的转换。

第十一章　乡村的空心化与城市龙卷风

一、文体的定位

吴佳骏是写散文的，已出版《掌纹》《院墙》《飘逝的歌谣》《在黄昏眺望黎明》《生灵书》等九部散文集，凭借这些作品，他在全国散文界崭露头角，收获了颇多赞誉。几年前笔者曾为他的散文集《在黄昏眺望黎明》写过一篇评论，认为这部文集"对卑微者生存境遇与精神向度的体认，达到了诗意与哲思相结合的圆融境界，可以看作他创作上的一次飞跃"[①]。回望他近几年的散文创作，笔者发现"80后"的他一直保持着飞跃的姿态。他的创作状态与心态，有点类似于20世纪30年代的沈从文——把自己的创作定位为"乡下人"的"习作"阶段，不断变换法子讲述自己的故乡以及进城谋生的乡下人。

散文写多了，吴佳骏也许想尝试走进小说的领地——他前些年的部分散文已融入了小说的情节构思和故事元素，如《被电影虚构的生活》《梦想的火车》等，当作小说读亦无妨。当然，他并没有贸然跳进小说的园地，而是将一只脚跨进了小说的大门，散文的身子还留在门外。于是，便有了这部《雀舌黄杨》（百花文艺出版社2017年1月出版）。笔者注意到这部作品中的少数篇章，如《兄弟感情》《剃头劫》《打猎》《欠条》《报复》，最初是以微型小说、小小说的名义发表的，

---

① 李永东：《面向卑微者的叙事：诗与思的圆融境界》，《红岩》2012年第S3期。

但大部分篇章还是散文笔法。这部作品叙事简练干净，不拖泥带水，在可以铺陈渲染、卖弄关子、刻画心理、展开矛盾的地方，作者三言两语带过了，并不特意放缓叙事的节奏和速度。作者并不想让虚构插上翅膀，天马行空。乡村的直接体验让作者选择了一种老实的摆龙门阵的叙事方式，而不是说书人的汪洋恣肆。

不过，我们很难说《雀舌黄杨》是一部散文还是一部小说。这或许与吴佳骏有意淡化文体意识有关，他曾说"散文从散文终止处开始"，当写作者"不再清楚地意识到自己是在写散文的时候，说不定就能写出真正的好散文来"。① 吴佳骏没有刻意把《雀舌黄杨》当作散文或小说来写，而给它贴上"笔记体小说"或"散文化小说"的标签，对于我们评论这部突破陈规的作品并无多少助益。"笔记体"是中国古代小说的一种文体。对古代小说的文体研究有三种思路，即"以今义为准，以今律古；以古义为准，以古律古；古今义折衷"②。显然，以古代"笔记体"与现代小说体作为标准来解释《雀舌黄杨》，都不妥帖。按照现代文体观念，一个小说家可以把自己隐匿在编织的故事背后，即使他把小说当作自述传来写，那也只能算是戴着面具的跳舞。而散文的书写者则不一样，他是直接用灵魂与这个世界交流，用裸露的灵魂唤起我们对生命、记忆的感悟。从这个角度来说，尽管《雀舌黄杨》采取了乡村人物志和故事汇的叙述方式，笔者仍然倾向于把它当作散文来解读。

这部作品不仅文体属性让我们感到踌躇，而且，应当把它界定为一部长篇作品还是一部作品集，也让人颇费思量。作为一部长篇作品，《雀舌黄杨》缺乏叙述主线、情节推进和主要人物，每一篇自成格局，人物不重复，事件无直接关联。把它当作一部作品集，更令人觉得不妥，因为作者显然有其整体立意。《雀舌黄杨》以黄杨树的一

① 吴佳骏：《散文从散文终止处开始》，《红岩》2016 年第 1 期。
② 吴承学、何诗海编：《中国文体学与文体史研究》，凤凰出版社 2011 年版，第 46 页。

系列人与事来呈现"一个中国乡村消失的过程",并透析"促使这种消失的外因和内因"。虽然作品章节的排列并未遵守因果、递进、归类等逻辑关系,并未设置乡村消失的清晰脉络,但这种并非刻意的章节安排或许想要表明,乡村的颓败与空心化,正是内因(离乡、贫困疾病、难以应对变换的世界等)与外因(城市诱惑、城市对乡村的挤压、无约束的基层权力等)纠合的结果。尽管这部作品的中间章节在编排上有些随意,但开头两篇与最后两篇有着开启与收结的意味,把整部作品控制在对"一个中国乡村消失的过程"的叙述中,形成了完整的表意结构。整体而言,《雀舌黄杨》作为一部长篇作品,突破了传统的文体界限,不以重要的人与事作为主线来组织各个篇章,而是以意旨来统领。它的结构不是线性的,而是包裹式的,其写法是散打式的,而不是套路式的,乡村的颓败与空心化主题引领了对黄杨村的人生百态、伦理关系和命运遭遇的叙述。

二、被城市抽空的乡村

乡村的颓败与空心化是一个极具时代性的沉重主题。但是,如何穿透繁复的现实表象,直击时代病灶,给出有力表述,对写作者而言是一个挑战。《雀舌黄杨》在这一点上匠心独运,采取化繁为简的方式,在起首两篇(《出生地》和《春之祭》)抽出了乡村颓败的端绪,围绕故乡、逃离、城市、道德、权力等关键词,以诗性的忧伤笔调提示了乡村社会空心化的关键诱因,为其后的黄杨村故事提供了叙述的向心力。《雀舌黄杨》起首两篇是打开整部作品表意结构的钥匙,其观念辐射了整部作品。

第一篇《出生地》从生命哲学和时代状况的角度揭示了山村人生的困境:故乡既是出生之地,也是青年的逃离之所。"我"的出生地——雀舌镇黄杨村,位于群山之中,且有江河阻隔。从山坡望下去，"整个村子就像躺在一个巨型的摇篮里"。"摇篮"一词与幼小生命的成长相关，类似母亲的子宫、怀抱，让人感到温暖、安适，但摇篮也意味着局限、禁锢。因此，成长的渴望伴随着离开摇篮、离开故土的冲动，出生地有可能成为青年的逃离之所。在传统中国乡土社会，安土重迁、忍耐认命的观念抑制了逃离乡村的欲念。到了20世纪80年代，也就是作者出生的年代，固守乡土的力量已不足以阻挡青年逃离的脚步，因为山外的"现代文明""城市文明"提供了物质性的奇观和享乐，放大了乡村的狭小、贫穷和无望之感。山的外面有糖果、汽车，要啥有啥。现代城市的诱惑为离乡提供了强劲动力。

新时期被现代城市诱惑而产生的乡土逃离，是一种前所未有的逃离形式，瓦解了乡村的认同感和聚合力。在传统社会，离开一方乡土，不过是身体去了另一方乡土，心还留在故乡，并且终归要带着身体和灵魂回到乡村。新时期现代化与城市扩张进程中的乡土逃离，是"连根拔起"，是身体和灵魂的双重脱离。经过城市"教化"的乡民伤痕累累或意气风发地回归故乡，其实已回不去了，他们已非当年的乡村之子，故乡也不再是宁静安详的摇篮，双方难以相互接纳，重拾旧日时光。

城市把乡村推向了万劫不复的境地，这从书名即可见出。以"雀舌黄杨"作为书名，源自所讲述的对象——雀舌镇黄杨村，一个虚构的地名。作者不便直指自己真实的故乡，便虚拟了这个地名。据作者说，"雀舌黄杨"也是一种盆景。关于盆景，龚自珍的《病梅馆记》、艾青的《盆景》都以盆景来隐喻社会的压抑、天性的失落和灵魂的扭曲。作者的题意或许亦在此。但"雀舌镇"和"黄杨村"也可分开来理解。与黄杨村隔着河流的雀舌镇，以及相距更远的县城、重庆及其他城市，可以统称为城镇，在空间性质上与黄杨村相对。"雀舌"是个多义词，在作品中除了理解为一种盆景，还可理解为一种疾病，因此雀舌镇作为黄杨村的上一级行政机构所具有的统辖权力，以及"雀舌"对"黄杨"的语词修饰功能，喻示了城镇的"病症"侵蚀、漫延至乡村，改变了乡村既有的自然环境、伦理关系、道德秩序和生活状态。

现代城镇带给乡村的病变，犹如龙卷风。龙卷风的形成，起因于大地与云层之间的空气压力差，压力差促使大地水汽急剧上升变冷，并且常常伴随着雷阵雨和冰雹。乡村儿女向往外面的世界，外面世界的那一头就是城市，是高度工业化、商业化的处所，是财富、权力和欲望的汇聚之地。如果说乡村儿女是从温热大地蒸腾出来的水汽，直冲梦幻的天空云彩而去，那么城市就是他们的天空云彩。然而，乡村与城市的对话不是遵从对等、平顺、相互容纳的方式。城市龙卷风在把乡村青年带离乡土卷入城市后，让他们变得自私势利、亲情淡漠，置年老和年幼的亲人于不顾，让留守的少年儿童和孤寡老人陷入伦理情感的巨大缺憾中，咀嚼着孤寂无望的岁月（《小学生的信》《上庙》）。即使偶尔回到黄杨村，也如雷阵雨般短暂，或如冰雹般引发乡村的骚动，就如那一双与乡村格格不入的红色高跟鞋（《红色高跟鞋》），抑或带给乡村留守者伤害（如《卖树》《城市模仿者》《购房梦》等篇章所涉及的事件）。城市龙卷风的"吸吮作用"让乡村的活力丧失殆尽，不仅抽空了乡村健壮、能干、漂亮的青壮年，而且不断占有、盘吸、掠取乡村资源，包括花草树木、野生鱼类和飞禽走兽，甚至挤占了乡民的居所，进而肢解了乡村社会人与人、人与自然的固有关系。城市的消耗享乐、价值观念和丛林法则，背后是传统乡土社会的隐退和观念的变异，甚至带来一幕幕的乡村悲剧（《剃头劫》《逮蛙毒鳝》《造像》《作家梦》《抵命》等作品，从各个角度诠释了这一现象）。

城市提供的生存机遇和生活方式，特别是城市务工与乡村劳作的价值落差，给乡村留守者带来了"无能"的自我体认，让他们不得不承认"种地的人，都是些没用的人。有能耐的人，都去了城里"（《与自己对话》）。而且，现代城市文明还瓦解了乡村工匠和艺人的存在价值，把他们的手艺和谋生方式定义为过时落伍，把他们挤出了既有的生存轨道。《剃头劫》《木匠斩》《香灯师》《谢幕台词》《贫富医生》

中的乡村工匠和艺人，成了黄杨村"最后"的剃头匠、木匠、香灯师、民间戏子和乡村医生，有的行当就此湮没，有的工作为城镇行业所取代。当木匠张光明打算把自己的那套行头装进小棺材里埋葬，当民间戏子的歌声成了绝唱，当乡间行医被取缔，乡村已不再能维持自然自足的社会运转机制。然而，城市并不负责"照管"被同化的乡土社会，有利可图则无孔不入，无利可图则任其自生自灭。例如，黄杨村像城市一样装了电灯，但留守的乡村老人并不懂电，完全依赖"我"（吴佳骏）回乡时给他们解决电器、电路故障，如果"我"长时间没回村，电路故障可能带给乡亲意外伤亡（《临时电修工》）。

当城市龙卷风吸尽了乡村的活力和生机，破坏了乡村的道德伦理秩序，把乡村工匠变成了最后的手艺人，乡村就不可避免地朝着空心化的深渊沉沦。

三、无家的家乡

城市龙卷风是乡村空心化的重要外因，乡村内部亦潜伏着失衡和颓败的危机。乡村社会的涣散和败落，还在于道德式微、人伦变异、生活艰难以及权力利欲的肆无忌惮。作品的第二篇《春之祭》着眼于内因的揭示："如果说村长象征基层政治权力的话，那么，司仪则是乡村道德和文化的使者，他们共同维护着一个村庄的秩序。"然而，黄杨村"已经不见举行祭祖仪式很多年了"。这意味着，乡村长者的道德威望日渐衰微，已经不具有权威性；既有的维持乡土传统和秩序的礼仪、道德、习俗以及为人处世的规则，已不能有效约束乡风民心。随着乡村道德文化的权威人物——祭祖司仪的失势和缺位，崇祖尊老、恋土怀亲的情感日渐稀薄，生存利害的盘算占据人心。没有乡村道德的有力制衡，基层权力人物日益膨胀，并且反过来导致乡村伦理进一步恶化。作品第三篇《酒鬼哀歌》里的村长夏长贵即是基层权力人物的写照。他喝酒坠亡后那棵被连根拔起、钉伤累累的黄葛树，象征重情轻利、和谐相处的乡村社会已被撕裂，他死后紧攥着的沾满鲜血的公章，隐喻了他对权力的执念，沾在公章上的鲜血反衬出乡民匍匐在权力之下的卑微现实。《下乡记》《救命狗》《吸毒者》《乡村智者》等篇章从不同角度表现了权力人物对乡村社会和伦理情感的破坏性。尽管《生日酒宴》《不买账》书写了村民如何对抗骄纵的权势，然而那不过是恶作剧式的内部惩戒，以此聊以维护卑微的乡村尊严。权力膨胀，司仪退隐，乡村的伦理秩序失去了应有的庄严和公正，权与利的勾结扰乱了乡村世界的固有格局。

乡村社会的最后一道防线是"家"的存在。然而，外有城市龙卷风的胁迫，内有乡村道德伦理的失序，最终，传统意义上的家也摇摇欲坠。家是由婚姻血缘关系构成的社会组织，长幼有序的家庭成员共同生活在一个屋檐下。家既是生活、生产的共同体，也是情感、精神的共同体。乡村之家与一片土地有着确定的关系，因此家园与故土联结在一起。离开家园，离开故土，即为游子、漂泊者；失去了故土家园，即为流离失所者、无家可归者；死后而不能葬身故土，即为孤魂野鬼。家园故土是中国人的"根"，无论漂泊到何处，落叶终须归根。

在以往的文学叙述中，"无家"的生命体验，属于那些主动或被动切断家族归属关系的个人，如家族反叛者、精神漂泊者、流浪孤儿。对于因谋生、求学而漂泊异乡的人来说，故乡有他们的家，父母在，即家在。乡村之人，不存在"无家"。然而，吴佳骏关于"乡村消失"的叙述，却沉痛地揭示了这样一种现实：乡村的一些老人、儿童和生存能力低下者，已无"家"可归，乡村，已变成了"无家"的家乡。九岁的小学生吴思怡不知道在外打工的父母长什么样，对他而言，父母的存在只是偶尔打来的电话里的声音，他感受不到家的温暖，无法理解有父母陪伴是什么感觉（《小学生的信》）。乡村之家已残缺不全，普遍的空巢老人与留守儿童现象，使得家的传统意义正在被抽空。《与自己对话》《农家乐》《拾荒老兵》《城市模仿者》《卖树》

《亡牛》《上庙》《空宅》《山鼠之劫》《城市模仿者》等篇章，书写了一个个被亲人遗弃的可怜人，他们或者因为生活艰难、谋生能力差而被妻儿遗弃，或者因为进城打工的儿子媳妇早已不再顾念他们，天伦之乐成了遥不可及的奢望，他们童年灰暗、中年落寞、晚景凄凉，孤苦难熬。于是，一头牛（《亡牛》）、几棵树（《卖树》）、一座新房子（《空宅》）、一件鼠皮拼接的皮衣（《山鼠之劫》）便具有了陪伴的意义，替代了亲情的缺失，试图唤回有"家"的感觉，然而，家和亲情最终没能逃脱"亡""卖""空""劫"的遭遇，他们的生命走向了末路。或者像刘文东那样，无人牵挂，也没有值得牵挂的人，在自己的乡村感到了"举目无亲"的凄凉，只能以给自己写信来抵抗孤独（《与自己对话》）。而在《农家乐》中，城市人的酒色空间向乡村转移，在城市打工的儿子为了利益把房子租赁出去，信爹"没屋可回"，城里人的享乐调笑干扰了信爹的村居生活，他在自己的家待不下去了，最终离家出走，宁愿四海为家。当"家"的感觉已不在，乡村的空心化就走向了绝路。

四、中国乡村的招魂曲

《雀舌黄杨》的最后两篇，为"一个中国乡村消失的过程"画上了句号。乡村的戏台已坍塌，乡村戏子连同可歌可泣的乡村爱情已成为陈年往事，村庄彻底沉寂了（《谢幕台词》）。乡村失去了自己的语言，失去了活力。最后一篇《夜半歌声》写道：

> 当下的乡村，就像一场灾难过后的"废墟"，空荡荡的。残砖断瓦随处可见，一座座房檐挂满蛛网，台阶爬满青苔的屋子，总是柴门紧扣，缺乏一股子生气。尤其到了夜间，夜幕笼罩下的村庄死一般寂静。风从远处吹来，有一种荒寒的阴冷。就连天上

的星辉和月色，似乎也比过去暗淡了不少。它们很难再看到夏夜里金黄的稻浪，也不再能够听得到稻田里响彻乡间的蛙声。

乡村空了，静了，散了精气神，死了！作品最后写道，在乡村寂静的夜里，唯有孤独的鳏夫吴国华在夜里高声唱着无词的古老歌曲，村里活着的人没有人能听懂，"但那些死去的人能听懂。而且，村里那些树和草，泥土和大地，空气和水分也能听懂"。吴国华的歌声，可看作乡村的招魂曲，是对草木丰茂、生机盎然、自然和谐、淳朴健康、其乐融融的乡村世界的挽歌。实际上，吴佳骏的这部《雀舌黄杨》，写下的就是一支关于"一代人最后的精神家园"的挽歌。

吴佳骏在《雀舌黄杨》中所写的是他的故乡的颓败面影，但也写出了你的故乡、我的故乡的颓败面影。

第十二章　重庆江湖的气息与生死哲学的沉思

　　莫怀戚的《白沙码头》①是一部散发着浓郁的重庆气息的小说。不过，小说的意蕴又不局限于重庆性格、地方风习、码头文化的讲述，而是进一步抵达了生命哲学的深度阐释空间，对生与死、自由与存在、人事与天道等人本主义的根本问题进行了富有洞见的诗性阐发。《白沙码头》有关生死哲学的沉思，内含于小说中人物的重庆性格的表述，两者水乳交融，共同建构了重庆生命状态的文学命题。

一、重庆江湖气息的精妙传达

　　最初，我想以"重庆性格""码头文化""巴渝文化"这样的概念来指称《白沙码头》所散发的重庆气息，但终觉都不如"重庆江湖"来得酣畅淋漓。

　　什么是江湖？王学泰指出，我们经常说的江湖有三个意义：第一是大自然中的江湖，这是江湖最原始的意义；第二是文人士大夫的江湖，是文人士大夫逃避名利的隐居之所；第三是游民的江湖，也是现在经常活跃在我们口头的江湖。②重庆江湖具备了这三个方面的含义：重庆位居西南一隅，城区雄踞长江、嘉陵江交汇之处，境内山川

---

① 莫怀戚：《白沙码头》，人民文学出版社 2008 年版。
② 王学泰：《从〈水浒传〉看江湖文化》，《青年作家》2007 年第 11 期。

纵横，水深林密；抗战后，大量文人艺人、专家学者和国民党旧人物散落重庆；重庆是个移民地区，现在的重庆人，上溯三代，很少是土著，而且，重庆民风强劲，码头文化、袍哥势力曾经令人侧目，"文化大革命"中这里的武斗比其他地方要热闹得多残酷得多。江湖无地界，但是在重庆，地貌位置、流民谪臣、民风民气的浑融，使得其江湖味尤显浓郁。韩云波指出，"重庆是江湖文化最有实力的城市"①。

《白沙码头》中的江湖不是武侠小说幻想的刀光剑影、行侠仗义的武林江湖，也不等同于"与正统社会相对立的一个秘密社会"②。莫怀戚怀着抚今追昔的断想，独具匠心地选择具有历史转型意味的20世纪80年代前后作为主要故事时间，以白沙码头作为故事的典型空间载体，呈现的是经过历史进程修饰过的、暖色调的重庆江湖。小说虽然带有猎奇和神秘化的趋向，但是有过重庆经验的人读过之后，能够确定小说中的人、事、物所散发的，就是重庆昨天的气息，倘若伸出手，至今似乎仍可感觉到它的温度。

白沙码头与重庆江湖是一种换喻关系，承载着重庆江湖的文化符码，体现出重庆江湖的独特性。《白沙码头》无意于建构从江湖到主流社会、从边缘到中心的重庆立体结构图景，而是以具有典型性和普泛性的生活区间——码头，作为重庆形象的载体。码头本身就具有浓厚的江湖意味。江湖是与庙堂、主流社会相对而存在的。小说有关"上面"（主城区）、"下面"（码头）的地势位置与思想观念的分辨，有意在白沙码头与主流社会之间划出边界，暗示其江湖性质。白沙码头是个小码头，七师兄说它是"山水结合部外加城乡结合部"。"山水结合"乃天然，"城乡结合"是陪都时期的疏建区建设方案造成的。"山水结合""城乡结合"其实也是抗战后对重庆的一个经典描述。白沙

---

① 韩云波：《重庆应提升江湖文化》，《重庆晚报》2007年7月24日。
② 闻泉：《江湖文化》，中国经济出版社1995年版，第1页。

码头地势低浅，"缩在长江的一个尖尖的急湾，当然，同时也在一个深深的山之皱折里"，这一缩一藏，已有些退隐逃避之所的意味了。

白沙码头虽小，居民成分却相当复杂，有很小一部分的码头工人，有军工厂的工人，"有国民党的旧人物，譬如军医、文职人员、不知道为什么没有被处决的下级军官、不知道为什么没有被关押的中高级军官（最高的据他自己说是准将）、医生——主要是中医，多达二十多人"，还有不少的农民。白沙码头的居民结构，是战后几十年重庆居民构成的一个缩影，移民（游民）占了相当一部分。同时，"白沙码头是一个收养之地。没有什么人安放不下来"。甚至能容纳白萝卜这样的"异人"，体现出重庆江湖万物能容的大杂烩特性。

毫无疑问，孤儿兄弟们是白沙码头故事最重要的角色，他们的生命状态更内在地传达出重庆江湖的意味。小说把孤儿兄弟们当作码头故事的主角，是大有深意的，切合了重庆江湖的独特品性。《白沙码头》里的众兄弟，都是孤儿。他们婚恋的对象，也都是被抛离常态社会伦理的遗弃者，有同是孤儿的公主、猴妹，有逃亡失忆的白萝卜，有出生后就被遗弃的麻风病人金花。甚至八师兄的意大利名琴也意外地没有名字。这些人无名无姓，构成了白沙码头的生命符号群体。可以说，白沙码头的兄弟们是失忆的一群人，正如白萝卜对探询她的来历的人所做的回答。老家是哪里？不知道。多大了？不知道。真名叫什么？不知道。孤儿的身份和姓名的符号化，暗示了重庆人的身份特质。重庆人绝大部分由定居并不久远的移民和游民组成，他们因各种原因离开自己的祖籍，来到西部重庆。他们寻不到来路，失去了与故土的联系，失去了有关祖辈的记忆，成了没有根基的浮萍。当一个人的姓名不能与家族、血统、故土联系起来的时候，它的丰富内涵其实已被抽空，只剩下符号的表壳，因为传统习惯是依据姓名背后的村落、家族、祖辈等信息来界定一个人的。由以上分析可以看出，小说讲述的白沙码头，不仅仅是作为重庆数十个码头中的一个。关于白沙码头的描述，包含了一个深度模式——白沙码头实际上是重庆江湖的象征性符码。正因为如此，小说才承载得起"重庆性格之白沙码头"这样宏大的主题。

《白沙码头》散发的重庆江湖气味，渗透于自然环境和人文气象之中。"两江夹一山"的城市版图，大大小小的码头，惊心动魄的峭壁深林——这是重庆江湖的自然环境。细细讲述重庆火锅、嫩豆花、回锅肉、水煮鱼等重庆江湖菜的烹调过程，耐心介绍四方杂处、居民混杂的白沙码头；码头兄弟粗野率真，各有绝活，有菜必喝老白干，见长江就想玩命，喝酒、摇船必唱上几段川江号子或地方民歌，他们争强好胜，打架斗殴，铤而走险；白沙码头有白沙码头的行事规则和文化心态，白沙码头的人认为，"偷窃并不坏，抢劫不坏，杀人放火都不一定坏，但是说了话不承认，坏；告密、出卖，坏；同朋友的妻子好了尤其坏"——这是重庆江湖的人文气象。

《白沙码头》对重庆江湖的叙述，有许多复制生活的成分和有悖叙事原则的议论，但也有不少"画灵魂"的手笔，直指白沙码头独特的文化观念、人生姿态和身世宿命。白沙码头与主流社会的疏离、白沙码头众兄弟的流浪情结、白沙码头的消失，以及下一部分要论到的生死哲学，都见出白沙码头故事的深度。

一般来说，江湖与庙堂处于对立的关系中，白沙码头则对主流社会和现代文明保持着疏离的态度。请注意，是疏离，不是对抗，这一点很重要。如果是对抗，就人为地设置了自己的对立面，其价值判定的准则依据对方而定，为对方所囿，生命处于被动状态。而疏离则是把自身与主流社会当作两个不互相越界的实体，自身的一切生命准则具有自足性和内发性，能够达到自由的人生境界。例如，白沙码头的居民对某事某物的看法，与主城区有很大不同。白沙码头的居民明白自己的"级别"，他们常说"我们没有级别噢"，"'我们没有级别'的真正含义是——不要拿你们的规矩来管我们啰"。白沙码头的人"知道自己不够文明，但是他们无所谓，而且不羡慕别人的文明"。码头的居民身处江湖，安于江湖，享受原始的、本真的生命状态，既不向主流社会的世俗价值观念投诚，也不挑战。他们游走在社会的边缘，不自卑，亦不自傲，按照码头的观念自在自为地活着，拒绝现代文明强加的任何束缚。

流浪情结是白沙码头众兄弟的宿命。众兄弟的孤儿身份以及所带来的失忆体验，再加上与主流社会的疏离，使得漂泊流浪成了白沙码头兄弟们的人生选择，也使得他们的生命向自由敞开。兄弟们死后，连骨灰都不愿落土，高高地封存于峭壁悬崖，以便可以远眺汹涌流去的长江。三师兄沿长江漂流，一路卖艺一路寻找白萝卜的尸身，长年杳无音信。八师兄因女朋友的背叛和音乐事业的惨淡而漂流外乡，想以发财的方式证明自己，他给七师兄的信中说，他"要到滇西边境去闯荡。闯到哪里算哪里，碰到什么算什么"。他后来发了财，当了大公司的老总，却继续在街上飘荡，沉迷于流浪艺人的生活，不为挣钱，不为取悦听众，只为流浪、卖艺的感觉。

孤儿的身份和姓名的符号化，使得白沙码头的兄弟们脱离了传统因袭的重负，没有家族伦理的羁绊，与主流社会和现代文明疏离，造成了身体的流浪与灵魂的漂泊。也正因此，他们的生命向个人的爱恨情仇敞开，向自由快乐的生活敞开，直接把生命推到生与死的自在嚣张状态。他们毫无羁绊，故敢于把生命孤注一掷。他们向往自由，故把监狱当作割断世俗功利打算、放飞心灵自由的宝贵空间。鲁迅曾说，"我向来的意见，是以为倘有慈母，或是幸福，然若生而失母，却也并非完全的不幸，他也许倒成为更加勇猛，更无挂得的男儿的"①。而白沙码头的兄弟们则全面地失去了文化的、心理的、伦理的"母亲"和"父亲"，因此他们都是勇猛的男儿，纵横重庆江湖，享尽了张爱玲所说"人生最可爱的当儿便在那一撒手罢"②。

---

① 鲁迅：《〈伪自由书〉前记》，见《鲁迅全集》第5卷，人民文学出版社2005年版，第4页。
② 张爱玲：《更衣记》，见《张爱玲文集》第4卷，安徽文艺出版社1992年版，第28页。

兄弟们在白沙码头结下生死情义，但白沙码头在城市建设中即将消失，他们不得不散居于主流社会。白沙码头的消失，也喻示了重庆江湖将淡出时代。小说结尾写到在白沙码头的最后一次聚餐上，"二十几个'下一代'，愿意同父辈共舞的，只有两个"，这两个年轻人居然在聚会上喝可乐，坚决不喝白酒，说白酒是体力劳动者喝的。不难领悟，码头兄弟的后代已经用主流社会的思想观念看问题了，他们已走出了重庆江湖。小说最后一句是："他妈的！全体笑起来。"笑中包含的是喜，还是忧？是自嘲，还是无奈？值得琢磨！

《白沙码头》在艺术上尽管存在诸多为批评界所诟病的方面，但也可以见出作者在情节构思和艺术风格上，勉力求得与重庆江湖的气息相得益彰。首先，尽管人物符号化，性格缺少发展，但人物的组合配置有讲究。众兄弟有二十余人，着墨较多的也就七八个。但这几个人的组合已调配出江湖的色彩，多少具有一种参差的美学效应，易生发惊心动魄的故事元素。人物设置最见巧思的还是七师兄。在码头兄弟的故事中，学者七师兄是不可少的角色：一方面，他扮演着重庆江湖的阐释者，具有叙事的功能，利用他的身份，重庆的人文地理方面的知识，得体地穿插在鲁莽粗野的码头故事中；另一方面，众兄弟中只有他较为"理性"，他从主流社会的角度阐释人事，为"非理性"的码头兄弟提供了参照系，对照当中凸显了小说的叙事立场。其次，小说具有传奇的色彩。江湖必有奇人奇事。《白沙码头》中传奇的人物有异人白萝卜、玉石王麻蜡壳、民间智慧老人老不退火等，传奇的事件有众兄弟设计陷害小工人，大师兄、二师兄被白萝卜"克死"，八师兄在偏偏镇和监狱中的遭遇，等等。小说情节的跌宕起伏由三个女人提供契机，这三个女人是公主、白萝卜和金花，生发出英雄美女（魔女）的故事模式。另外，小说使用摆龙门阵的叙事腔调，文风质朴，句式简短，大量使用生机勃勃的方言俚语，切合了重庆的文化品格，亦透出江湖故事的滋味。

二、重庆性格的生死哲学

充斥我们阅读经验中的江湖故事，充满险恶和仇杀，死亡是恒常的情节元素之一。《白沙码头》也写了一个又一个的死亡事件，但显然与暴力、仇恨、绝望无关。江湖故事中的死亡一般是人与人相互冲突、征服的结果，而《白沙码头》中的死亡则更多是自我决断的结果。死亡的肇因或者是为了享受生命的美丽和自由，或者是为了对抗天意、探究天意，最终都指向生存的意义。透过八师兄与麻风女金花之间惊世骇俗婚恋的猎奇表象，揭开大师兄、二师兄、三师兄与"异人"白萝卜之间鲁莽无知"试验"的神秘面纱，小说裸露给我们的，是生死哲学的思想命题，这正是小说由俗入雅的关节点。

与死亡相关的生活空间是白沙码头和偏偏镇。偏偏镇是一个类似于白沙码头的场域，或者说是白沙码头的一个异地影像。在八师兄眼中，偏偏镇"一方面看来有点异国情调，一方面又多少有点像白沙码头——他儿时的白沙码头"。与死亡相关的主要人物是金花、八师兄、白萝卜、大师兄、二师兄和三师兄，他们都是孤儿。因此，承载死亡意义的就是白沙码头的几个孤儿。重庆江湖"失忆"的孤儿，对生命的看法自然不同于其他地方的人，他们习惯于认定自己的命是"捡来的"，故"不惜命"，"好像命同钱一样，是身外之物"。他们原本一无所有，故不为钱财所累：二师兄一个人掌管众兄弟的钱，用不着向大家报账目，大家毫不猜疑；白萝卜的小店毫无心机地随意经营，照样盈利可观；三师兄长途漂流去寻找白萝卜的尸体，不要八师兄资助，认为钱是流浪者的包袱，宁愿卖艺为生。"失忆"的孤儿赤条条地存在于天地间，一无所有、生命低贱、不为外物所囿，因此，他们不畏惧死亡，敢于拿生命来赌人生的自由和精彩，敢于冒着死亡的威胁追索"天意"的"究竟"。

《白沙码头》中几个死去的"失忆"孤儿，都是自我选择死亡。

就是说，他们本可以平安终老，但"失忆"孤儿的重庆性格让他们主动向死。金花的麻风病是可以免费治疗的，但她不愿意治疗，因为收治需要隔绝，不能"到处走"，化疗会使人变得丑陋。"是自由和美丽，让她宁可迎接死亡。"金花没有被麻风病慢慢摧残致死，她在丰腴和美丽消失之前就喝毒药自杀了。二师兄的病体原本还可拖延一些时日，但他选择了闭气而死。康德说，自由人自己选择去死①。金花等人由于不惧怕死，敢于主动向死，故生的价值充分敞开，品尝了酣畅的爱情，享受了完美的人生，维护了生命的尊严。八师兄也因不惧怕死，才能享受到与极品女人金花的疯狂情欲。

当那瓶能致人死亡的毒药，先后被金花与八师兄、八师兄与公主共同拥有时，确证的不仅仅是爱情的果敢与坚贞，更重要的，是存在的自由和生命的飞扬。"有了毒药，人就可以放心地活了。""有了毒药，人就自由了。"只有随时准备去死的人，才是真正自由的。②"一个人只要不敢随意地放弃生命，你就不可能有真正的自由。"③死与生是密切联系在一起的。"只有念念不忘人的脆弱性和有死性，才能活得从容"，"只有在死的条件下我们才能够得到生"④。贪生怕死、熙熙攘攘为利来为利往的主流社会，不会明白生存与死亡相互依存的道理，七师兄和八师兄感叹：金花"是很幸福的人"，"是真正自由的人，她想活就活，想死就死"，"她永远是美丽的。我们因为贪生，所以我们衰老，丑陋，狼狈"。《白沙码头》对死亡的感悟，接近海德格尔的"本真的向死存在"⑤的观念，具有哲理和性格的深度。

大师兄、二师兄、三师兄前仆后继与"异人"白萝卜进行的死亡"试验"，传达的是对抗天意、探究天意的蕴涵，同样指向存在的

---

① ［德］康德：《实用人类学》，邓晓芒译，重庆出版社 1987 年版，第 161 页。

② 毕治国：《死亡哲学》，黑龙江人民出版社 1989 年版，第 63 页。

③ 莫怀戚：《白沙码头》，人民文学出版社 2008 年版，第 303 页。

④ 段德智：《死亡哲学》，湖北人民出版社 1996 年版，第 94—95 页。

⑤ ［德］海德格尔：《存在与时间》，陈嘉映、王庆节译，生活·读书·新知三联书店 1999 年版，第 298—306 页。

意义。

三个师兄弟敢于义无反顾地奔赴死亡"试验"，除了与"失忆"孤儿的文化身份有关，还与他们对死亡的态度有关。小说中多次出现众兄弟合唱三师兄篡改的《年轻的朋友来相会》："再过二十年，我们来相会，走进火葬场，统统烧成灰。你一堆，我一堆，谁也不认识谁，苍蝇蚊子绕着骨灰飞。啊亲爱的朋友们，美丽的骨灰盒属于谁？属于你，属于我，属于我们八十年代的新一辈。"如果我们把码头兄弟版的歌词看作无厘头、嬉皮士的调侃，看作对主流文化和理想主义的解构，就无疑降低了码头兄弟的生命价值，曲解了作者叙事的良苦用心。如果联想到大师兄葬礼的狂欢场面，可以看出，众兄弟是笑对死亡的。这个笑不是玩笑，而是对人生必死的豁达和坦然。

对死亡的豁达和坦然，才使得他们敢于直面人生，不回避任何偶然命运的遭遇和神秘天意的残酷。武馆长的预言和大师兄的感觉，都暗示白萝卜将是给男人带来不测的"异人"，但大师兄还是生死无悔地去"试验"。大师兄死亡的预言兑现后，二师兄、三师兄又先后与白萝卜结婚了。二师兄说："我要把白萝卜接过来，看她究竟是个什么东西。"甚至八师兄后来"都想看个究竟"。我们不排除师兄弟想知道白萝卜究竟是个什么东西，包含了好奇的成分，但其本质的动机，正如玉石王赌解，"要看的是人的究竟，是老天爷的究竟"。他们以肉身之躯对抗天意和命运，表现出强硬的人生姿态。他们的生是站立的、从容的，他们的死是悲壮的、平静的。老子说："人之生也柔弱，其死也坚强，万物草木之生也柔弱，其死也枯槁。故坚强者死之徒，柔弱者生之徒。是以兵强则灭，木强则折。"（《老子·七十六章》）白沙码头的人却宁愿灭、宁愿折，也要坚强。面对天意和命运，他们抱着"不赌当然不会输，但是只有敢赌才能赢"的心态。小说中多次写到抛硬币，以天意来决定重大的事情。大部分情况下天意是遂人心愿的，但也有天意与人的本意相反的情况，如：大家抛硬币决定大师兄是否与白萝卜结婚，其结果就与大师兄的意愿相反。大师兄却把硬币偷偷换了一面给兄弟们看。所以说，抛硬币表面看来是一切凭天意，实际上还是自己决断。自己决断的同时，又多少明白天意难违，明白死亡的可能性。大师兄在"试验"时，就已写好了遗嘱，表现出知其不可为而为之的大勇气和死而无憾的镇定。大师兄、二师兄、八师兄、金花等在奔赴残酷嚣张的人生时，都准备了自己的遗嘱、遗言，选择了葬身的方式和地点，他们是"向死而在"的勇猛的、洒脱的、本真的、自由的一群人。在他们身上，重庆性格与生死观念相互交融。

由《白沙码头》对重庆生死人生的讲述，我们或许会想到三个作家：沈从文、莫言和苏童。沈从文的湘西世界自在自为、健康自然的生命形式，有着乐天安命的悲凉，与都市文明形成了对照；《白沙码头》嚣张的生命中没有悲凉，它是一种码头文化，带有流浪汉的精神气质。莫言《红高粱》有感于种的退化，对祖辈生命强力顶礼膜拜，注重的是生；《白沙码头》的兄弟们没有来自祖辈生命血脉的压迫感，他们"向死而在"。苏童《城北地带》的不良少年凶狠、麻木于生死，其尊严建立在对他人尊严的病态践踏和控制上，表现了南方的堕落，散发着颓废的气息；《白沙码头》是追求正常人生价值的流浪者之歌，带有西部的粗犷和情义，奔涌着生命的血性气质。从比较中可以见出，莫怀戚的《白沙码头》算得上是一部独特的小说，他切实地完成了小说主旨的表达：通过"白沙码头"来阐释"重庆性格"。

第十三章　底层镜像的诗意呈现

　　进入 21 世纪以来，底层叙事成了中国文坛的显赫主题，从"冷门叙述"变成了"热门叙述"，从"异质性叙述"演变为"主流性叙述"①。然而，以语言作为媒介的底层文学创作和批评，自身存在一个悖论，即：底层是"沉默的大多数"，底层叙事并不是底层的自我言说，而是知识分子替底层代言。代言方式能否真正抵达底层生存的本质，能否真正传达底层的心声，则受到广泛的质疑。"对于'沉默的大多数'来说，谁能够倾听和反映他们的声音？作家莫言曾提出过'作为老百姓的写作'的说法，这无疑是真诚的，但我在事实上仍然愿意将其看作是知识分子写作的另一种形式，因为真正的老百姓是不会写作的，他们根本没有可能和条件去写作"②。因此，以语言作为媒介的底层写作，与底层生存的真实似乎隔了一层。比较而言，以影像作为媒介的电影艺术，应该是底层叙事最合适的载体，它能够通过镜头摄取"沉默的大多数"的真实生存状况。因为冷眼旁观的镜头可以是没有偏见、没有情绪的"眼睛"。著名电影理论家安德烈·巴赞认为："摄影的美学特性在于揭示真实。在外部世界的背景中分辨出湿漉漉的人行道上的倒影或一个孩子的手势，这无需我的指点；摄影机镜头摆脱了我们对客体的习惯看法和偏见，清除了我的感觉蒙在客体上的精神锈斑，唯有这种冷眼旁观的镜头能够还世界以纯真的原貌，吸引我的注

---

① 邵燕君：《贴着地面行走》，《文艺争鸣》2006 年第 2 期。
② 张清华：《"底层生存写作"与我们时代的写作伦理》，《文艺争鸣》20C5 年第 3 期。

意，从而激起我的眷恋。"① 确实，电影运用镜头冷静地摄取底层存在的镜像，既可克服代底层立言的知识分子的优越感和启蒙心态造成的俯视视角，又能克服底层是沉默的大多数，自身不能言说的尴尬。信奉巴赞"写实主义"理论的贾樟柯，在他荣获了第 63 届威尼斯国际电影节金狮奖的作品《三峡好人》中，完美地演绎了底层叙事的原生态图景。

《三峡好人》于 2006 年 12 月与张艺谋导演的《满城尽带黄金甲》同期上映，选择这样的时间，贾樟柯是把它当作一种"发声方式"。在上海回答各方面提问时，贾樟柯就说道："我想看看在这样一个崇拜'黄金'的时代，有谁还关心'好人'。"② 语意双关的话语，表达了贾樟柯对抗时尚趣味，倾心底层尊严的艺术追求，延续了《小武》《站台》《世界》关注底层生存的路子。

《三峡好人》对底层世界纪实风格的呈现，是我们能切实感受到的。但是，《三峡好人》沉长的底层叙事中，还不断地溢出诗意的细节，这是为评论界所忽略的一个层面。本章试图阐释《三峡好人》如何把底层叙事与"臃余"的诗意相结合，从而构设出影片独特的文化审美品格。

一、古城的废墟与寻找的诗意

《三峡好人》讲述的是寻找的故事，由两条线索组成：一是矿工韩三明来奉节寻找前妻麻幺妹，二是护士沈红来奉节寻找丈夫郭斌斌。电影以缓慢的节奏，以一种闯入者的视角，让镜头跟随韩三明和

---

① ［法］安德烈·巴赞：《电影是什么》，崔君衍译，中国电影出版社 1987 年版，第 13—14 页。
② 仲荷：《"吸引我的不是黄金的光泽，而是好人的尊严"——贾樟柯在沪答问录》，《电影新作》2007 年第 1 期。

沈红的寻找身影，在奉节古城的废墟或新城的凌乱背景下，展开了婚姻选择和自尊维护的故事。

故事略显沉闷，镜头的纪实性质裸露了生活的原生底色，然而，一些精彩细节给沉闷的原生态婚姻故事增添了底层的诗意，使得废墟上的故事带有浪漫的情调。例如，在《三峡好人》中，有这样一个镜头：韩三明与麻幺妹相立于拆空的楼层，静观远处一幢突兀耸立的高楼轰然坍塌，憨厚的韩三明靠近破败的麻幺妹，轻揽她的双肩。看到这里，我们不禁会想起张爱玲的《倾城之恋》："香港的沦陷成全了她。但是在这不可理喻的世界里，谁知道什么是因，什么是果？谁知道呢，也许就因为要成全她，一个大都市倾覆了。"①《三峡好人》通过构设寻找的故事，隐隐约约给了我们类似"倾城之恋"的感受。奉节旧城的拆迁，也可以看作是古城的倾覆。影片中有一句台词："一个两千多年的城市，两年就把它拆了。"古城的拆迁，本身就具备酝酿悲欢离合故事的丰富元素。而废墟中的婚姻故事，更具有沧海桑田的感觉。

废墟的断壁残垣和破败肮脏的环境，与底层生活的艰难紊乱，互为镜像、互相阐释、相得益彰。余秋雨曾慨叹："废墟是毁灭，是葬送，是诀别，是选择。"②《三峡好人》的爱情婚姻变故，就在拆迁的废墟中展开，底层富有尊严的婚姻选择，也因废墟的背景而变得更加沉重。古城废墟斑驳离奇的景观，与平凡男女千孔百疮的婚姻感情丝丝入扣，具有同构关系。

实际上，《三峡好人》在废墟的背景上讲述的不只是两个婚姻家庭故事，而是三个，即：韩三明与麻幺妹的婚姻修复，沈红与郭斌斌的感情了断，中年妇女与断臂老王的夫妻分离。三个故事共同组构了底层婚姻家庭的参差状况。三个故事都与古城的倾覆有关。郭斌斌是

---

① 《张爱玲文集》第 2 卷，安徽文艺出版社 1992 年版，第 65 页。
② 余秋雨：《文化苦旅》，东方出版中心 1993 年版，第 252 页。

奉节旧城拆迁指挥部的老大，他在指挥拆除旧城的同时，也在重新拼凑自己的爱情婚姻，疏离了自己的妻子，与厦门来的女老板郭亚玲关系暧昧。郭斌斌与沈红在新建的三峡大坝前，浪漫起舞，却曲终人散，黯然分手。一个县城拆除后可以新建，他们的婚姻爱情却不能。韩三明千里迢迢寻找青石街五号的麻幺妹，青石街五号已淹没在三峡水库之下。为了等候麻幺妹，他加入了拆楼的工作。在制造废墟中等待。但废墟也是重建的基础。韩三民与麻幺妹的婚姻，在破败、斑驳、散乱的环境中，增加了相濡以沫、患难与共的体验。他们会晤于破败的窝棚，决定于晦暗斑驳的船舱饭桌，走过散乱的废墟，相依于拆除中的破楼。废墟修复了他们的婚姻。在建行大楼轰然倒地的那一刻，他们靠得那么近。古城的毁灭，或许唤醒了他们对世俗夫妻日常冷暖的珍惜之情。夫妻平分一颗"大白兔"奶糖，对于他们来说，就是生活的最高境界。一个城市的毁灭能换取这一刻，他们愿意。这是底层世界的倾城之恋，尽管命运对他们开了个巨大的玩笑：三千块钱买来的老婆被公安机关解救了，十六年之后，还是需要用十倍的价钱再赎回。中年妇女与断臂老王同样属于底层人物，但是他们破旧的住房拆迁在即，他们将面临居无定处的处境。相濡以沫，不如相忘于江湖，生活的无望迫使中年妇女弃断臂老王而去，独自去了南方打工。古城拆掉了，也拆离了这一对夫妻。

在《三峡好人》中，废墟成了底层叙事的颇有心机的背景，一个富有哲学意味和浪漫诗意的情境。把底层叙事置于废墟的场景下，两者相得益彰。

二、平淡的情节与"臃余"的诗意

《三峡好人》的故事情节很平淡，似乎违背了戏剧性的规律，没有设置任何紧张激烈的矛盾冲突，也没有大起大落的情节和气势磅礴的场面，接近无故事的故事。如果不是由寻亲的悬念来维持内在的张力，就几乎没有任何理由维持普通观众的注意力，难保许多影院观众会中途退场。然而，事实上，《三峡好人》并没让我们感到过于枯燥乏味。即使人物交流和镜头切换如此缓慢，我们仍然能够静候信息的流动。那么，是什么样的构成性因素在维持观看的心理强度呢？笔者认为，是电影中诸多所谓"羡余"的细节所带来的一种趣味和溢出的诗意。

按照电影理论的一般规则，电影所涉及的一切元素，都必须与故事人物性格的塑造、中心情节线索的展开有关系，以使得情节紧凑，足以维持观众的注意力。然而，在《三峡好人》中，寻亲主线的延展，却派生出一些似乎与主题线索无关的细节，情节随时可能旁逸斜出，不经意点染出一个个有意味的场景。

这些镜头分成几类。第一类是故事流淌中荒诞情节的穿插。如船上白纸变美钞、美钞变欧元的魔术表演，在废弃的两幢建筑上空走钢索的场景，纪念塔像火箭一样突然升天的奇景，三个穿戏装的人物在小饭馆的桌边玩手机游戏的诡异画面……这些荒诞的镜像既增强了影片的趣味性，亦以散点的形式诠释了现实生活的荒诞，为底层的故事添上一些生趣，为底层世界加上一些注脚。第二类是与韩三明、麻幺妹的底层生存相互阐释的"羡余"情节。如：小马哥露着头，身子缩在编织袋里的镜头，拦住沈红问要不要请保姆的女孩，在唐人阁和船上唱《两只蝴蝶》和《老鼠爱大米》的少年。这些情节元素表明了底层生存的艰难与倔强，强调底层世界的江湖意味。第三类镜头似乎没有更多的意义，但有意味。如韩三明第一次去找麻老大，在全景定点长焦镜头的画面中，韩三明的背影消失在河边的坡下，这时，一条黄狗的身影升上韩三明刚走过的路，盘旋几下，又低下去消失了。我们不能说黄狗的出现有什么深意，只是感觉到了生活的原汁原味弥漫在银幕上。

生活的世界本身并不是按照艺术法则组织的，甚至生活本身的逻辑就是枝枝节节、错落无致，因此，这些"臃余"的细节，是符合生活逻辑的，给平淡的情节增添了诗意，让我们感觉电影不是在"讲述"底层的故事，而是在"呈现"底层的生活。

三、底层世界的真实裸露与象征意蕴的隐形建构

表面看来，《三峡好人》仅仅为我们提供了一个底层生存的切面，画面带给了我们颗粒性质的真实感，打动我们的仅仅是它对底层世界的表现达到了"毛茸茸"的质感程度，它的成功亦在于对底层世界的真实裸露。但实际上，导演在《三峡好人》中不仅是静观底层的摄影机，也是越过沉默大多数的头顶，构设底层生活寓言的理性思辨者。《三峡好人》整个结构带有象征的意义，其深层含义具有哲理的意味。象征意味使得《三峡好人》在底层叙事中带有理性的诗意。

首先，影片中的双线对照结构具有象征性的寓意。寻妻与寻夫的基本情节构成了影片的双线结构，重新拾回的婚姻与黯然分手的情侣形成了对照。在双线对照中，隐含着象征性的反讽诗意。韩三明和麻幺妹，一个是冒着生命危险谋生的煤矿工人，一个是被亲哥哥"典押"的船上帮工，可谓是真正的底层小人物。他们曾经的结合是非法的——买卖婚姻，因公安机关的解救，两人原本安稳幸福的婚姻被拆散。十六年后，婚姻回到了"不合理"的起点，韩三明答应以十倍于当初的代价赎回麻幺妹。韩三明当初来奉节，主要想看看多年不见的女儿，并没有修复婚姻的动机，或许是麻幺妹的处境触发了他的怜悯之心，才决然要与麻幺妹恢复婚姻。从对往事的简单诉说和分吃"大白兔"奶糖来看，他们的结合是知足的、幸福的。这就是影片提供的底层婚姻故事——谈不上有没有爱情，对现实法律来说具有反讽意味，但它合乎民间情义的逻辑，体现了底层婚姻斑驳而本色的状态。沈红和郭斌斌，一个护士和一个县拆迁办指挥部老大，笔者认为，已

不属于影片要表现的底层人物范畴，而是其对立面。如果说，韩三明是带着对自然亲情的眷恋来奉节的，那么，影片中沈红的形象则具有明显的欲念意味。在影片中，她不停地喝水，随着电风扇摇摆着身子，表现出身体的饥渴和燥热。郭斌斌则傍上富婆，以习惯性的社交方式与沈红在三峡大坝前翩翩起舞。两人分手时，无人眷顾，留给对方的都是冷漠的背影。因此，伴随沈红的寻找身影，船上少年和街上放送的《两只蝴蝶》歌曲，构成了对寻找行动的反讽："亲爱的来跳个舞，爱的春天不会有天黑……追逐你一生，爱你无情悔。"与其说沈红与郭斌斌的分手方式保持了"好人"的自尊，不如说他们的婚姻失去了传统民间情义的根基，为物和欲所异化，最终维护的那点虚假的自尊其实显得很可怜。有关韩三明寻妻的情节，基本上是在废墟般的奉节旧城的背景上展开的，有关沈红寻夫的情节，则基本上是在新建中的奉节新城的背景上展开的。两种背景、两种婚姻选择的对照，表达了导演对民间"非正常"婚姻和现代"文明"婚姻的反思。

其次，影片图像意境的总体构设也具有象征性意味。影片开头，镜头慢慢地移动，以类似于《清明上河图》的风格，拍摄了船上底层人物的众生相，构设了底层存在的总体镜像，也寓含了三峡是一个江湖的意思。影片分为四个单元，以非常突兀与醒目的小标题"烟""酒""糖""茶"来标示，带有象征意味。贾樟柯解释说，烟酒茶糖是中国人最依赖的几种物质，边缘地区的人们有这些东西就可以过年，就可以感觉到幸福，我们就是这样寻找着自己的幸福。他还说，"这几种物质，不仅在中国人的日常生活里面扮演了非常重要的角色，也影响了中国人的人际关系"①。确实，"烟""酒""糖""茶"四个小标题的醒目运用，喻示了底层生活的状态和交流方式的特色。而且，与韩三明相关的物质是烟、酒、糖，与沈红相关的物质是茶。

---

① 仲荷：《"吸引我的不是黄金的光泽，而是好人的尊严"——贾樟柯在沪答问录》，《电影新作》2007 年第 1 期。

烟、酒、糖作为道具，在人际关系上体现了韩三明与小马哥、麻老大、麻幺妹之间的现实民间情义。而沈红所用的茶叶，是郭斌斌两年前离开工厂留下的，显然已过期，因此，他们的爱情也如茶叶一样，成了过期品。烟、酒、糖、茶构成了电影情节流淌的节奏，构成了底层生活的特色，也构成了对寻夫寻妻结果的预言。影片开头和结尾，都使用了川剧《林冲夜奔》的悲凉唱曲作为背景音乐："望家乡山遥水遥，但则见白云飘渺……娇妻儿无依靠。哎呀呀悲嚓！叹英雄！叹英雄气恨怎消？"贾樟柯通过唱词，赋予了韩三明等底层人物一种寓意。在中国人的心目中，林冲是义薄云天、守情重义的英雄。韩三明虽是底层小人物，但在对待妻子、朋友方面，也算是重情重义的"大丈夫"，不失为贾樟柯心目中现代社会的"英雄"。不过，高空走钢索的画面和林冲夜奔的曲调，透露出英雄末路的悲凉：那一群和韩三明一起去山西地下煤窑挖煤的民工们，与林冲一样抛妻别子，被迫走向了一条冒险的求生之路，如高空走钢索，前途迷惘，唯有冒险而进。唱曲中回荡着的，是贾樟柯对底层生命的尊重和对他们生存状态的忧虑。

由此看来，《三峡好人》从主要情节线索到影片总体意义结构的设计，都富有寓意，寄寓着贾樟柯对底层爱情、生存状态的一种理性思考，富有哲理性的诗意。

《三峡好人》采取中长镜头、自然光线、同期录音的风格技法，主体故事的讲述显得散乱、缓慢、沉闷，但也因其散乱、缓慢、沉闷而切合了底层的生存状态。真正底层的多数人物，他们的生活世界是琐碎的，散文化的，没有什么传奇色彩。他们的目光、表情、行动，显得有些呆滞和迟缓，他们拙于言说，不善于表达内心丰富的情感，但是他们裸露生命的本真，有着质朴的人生准则。《三峡好人》的客观镜头摆脱了我们对底层的习惯看法和主观想象，原生态的底层图景具有无言的震撼力，唤醒了我们日渐麻木的民间情怀。同时，《三峡好人》并不停留在底层生存的还原层面。废墟上的婚姻故事具有千孔百疮的意味，带有凡俗化的"倾城之恋"情调；旁逸斜出的"赘余"诗意增添了影片的趣味性和主题的丰富性；自然混成的潜在意义结构使得影片的底层故事具有理性思辨的深度。总之，《三峡好人》看似漫不经心，实则是导演苦心孤诣编排的一部经典影片。

第四编

现代中国文学观念的重构

第十四章　反思新文学史观的话语霸权

我们不妨设想：如果张恨水编写一部 1917—1949 年的文学史，该是什么模样？如果国民政府在 1945 年组织专家编写 1912—1945 年的文学史，又该是什么模样？如果穿越时空对 1898—1949 年上海市民的文学阅读做一个调查，会得出什么结论？或许，其结果会与当前流行的文学史观拉开较大的距离。毫无疑问，中国现代文学史的书写，必然基于特定的文学立场和文学史观，需要对繁复纷杂的文学现象进行有序化、条理化的删减组合。不过，既然涉及立场和史观，就应该有从不同立场、不同角度、不同趣味出发撰写的文学史。现代文学史应当是千姿百态的。但实际上，学界在努力探求文学史书写新模式的同时，又在感叹现行文学史的千"编"一律。笔者认为，文学史家所持文学史观的趋同性是造成这种局面的关键所在。这种文学史观就是"新文学史观"。打破中国现代文学史千"编"一律的局面，必须从反思"新文学史观"开始。

一、"中国"现代文学与中国"现代"文学

1917—1949 年的中国文学被称为"中国现代文学"，这一段时期的文学史被称为"中国现代文学史"。这一约定，至今仍体现在我们的学科分类、文学史著作和大学课堂教学中。但是，阅读了一些文学史著作之后，笔者对"中国现代文学"概念渐渐疑惑起来。

"中国现代文学"概念的前身是"新文学"。"新文学"是相对于"旧文学"而言的，这里的"旧"不光是时间意义上的，还具有价值判断的意味，包含了对同时期文言语体、传统趣味、消遣倾向的文学的否定，同时也说明提倡"新文学"的知识分子承认同时期还有"非新文学"存在。1935 年出版的《中国新文学大系》对 1917—1927 年中国文学的筛选和评述，正如其题目所表明的，是针对"新文学"而言的。然而，当"新文学"概念被置换成"现代文学"，二者被画上等号之后，问题随之出现，"中国现代文学"概念变得可疑起来。

姑且不论"二十世纪中国文学"概念的史学意义和各种"穿靴戴帽"（时间上限前移和下限延后）、更换名目（如"民国文学史"）的说法，"中国现代文学"概念本身就让人生疑：在文学史编撰者的眼中，它的内涵到底是特指具有现代品格的中国现代文学（即"新文学"），还是泛指时间和空间意义上 1917—1949 年的中国现代文学？如果是特指具有现代品格的文学，文学史的编撰、教学就会面临诸多棘手的问题，如：文学的现代品格是中外同质，还是具有民族差异？现代性标准是照搬西方，还是从本民族文学创作总体中概括出来的？是否只有白话才是现代性文学的语言载体？临界点是否是 1917 年？把 1949 年前后的文学区分为现代文学和当代文学是否还有意义？如果以"经典"作为入史标准，那么指的是谁的经典，经典的标准是庙堂的、精英知识分子的还是普通民众读者的？……对这些问题的回答，无疑构成了对"中国现代文学"概念之合理性的挑战。如果是泛指时空意义上的中国现代文学，那么，这一时期中国的旧体诗词、传统戏曲、少数民族文学、通俗文学、儿童文学、港澳台文学等，就有理由进入任何一部中国现代文学史。然而，诸多中国现代文学史著作并没有让它们进入，更不用说以平等的身份进入了。"中国现代文学史"概念在取代"新文学史"概念之后，以不言自明的时间逻辑，获得了文学史长河中 1917—1949 年这一时段的管辖权，却以饱含政治意识的、狭隘的新文学史观来清除异己，或对之进行压抑、曲解，使得许多重要的文学现象显得身份暧昧不明，或隐匿于历史深处。

　　新文学史观与许多文学史事实存在观念上的龃龉，新文学史观难以有机整合 1917—1949 年的所有文学现象。新文学史观作为一种话语霸权，至今仍主导着现代文学史教材的编著。因此，中国现代文学史的深度重写，必须从反思新文学史观开始。

二、先抑后扬的史叙策略

　　新文学史观话语霸权地位的确立，与其历史起点的神化有关，与五四文学革命的创世纪形象有关。文学革命的创世纪形象首先是通过压抑晚清文学来实现的。这一点典型地体现在中国现代文学史的开讲方式上。

　　新时期以来的中国现代文学史教材，往往以清末民初文学（1898年前后至 1916 年）作为"绪论"的内容，来开启现代文学史的陈述。唐弢主编的《中国现代文学史》（1979 年）劈头就说："中国现代文学发端于五四运动时期，但以鸦片战争后的近代文学为其先导。"现行的文学史著，往往把清末民初文学置于"绪论"部分，以概述的方式呈现，篇幅简短，几页到十几页的篇幅就穿越了近二十年的历史，其中，绝大部分内容还是社会思想文化背景的介绍。如果说清末民初文学只是古代向现代过渡的一个不起眼的文学时段，那么，采取这种开讲方式再自然不过了。其实，中国现代文学史教材的入题方式不仅仅是为了呈现文学发展的历时性关系，其史学叙事策略还隐藏着深意。中国现代文学史教材把 1898—1917 年的文学发展处理为"绪论"，其史叙功用或叙事效应类似于长篇小说《创业史》的"题叙"：梁启超、严复、林纾、黄遵宪、吴趼人、李伯元等改良前辈，到底没把文学弄得"现代"，真正的"彻底变革"还得看陈独秀、胡适等五四新人物，五四文学才是创世纪的文学。

对民初文学的"绪论"/"题叙"的处理方式，给教学实践带来了难题：不讲吧，不大好；讲吧，一两节课又说不清楚。而且，教材的详略处理方式本身就包含文学史观，也是教学的底本，对教学具有指导性的规约。把清末民初文学定为"题叙"性质，本身就暗示了讲授时须采用走过场的方式，否则便有轻重失当之嫌，也不利于高姿态地推出五四文学革命。古代文学史不涉及清末民初文学，现代文学史又以"题叙"的方式对待之，造成了中文系学生对清末民初文学极度生疏，阻碍了他们理性客观地看待新文学的发生。根据笔者这些年对初入学的中国现当代文学专业研究生的了解，他们对"近代文学"是相当陌生的，阅读量极少。"近代文学"所遭到的冷遇，多少包含了新文学发生观对清末民初文学的压抑，是先抑后扬史叙策略的自然结果。

三、高耸文学史入口的五四文学革命形象

光凭压抑清末民初文学，还不能完全确立五四新文学的话语霸权，因为时间是一条河，文学发展也是一条河，有延续性，且水系交错。因此，新文学史观在提升五四文学革命的价值时，做的另一番工作就是按照文学革命派的立场，有针对性地对五四前后的文学史实进行省略、提纯、删改，以便凸显五四文学革命派开创新的文学观念体系的功绩，使之成为耸立在现代入口的宏伟形象。

1917年1月出版的《新青年》刊发了胡适的《文学改良刍议》，随后一号又刊发了陈独秀的《文学革命论》。文学史著一致性地把两者看作五四文学革命的标志性事件，赋予其"发难"和"举旗"的伟大意义。现代文学史之所以把起始时间定为1917年，也正缘于此。在创作上，1917年没有留下值得新文学家骄傲的作品，1917年的起始意义更多地在于观念变革。但是，五四文学的观念变革更多地是承

续晚清，而不是与晚清"断裂"。

　　白话文运动是五四文学革命的主体内容，胡适的《文学改良刍议》则是白话文运动的发轫之作。其实，此文提出的观念并非旷古奇论，晚清的梁启超、黄遵宪、吴趼人、包天笑等人都曾有过类似的倡导。周作人在1932年出版的《中国新文学的源流》一书中甚至断言：新文学运动并不是"一件破天荒的事情"，明末公安派的文学主张和胡适的主张差不多，胡适的"八不主义"，"是复活了明末公安派的'独抒性灵，不拘格套'和'信腕信口，皆成律度'的主张。只不过又加多了西洋的科学哲学各方面的思想，遂使两次运动多少有些不同了，而在根本方向上，则仍无多大差异处"。[①] 当然，区别肯定存在，与明末的文学变革和晚清的白话文运动相比，胡适的主张更为彻底。他明确地把白话定为文学的唯一语言，把白话文学当作"中国文学之正宗"。

　　问题是，此时提倡白话文的并非只有胡适和《新青年》杂志。同样在1917年1月，通俗作家包天笑创办了《小说画报》，其发刊宗旨与《文学改良刍议》的观点不约而同。包天笑在刊物的卷首即郑重地写道："盖文学进化之轨道必由古语之文学变而为俗语之文学。"[②] 刊物"例言"的首条就旗帜鲜明地提出："小说以白话为正宗。本杂志全用白话体，取其雅俗共赏，凡闺秀、学生、商界、工人，无不咸宜。"[③] 包天笑办《小说画报》的初衷，包含他对鸳鸯蝴蝶派小说堆积词藻、内容空洞的不满，有意救治弊端，以"反时代性质"的面目出现。[④] 而我们的文学史家不知出自有意还是无意，对五四文学革命的演绎，几乎置包天笑的主张于不顾。或许，把包天笑、胡适的主张同

---

①　周作人：《儿童文学小论·中国新文学的源流》，河北教育出版社2002年版，第53页。

②　天笑生（包天笑）：《〈小说画报〉短引》，见芮和师等编：《鸳鸯蝴蝶派文学资料》，福建人民出版社1984年版，第12页。

③　天笑生（包天笑）：《〈小说画报〉短引》，见芮和师等编：《鸳鸯蝴蝶派文学资料》，福建人民出版社1984年版，第13页。

④　包天笑：《钏影楼回忆录》，香港大华出版社1971年版，第380页。

时并提，"独家首倡"就变成了两家同时首倡，五四文学革命的神话
会有所减色；或许，包天笑是位通俗作家，新文学史家可以忽略他的
主张；或许，包天笑的主张没有陈独秀这样的猛将助威呐喊，以致默
默无闻，不须提及。其实，后一条推想并不可靠。胡适的文章发表
后，虽有陈独秀大力推赞，也没有引发广泛的讨论，广泛的社会反响
是在 1918 年"双簧信"之后产生的。周氏兄弟翻译的《域外小说集》
只卖了 20 本，却因其"史学价值"被文学史教材反复提及，《小说画
报》的销量达 3000 份①，其提倡白话文的观点却不被文学史提及。由
此可以见出文学史建构的以陈独秀、胡适为中心的新文学发生观，对
被排斥在"新文学圈"之外作家言论的遮蔽，以及新派人物对通俗作
家的遮蔽。

文学史谈到五四白话文运动时，为了说明其与晚清白话文运动
的"本质"区别，往往引用朱自清《论通俗化》一文中的观点：晚
清时期"白话只是给那些识得些字的人预备的，士人们自己是不屑
用的。他们还在用他们的'雅言'，就是古文，最低限度也得用'新
文体'；俗语的白话只是一种慈善文体罢了。然而革命了，民国了，
新文学运动了，胡适之先生和陈独秀先生主张白话是正宗的文学用
语，大家该一律用白话作文，不该有士和民的分别"②。新文学观的
建构者周作人也持类似的看法，认为五四时期作文只用白话，"态
度是一元的"，"无论是著书或随便地写一张字条儿，一律都用白
话"，晚清的态度则是二元的，"古文是为'老爷'用的，白话是为
'听差'用的。"③总之，一个有"他们"和"我们"之分，一个没
有"他们"和"我们"之分，因此，二者不可同日而语。其实，持
此论者指出的只是其中的主导倾向，实际情形并非全然如此。夏晓

① 包天笑：《钏影楼回忆录》，香港大华出版社 1971 年版，第 382 页。
② 《朱自清选集》（下），人民文学出版社 2004 年版，第 341 页。
③ 周作人：《儿童文学小论·中国新文学的源流》，河北教育出版社 2001 年版，第
51—52 页。

虹发掘了白话文的晚清官方资源，她的研究证明，"清代的白话官文促成了清代的白话文运动"①。这是语言实践层面，我们再看理论倡导层面。1897 年裘廷梁在《苏报》上发表影响很大的《论白话为维新之本》一文，指出"愚天下之具，莫文言若；智天下之具，莫白话若"，明确提出了"崇白话而废文言"的口号。在此文中，裘廷梁并没有区分"我们"和"他们"，他指出文言文"文与言判然为二"，晦涩无用，商、农、工、儿童和文士儒生无不受其害，'呜呼！文言之害，靡独商受之，农受之，工受之，童子受之，今之服方领习矩步者皆受之矣"，而且"愈工于文言者，其受困愈甚"。②再举一个新文学家作为反证。鲁迅 1920 年 8 月至 1921 年 7 月与蔡元培、胡适、周作人的通信，文言、白话的使用是有分别的：给白话文提倡者胡适的信使用的是非常通俗易懂的白话，给蔡元培的信使用的是古奥的文言，给周作人的信使用的是半文半白的语言。可见，当时如鲁迅这样的新文学家，已经能够娴熟地运用白话文，但在语言实践中，还是看什么人说什么话，并非"无论是著书或随便地写一张字条儿，一律都用白话"。语言因书写主体和接受对象的不同而存在差异，历来如此。晚清的白话文运动和五四的白话文运动在启蒙大众的宗旨上，也趋于一致，文学史放大两个时期"我们"与"他们"关系的差异，有失公允。如果往后看，五四文学的欧化倾向造就了"五四式的新文言"③，远离大众，导致 20 世纪 30 年代对于大众语的提倡并引发相关论争。那么，文学史关于"我们"与"他们"的界分，在判断晚清与五四时期语言变革的本质差异方面，又有多大的说服力呢？

---

① 张广海：《"五四"遗产的溯源、建构和反思》，《中国现代文学研究丛刊》2009 年第 4 期。

② 邬国平、黄霖主编：《中国文论选·近代卷》（下），江苏文艺出版社 1996 年版，第 27 页。

③ 宋阳（瞿秋白）：《大众文艺的问题》，《文学月报》1932 年第 1 期。

陈独秀的《文学革命论》除了高举大旗，"拖四十二生的大炮"宣战的猛将姿态，其余并无惊人之语。文章开头和结尾一段关于"革故更新"与进步的关系以及文学创世功用的论说，在晚清梁启超等改良派的文论中比比皆是。如果翻阅晚清的《月月小说》《新小说》，就会发现陈独秀提出的"三大主义"，即"国民文学""写实文学""社会文学"也非完全首创。《月月小说》（光绪三十二年九月十九日）创刊号上就赫然印有"社会小说""国民小说"等栏目类别，且为常设栏目。没有"写实小说"专栏，但有常设栏目"写情小说"。第三号的《发刊词》对"社会小说"和"国民小说"进行了解释："政由于习，理由于性，事有准的，人有百行，货上于智，或崇于德，或贵于学，或尊于力，作社会小说"；"为国猿鹤，为民牺牲，福不若祸，死贤于生，头颅换金，肝脑涂地，三军夺帅，匹夫持志，作国民小说"。①《月月小说》的解释侧重于内容，陈独秀的解释侧重于格调。

这样我们就不难理解，胡适和陈独秀的文章发表后，并没有在社会上引起多大的反响，正如鲁迅1922年所说，"他们正办《新青年》，然而那时仿佛不特没有人来赞同，并且也没有人来反对"②。没有人赞同也没有人反对，文学革命就容易自行消亡。于是，就有了《新青年》第四卷第三号上所谓"双簧信"的出场，时间是文学革命首张义旗一年之后的1918年3月。自此，文学革命才引起广泛的注意和讨论。从时间上看，反响的巨增与胡适、陈独秀的两篇文章的主张本身并没有绝对关系，而与制造论争事端和"全盘性反传统"的偏激言论有关。1918年4月，钱玄同在《新青年》第四卷第四号上发表了《论中国今后之文字问题》一文，提出"废孔学""废汉文"的主张，陈独秀、胡适附和。鲁迅在1919年初也偏激地写道，"汉文终当废去，

① 陈绍明：《发刊词》，《月月小说》1906年第3期。
② 鲁迅：《〈呐喊〉自序》，见《鲁迅全集》第1卷，人民文学出版社2005年版，第441页。

盖人存则文必废，文存则人当亡"①。1918 年 5 月，《新青年》第四卷第五号发表鲁迅的《狂人日记》，其中提出"封建礼教和家族制度吃人"的惊世之论。或许，正是这种集体性的激进态度，使得文学革命派的言说为新旧知识分子所瞩目、讨论。如果说五四文学革命与晚清文学革命有实质性区别的话，那么，除了时代变迁，创作主体的更新换代（从维新文人到留学知识分子），面临的文化语境有别（如封建帝制被推翻，传统雅文体古诗文衰落，俗文体小说和戏曲经晚清提倡后地位提高并被广泛消费，西方观念获得更广泛的传播，《中华民国约法》肯定了国民自由、平等的权利，北洋政府大力支持白话文运动），这种区别是不是主要就体现在五四文学革命派的民族文化虚无主义、全盘西化立场和彻底反传统的姿态上？

　　或许有人会说，五四文学革命不光是一场形式大变革，也包含思想观念的大变革。实际上，文学革命派所张扬的民主、自由、平等、科学、个体价值等观念，也不算太新鲜，翻阅清末民初的杂志和小说之后会发现，新文学家的前辈大致都谈过，只是没有谈得这么透彻，态度没有这么决绝，而且新旧思想掺杂在一起。晚清与五四在观念上的根本区别，其实表现在道德上。晚清的文人无论如何开化，在基本的伦理道德理念上都还固守传统。由此我们就不难理解陈独秀提出的"伦理的觉悟，为吾人最后觉悟之最后觉悟"②的断言，也不难理解鲁迅的《狂人日记》为何具有巨大的思想冲击力。即便如此，相对于各自之前的文学，晚清文学的变革幅度与五四文学革命相比，也是各有千秋。

　　文学史为了凸显五四文学革命派在白话文运动中的成效和功绩，除了强化其与晚清白话文运动的本质区别外，还有意无意地淡化政府的作为，把 1920 年教育部下令各学校推行国语教学这一事件，表述

---

① 鲁迅：《书信·190116 致许寿裳》，见《鲁迅全集》第 11 卷，人民文学出版社 2005 年版，第 369 页。

② 陈独秀：《吾人最后之觉悟》，《青年杂志》1916 年第 6 期。

为被动"承认"白话为"国语",归结为文学革命派理论倡导的结果,"胡适之陈独秀一班人"被赋予语言变革英雄的尊荣。实际上,五四文学革命的成功,与政府的需要和支持有重大关系。程巍一篇纪念五四的文章道破了其中的奥妙:"北大文学革命派几乎都受聘于政府,在教育部领导下从事国语统一工作。北京政府大力推动文学革命,在于其'强南以就北'的国语统一计划与其'强南以就北'的国家统一计划构成语言政治学上的深刻关联。"文学史却对北洋政府在文学革命中所起的"核心作用"避而不谈,着意要把"胡适之陈独秀一班人"塑造成文学革命的中心人物。若无政府之力(整合全国教育体系、设立专门机构、发布命令、强制执行等),仅靠几个教授"为数不过数年的提倡,这个被鄙视了一千年的'俗话'"要想"一跃而升格成为'国语'"①,其难度可以想象。

1923 年和 1935 年,五四文学革命的"举旗"者陈独秀和"发难"者胡适先后从不同角度阐释文学革命成功的关键原因。陈独秀从社会经济发展的角度作了解释:"常有人说:白话文的局面,是胡适之陈独秀一班人闹出来的。其实这是我们的不虞之誉。中国近来产业发达人口集中,白话文完全是应这个需要而发生而存在的。适之等若在三十年前提倡白话文,只需章行严一篇文章便驳得烟消灰灭,此时章行严的崇论宏议有谁肯听?"②胡适则持唯意志论的观点,强调个人对历史的助推作用:"白话文的局面,若没有'胡适之陈独秀一班人',至少也得迟出现二三十年。这是我们可以自信的。"③而文学史著只愿相信胡适的观点,而没有更多地体味陈独秀观点的合理性。

---

① 程巍:《"五四":漂浮的能指》,《中华读书报》2009 年 4 月 29 日。
② 陈独秀:《答适之》,见张君劢、丁文江等:《科学与人生观》,山东人民出版社1997 年版,第 31 页。
③ 胡适:《中国新文学大系·建设理论集》,良友图书印刷公司 1935 年版,"导言"第 17 页。

四、独家有理的文学论争阐释模式

在文学史著中，新文学史观话语霸权的进一步强化，得到了"文学论争"叙述的支持。新文学史观实际上确认了文学革命派对真理、正义的占领，贬低了处于对立面的文化保守主义者的形象，文学革命派在文学史著中总以优胜者的形象出现。这一点，明显体现在文学史评介新旧之争时所使用的阐释模式上。

文学史基本上采取五四的、"左倾"的文化激进主义立场，叙述新文学观念不断战胜保守观念和超功利观念：林纾、章士钊这些曾经的老启蒙派、影响了五四文学革命派的先辈，在论争中显得狼狈、猥琐；学贯中西的学衡派如此不识时务，衡来衡去，不过衡出自己的斤两；温文儒雅、中西贯通的梁实秋因为谈人性，便成了"落水狗"，鲁迅声明要痛打；在阶级的社会，想做自由人、第三种人的苏汶和胡秋原，简直是在做白日梦，正如拔着自己的头发想离开地球一样不可能……文学史介绍论争时的阐释模式值得怀疑：把对方的观点置于前，把新文学派的批驳置于后，这种射靶子式的批驳结构，形成的叙事效果当然是新文学派占理。虽然在某些论争中点出了新文学派的偏激及其不良后果，那也是像给朋友写书评，文末委婉地提及而已，表明白璧微瑕、无须责备求全之意。现代文学史对论争的呈现，采取的就是五四文学革命派的逻辑——激进的逻辑，新的逻辑，西方的逻辑，现代的逻辑，还有鲁迅的逻辑。凡是鲁迅说的都是对的，凡是与鲁迅唱反调的都是错的（包括更年轻、更激进的革命文学的提倡者）。稍有常识的人都可以看出，如果我们的文学史不是被某种强权逻辑拳打东西脚踢南北，丰富的文学留给我们的绝不会这么简单。

如果我们阅读钱基博的《现代中国文学史》（1932年）所叙胡先骕与胡适之间有关文言文与白话文论争的情形，得出的印象和结论会与现行的文学史相反。钱基博所采用的，恰恰是与我们现行文学史相反的史辩策略：在详略上，对胡适的观点用概述，对胡先骕的观点详尽铺开；在先后上，先摆出革命派胡适的观点，然后给出胡先骕的反驳观点。这样就形成了胡先骕批驳胡适的论辩模式，白话文优于文言文的观点就被颠倒过来了。这是偏好古文传统的钱基博视野中的文学史。当然，笔者并不支持钱基博所采取的史辩策略，正如我们并不支持现行文学史的史辩策略一样。笔者借此想要表达的，是五四文学革命观的霸权逻辑对文学史的过度修饰而导致的失真。现行的文学史，把新文学派当作一辆推土机，描写的是它不断推进的雄性姿态，一路碾过去，非同路人、非"新文学圈"作家纷纷落荒而逃。至于在晚清就开始搞翻译办白话刊物、20 世纪 20 年代就写了《上海春秋》的包天笑这类鸳鸯蝴蝶派作家，一般的文学史教材根本没有留出方块之地来予以评论。20 年代新文学基本上没有长篇小说，但文学史也不愿论及包天笑等通俗作家的创作。胡适在 1922 年写道："与其多出几集无穷无尽的《官场现形记》一类的小说，倒不如现在这样完全缺货的好了。"① 我们的文学史就是照"胡适之陈独秀一班人"的观念，按照《中国新文学大系》的史学典范来筛选作家作品，建构文学论争逻辑的。

从以上论述可以看出，我们现行的文学史通过贬低晚清白话文运动，忽略同时代非"新文学圈"作家的贡献，漠视北洋政府的作为，来建构以五四文学革命派为中心的新文学发生地图，达到纯化、神化新文学发生史的效果。这样的文学史只是依据"独家逻辑"编撰而成的"一家之言"，离立体的、忠实的文学史还有较大距离。

---

① 胡适：《五十年来中国之文学》，见《胡适周作人论中国近世文学》，海南出版社1994 年版，第 115 页。

五、反思新文学史观与重写文学史

新文学史观具有发生学的意义，它对中国现代文学起点的权威定义，影响了对文学史演变主线的勾勒，简化了现代文学的自由多元的创作格局。例如，从五四到 20 世纪 30 年代的文学进程，基本史学线索被描述为文学革命到革命文学、左翼文学，并把左翼文学当作绝对主角加以认定。实际上，30 年代文学的创作主将老舍、曹禺、沈从文、巴金、张恨水都不是左翼作家，京派、新感觉派、后期新月派等流派都是非左翼，30 年代文学最重要的收获并不是左翼文学或革命文学，左翼文学实际上是一种雷声比雨点大的先锋文学现象。由于把五四文学革命的一整套观念当作带有唯一性的史述逻辑起点，对后面的文学发展的叙述，就大致沿着"反"五四或"回到"五四的简约思路，以致搞当代文学的学者突然醒悟：我们一直沿用新文学观念来建构当代文学史，其实不适当。

新文学史观的话语霸权不仅简化了文学史的多元结构，而且扭曲了文学史的审美图景。现代文学的创作体式有新有旧，品格有高雅有通俗，态度有激进有保守，立场有左倾有右倾，观念有启蒙有消遣。现代文坛大致呈现出自由表达、自由论争、百花齐放的多元共存格局。然而，这种格局在文学史建构中被裁剪、被扭曲。毫无疑问，任何文学史的建构都需要尺子，问题在于是否能够做到根据对象的特性量体裁衣。假如以高雅文学的标准来评价通俗文学，通俗文学肯定一钱不值。我们的文学史正是从新文学史观出发，从新文学家的立场出发，根据新的、高雅的、激进的、左倾的、启蒙的等标准，来评价所有文学现象的。这样一来，与旧、通俗、保守、右倾、消遣等特性相联系的文学创作和文学观念，就被曲解、贬低了。笔者发现搞通俗文学研究的学者在判断研究对象的价值时，有点缩手缩脚，显得非常谨慎（尽管使用的是新文学史观），深恐触动了既有的新文学史价值体系。由此可见，新文学史观，为"重写"中国现代文学史设置了重重障碍。

笔者并没有看低现行文学史教材学术价值的意思，也无意于否定五四的伟大功绩，只是认为，着意把五四文学革命当作中国现代文学与近代文学之间高耸入云的界碑，并按照"胡适之陈独秀一班人"的观念来修剪、建构文学史，难免陷入偏执。文学史应该是对文学发展总体状况的客观描述，而不是屈从于特定的观念和立场来剪裁文学。如果把文学史笼罩在新文学的话语霸权下，文学史消长起伏和多元共生的格局就将被肢解、歪曲，呈现的只是局部的、偏至的文学史。现行的诸多文学史著没有避免被飞扬跋扈的新文学观剪裁的情形，现行的文学史没有完全摆脱新文学观的霸权逻辑所导致的偏颇，如：西方中心主义（忽视中国文学自身的传统），大陆中心主义（忽视港澳台文学），"新文学圈"作家中心主义（轻视圈外作家），激进派中心主义（贬低保守派），纯文学中心主义（贬低通俗文学），工具实用主义（排斥文学趣味主义），汉族文学中心主义（忽视少数民族文学传统），北京中心主义（低估上海在五四文学革命前后扮演的角色），成人文学中心主义（不重视儿童文学）。新文学观与政治意识形态的双重把关，使得一些文学现象无法被整合进现代文学的意义序列中。文学史的这些偏至，与内忧外患的时代语境有关，与以"现代性"作为中国现代文学史的标准有关，与"借思想文化以解决问题"的传统有关，也与治史者顺时入世的人格有关。

至于该以什么样的态度立场编撰"中国现代文学史"这个问题，钱基博 1932 年的看法值得尊重。他认为，史"贵能为忠实之客观的记载"，"不偏不党而能持以中正"。文学史之职志在于"纪实传信"，文学史"所重者，在综贯百家，博通古今文学之嬗变，洞流索源，而不在姝姝一先生之说"。"胡适《五十年来之中国文学》不为文学史。何也？盖褒弹古今，好为议论，大致主于扬白话而贬文言；成见太深而记载欠翔实也。夫记实者，史之所以为贵；而成见者，史之所大忌也。"① 现行文学史著编撰的缺憾与胡适类同。钱基博对五四的反思同样发人深省："十数年来，始之非圣反古以为新，继之欧化国语以为新，今则又学古以为新矣。人情喜新，亦复好古，十年非久，如是循环，知与不知，俱为此'时代洪流'疾卷以去，空余戏狎忏悔之词也。报载美国孟禄博士论：'中国在政治上，文化上，尚未寻着自己。'惟不知有己，故至今无以自立。"② 为时代洪流所卷所造成的文化上无以自立的境况，至今仍困扰着我们的文化、文学发展。因此，对于五四，我们不必神化，而应以理性的历史主义态度看待，正如周予同在《过去了的"五四"》一文中所言，"抹杀'五四'，固然无异于撕掉完整的历史的一页；而抬高'五四'，又等于两汉腐儒之推尊尧舜"③。对于五四和新文学的发生，我们皆当如是观。

多年以来，文学观念日渐走向开放，许多文学史家力图重新整合现代文学的意义序列，也取得了许多可喜的成绩，但基本上还是在新文学史观的前提下来"重写"文学史。谭桂林先生曾经提出过"原创性"的文学史观④，令人备感新鲜，只是尚未付诸文学史写作实践。黄万华先生提出了"文学的生命整体意识"与"'天、地、人'的文学史意识"⑤，但只是着眼于整合"20世纪汉语文学史"。重写中国现代文学史，绕不过对新文学史观的反思；重写，应当从质疑开始。

---

① 钱基博：《现代中国文学史》，岳麓书社1986年版，第4—6页。
② 同上书，第506页。
③ 周予同：《过去了的"五四"》，见中学生社编：《史话与史眼》，开明书店1935年版，第82—83页。
④ 谭桂林：《原创性的文学与文学史的原创性》，《中国社会科学》2001年第4期。
⑤ 黄万华：《中国和海外：20世纪汉语文学史论》，百花文艺出版社2004年版，第1—6页。

第十五章　传统的征用、转化与慢的艺术

一、谁的现代和传统

关于传统与现代的固定见解，难以诠释百年中国的艺术走向。以判然有别的态度谈论中国文艺的传统与现代，其实是有问题的。对近一百年的文艺状况，我们习惯于作出传统与现代的界分。这种界分，不仅是时间、性质上的一种判定，也是一种价值判定。与"传统／现代"观念相关联的，是"旧／新""中国／西方"观念。这三对概念是我们谈论文化、艺术问题时频繁使用的重要概念，不仅相互关联，甚至有着对应、置换的关系。也就是说，"传统"的文化、艺术，即是"旧的""中国的"；"现代"的文化、艺术，即是"新的""西方的"。这样表述，或许会遭到许多人的批评，批评这种论调粗暴、简单乃至错误。但实际上，近代被殖民历史和现代性观念作为一笔知识遗产，制约着我们思辨"传统／现代"的向度，在我们的文艺观、文艺史和文艺批评实践中，这种二分论不绝如缕。

面对这笔知识遗产，我们需要反思。反思当从话语主体开始。我们可以发问：现代性，谁的现代？传统，谁的传统？这之所以成为一个问题，是因为我们的传统与现代观念，很大程度上还拘囿于柯文所

概括的"冲击—回应""传统—近代"的思想框架①。清末民初，尤其是五四时期，在思想启蒙与文化殖民的共同助推下，中国固有文明被归入"传统""旧"的范畴，西方文明被归入"现代""新"的范畴，"西化"即"现代化"。之后，这种思路不仅在中西文化比较中被沿用，也被各种社会运动和文化变革直接征用，或被加以颠倒、变形后征用，以生产、确立新的文艺观念、权力主体和社会秩序，如左翼文化运动、民族主义文艺运动、"破四旧"运动、现代派论争等。这些事件在建构阶级、党派、国族、时代的思想观念和文艺形态时，都赋予了中国／西方、无产阶级／资产阶级、社会主义／资本主义等想象性主体以传统／现代、旧／新、腐朽／新生的性质内涵。从中可以见出，"传统／现代"的界定和建构，存在为政治话语所操控的迹象。符合政治诉求和变革意愿的文艺形态，往往归于现代、新的范畴；遭受批判的文艺形态，则被冠以封建、传统、旧的恶名。谁的现代，谁的传统，其主体归属因时而异。传统文艺有时被赋予过时的、陈旧的、封建的属性，是一些应当遗弃的事物，有时则被用来印证民间、工农大众、国家权力的合理性和权威性。传统所潜藏的巨大生机活力由此被发掘，被当作民族自立的基础，用来组织民族主义情感，是大国形象的象征，值得珍惜和弘扬。"传统／现代"的话语建构史，一定程度上影响了当代中国"文化强国"和"文化自信"的阐释逻辑与发展路向。

关于传统与现代的固定见解，受制于一系列"中心"观念。新时期以来，对文学、艺术的品评和接受，受到诸多"中心主义"的干扰，如西方中心主义、现代中心主义、革命中心主义、尚新中心主义、鲁迅中心主义、西洋音乐舞蹈绘画中心主义等。"中心"观念具有价值优先的权威性，控制着时代话语的生成，把相对的艺术形态推向边缘、劣等、过时的位置，所带来的影响需要重新加以评估。在艺

---

① ［美］柯文：《在中国发现历史——中国中心观在美国的兴起》，林同奇译，中华书局 2002 年版。

术价值的评判上，持厚今薄古、抑中扬西、好新恶旧的态度，或持相反的态度，都可以看作是一种偏至，或是一种为倡导某种风气所采取的权宜之计。真正的艺术无所谓新旧，只有好坏。好的艺术，笼统而言就是追求真善美的艺术。往细里说，就有争议了，因为对真善美的理解，因时因地因人而异。贾府的焦大不爱林妹妹，也是一种美学趣味。美国人看到被扭曲的盆景会嚎啕大哭，可是"经我们的园艺家头头是道一讲，讲神讲气讲势讲高低讲繁简讲刚柔讲枯荣讲苍润讲动静讲争让讲虚实讲扬抑讲吞吐讲险夷讲阴阳"，照样得服气。[①] 因此，对艺术领域的传统与现代、中与西、新与旧的评价，应有一种理性的态度，从艺术本身寻找尺度，兼顾美学的多样性和时代精神的召唤。

二、现代与传统的博弈与反转

传统与现代的边界在某些事件和阶段中显得泾渭分明，其价值判定一目了然。但是，如果把近代、现代、当代历史连起来考察，这种确定性就变得不太可靠了。社会制度的变迁和权力主体的建构，导致了现代与传统的界限变得模糊，二者有时甚至发生逆转、置换。例如，对所谓的资产阶级文艺或现代主义文艺，不同时期的政治话语可能采取截然相反的评价态度，要么赋予其现代、文明、先锋的色彩，以及思想启蒙和美学拓展的价值，要么将其归入陈旧、腐朽、堕落的艺术形态，只能批判地接受。以旗袍为例，旗袍到底是传统服饰还是现代服饰？旗袍的历史渊源众说纷纭，但可以肯定的是，在民国时期，旗袍是一种新潮服饰，最初流行于号称"东方巴黎"的上海，在代表上海审美时尚的月份牌、《良友画报》上，多有身着旗袍女士的小照。穿旗袍者多为摩登女郎、新女性和女学生。旗袍在民国时期有

---

① 冯骥才：《我为什么写〈三寸金莲〉》，《文艺报》1987 年 9 月 19 日。

着身体解放的意味，也就是说具有"现代性"。但在20世纪50年代后，旗袍因颇具"旧文化色彩"而渐渐被冷落，"文化大革命"期间更是被视为"封建糟粕""资产阶级情调"的表现而受到批判。①80年代以来，旗袍重新回到人们的视野，成了中国服饰的典型符号，常用作礼服。新时期的旗袍既体现了东方风情，又不乏摩登时尚的意味。在旗袍的服饰语言中，传统与现代以悖论的方式相安无事地存在。

实际上，传统与现代永远在建构中，二者的博弈推动着审美文化的嬗变。清末民初的"海上画派"、"文化大革命"时期的"现代京剧"、近年的"中国风"音乐，都可以看作传统与现代交融的文艺形式。传统文艺在"节制""束缚"中见其美，这就有了"乐而不淫，哀而不伤""和谐、均齐"等艺术主张。当传统艺术突破节制和束缚时，往往就倾向于现代了。百年诗歌形式的束缚与解放的历程，就可以看作现代与传统不断磋商、妥协的结果。一个时代有一个时代的文学与艺术。时代的强有力之手，对各种文艺发挥着选择、扬弃、规训的功能，使得久远的、新兴的、流行的文艺都得适应时代。由此，时代精神一定程度上抹平了传统与现代艺术的鸿沟，或者说它们的区别并不像我们想象的那么大。认为它们存在本质区别而选择性地加以接受或拒绝，往往是由创作者和接受者的阶层、地域、身份、代际、宗教信仰等因素所造成的。但他们都是"同时代人"，都生活在现存的时代，因此可以说，至今留存、活跃的文艺创作，从时间上说，都是现代艺术，从性质上说，都具有当代性。其实，所谓的传统文艺，并非以历史上的原初面貌存在于当下，如现在的曲艺、书法、国画、唐装、古典舞、民乐等，并不是为了复制或重现古代艺术、民国艺术的原汁原味，传统艺术在当下呈现时已被时代所修改。

传统艺术的时运，既遵循自然兴衰的法则，又呼应特定时代的召唤。但是，有意复兴传统不一定能如愿，必须从时代精神、社会心理

① 包铭新主编：《中国旗袍》，上海文化出版社1998年版，第46页。

中寻找它的再生土壤，方能奏效。如此，传统变成了一种当代需求，或者说具有了现代性。徐复观对传统艺术与当代需求的关系作了精辟的阐发：

> 也或者有人要问，以庄学、玄学为基底的艺术精神，玄远淡泊，只适合于山林之士，在高度工业化的社会，竞争、变化，都非常剧烈，与庄学、玄学的精神，完全处于对立的地位，则中国画的生命，会不会随中国工业化的进展而归于断绝呢？我的了解是：艺术是反映时代、社会的。但艺术的反映，常采取两种不同的方向。一种是顺承性的反映；一种是反省性的反映。顺承性的反映，对于它所反映的现实，会发生推动、助成的作用。因而它的意义，常决定于被反映的现实的意义。……中国的山水画，则是在长期专制政治的压迫，及一般士大夫的利欲熏心的现实之下，想超越社会，向自然中去，以获得精神的自由，保持精神的纯洁，恢复生命的疲困而成立的，这是反省性的反映。顺承性的反映，对现实犹如火上加油。反省性的反映，则犹如在炎暑中喝下一杯清凉的饮料。①

中国传统艺术精神，似乎与现代性冲突，其实并不尽然。现代和传统，有时会反转，就像女人从衣柜里翻出多年前穿过的衣服，其样式可能正符合当前的时髦。

三、慢的艺术

艺术带给人的审美感受，有快和慢的分别。中国传统艺术的境

---

① 徐复观：《中国艺术精神》，华东师范大学出版社 2001 年版，"自叙"第 5 页。

界，给人的感觉是慢，是闲适、冲淡、写意，是大道至简，欣赏者需沉浸、静观。国画、戏曲、文学等都带有这种特性。而现代艺术的风格相对于传统艺术来说，则是快的，快餐文化自不必说，一般的艺术也带有即时性、快节奏、强刺激的特点：故事大起大落，事件密集，高潮迭起；画面浓墨重彩，拼贴风格，剑走偏锋；声音喧嚣狂躁，歇斯底里，哗众取宠。整体而言缺少神韵，不留余地，缺少回味。

艺术的样态与社会发展相适应。一般认为：慢的艺术是古典社会、乡土中国的特色，是旧的、传统的；而快的艺术受到西方的影响，适合后工业时代、消费社会和城市生活，是新的、现代的。但是，正如徐复观所言，艺术表现时代的方式，可以采用"顺承性的反映"，也可以采用"反省性的反映"。传统艺术的当代呈现，适合走"反省性的反映"的路子，并将因此焕发生机活力。快的艺术、现代艺术与都市生活、现实体验保持一致。现代人生命力的外在扩张与内在异化之间存在一种紧张关系，而快的艺术并不试图缓解这种紧张关系，所提供的以情绪宣泄为主的美学范式，只是确证了现代人的生存焦虑。而慢的艺术、传统艺术提倡生命力的收敛，引导现代人向内寻求生命的安宁，对高速运转的都市生命施以短暂的救赎，让神经衰弱的都市灵魂得以舒缓放松。

说到慢的艺术，笔者想起一则关于打鱼与晒太阳的哲理小故事：

从前有个渔夫，以打鱼为生。冬天的晌午，阳光正好，一个富翁到海边散步，看见渔夫在晒太阳，就问："你怎么不去打鱼？"

渔夫说："早晨我已出海捕过鱼了，卖鱼的钱已足够用一天了。"

富翁说："那你为什么不多打一些鱼呢？"

"为什么要多打鱼？"渔夫反问。

"挣钱买大渔船啊！"

"买大渔船干什么？"

  "可以打更多的鱼，挣更多的钱，然后，再多买几艘大渔船，那样你就有机会成为富翁了。"

  "成了富翁又怎样呢？"

  "你就可以像我一样到海边度假，悠闲地晒太阳。"

  渔夫说："我已经在悠闲地晒太阳了！"

  这个故事含有深刻的人生哲理。现代人就是那个富翁，生命为物质与欲望所驱动，紧张、焦虑，同时渴望自由、闲散，现代艺术则是对这种生存状态的反映。而渔夫过的是慢生活，欲望受到节制，内心安然、宁静，传统艺术给我们的感觉就是那个正在悠闲地晒太阳的渔夫形象，着意于心灵的安抚与休憩。现代人追逐声色名利，生活节奏快，压力大，焦躁不安，因此需要慢的艺术来调节。徐复观就说："……由机械、社团组织、工业合理化等而来的精神自由的丧失，及生活的枯燥、单调，乃至竞争、变化的剧烈，人类是需要火上加油性质的艺术呢，还是需要炎暑中的清凉饮料性质的艺术呢？我想，假使现代人能欣赏到中国的山水画，对于由过度紧张而来的精神病患，或者会发生更大的意义。"① 最近两年老树②的诗画备受欢迎，缘于他为都市人提供了"炎暑中的清凉饮料"。

  慢的艺术具有慢、静、虚、淡、敛、隐、柔、常等特点。它不是剑拔弩张，而是清风朗月。它让我们从喧嚣的世界中抽身出来，与生活达成谅解，反观内心的真实吁求，致生命于全。在艺术呈现上，慢的艺术有这样一些特性：笃静守常的观念，静观万物的心态，悲悯众生的立场，归返自然的情趣，虚实相生的手法，舒缓平和的节奏，淡雅和谐的色调。这种概括显然是疏阔的，难以道尽众多传统艺术门类的慢特性。但慢其实是生活态度与艺术形式的遇合，在审美活动的那

---

① 徐复观：《中国艺术精神》，华东师范大学出版社2001年版，"自叙"第5页。

② 老树，本名刘树勇，现为中央财经大学文化与传媒学院教授，文艺评论家，摄影圈知名人士。2011年后，以"老树画画"为名在微博上发布画与诗，粉丝众多。

一刻，让我们的感觉、情绪和观念慢下来，这就可以了。

不过，慢的艺术不足以改变我们生活于其中的现实社会，它改变的只是我们对自身生命的感知。慢的艺术也不应在现实面前闭上眼睛，从而沉迷于编织世外桃源的呓语。不论以何种艺术形式寻找生命的自适感，都应保留对自由健全生命的追问和热望。

第十六章　中国现代文学的话语建构

　　毋庸置疑，"中国话语"包含发掘本土价值、彰显中国身份、统一思想认识的现实诉求，并且具有区分的功能。经由区分他者、异质、陈腐、非主流的思想文化因素后，才能建构中国特色的话语体系。因此，中国话语的建构需要解决的理论前提，不仅涉及如何定义自我文化的主体性，还涉及如何界分他者或异质文化。在道统久远的传统中国，他者或异质文化的界分几乎不会成为一个问题，"华夏中心观"已内含诠释所需的观念和尺度。在近代时期，列强强行把中国拉入由西方文明所定义的"世界"，近代历史一定程度上是"世界"嵌入"中国"的历史。新时代"中国话语"的理路则是"中国"以特有的文化面孔在"世界"占位。历史逻辑与现实逻辑的对位关系，处理起来十分棘手，对中国现代文学的学术话语建构而言，尤其如此。作为"被迫／外生现代性"与"主动／内生现代性"相纠缠的结果，中国现代文学的自我与他者的区分显得疑难重重，其中国学术话语的建构一直变幻不定、悬而未决。近十年，学界在文学史的起点与评价上产生了诸多分歧，以致"中国现代文学"概念不再具有自明性。清理近年中国现代文学研究所存在的困惑、分歧与趋向，无疑可以为中国话语体系的建构提供可资借鉴的经验。

一、谁的中国现代文学？

　　中国话语体系的建构，首先需要明确话语主体的归属问题。这似

268

乎不言自明，"中国话语"概念本身即表明话语主体为"中国"。需要指出的是，作为"想象的共同体"的"中国"，不能简单看作时间定格的主体存在，世人想象中的唐朝、晚清与民国时期的"中国"，形象差异甚大。单就民国时期的"中国"而言，其内忧外患、政局多变和文化多元的状况，使得从中难以抽象出稳定的、共享的时代精神和价值取向。当我们把"中国"看作一个动态存在，看作是由主权、土地和人民所组成的实体时，时空的延展性和多样性决定了"中国"只能借助具体的历史、记忆与书写来呈现，具体化为差异性的地方、人群和权力组织的文学表达。

在中国现代文学中，各种趣味、身份、立场的作家、流派和组织，都参与了中国话语体系的建构。按照通常的认识逻辑来理解，"中国话语"应为一种经过历史积淀而形成的本土的观念系统和审美取向，自带排他性的筛选原则，能够对中国现代文学的创作与接受主体进行定性、排序。而从现实的文化意愿来看，"中国话语"包含了"一切历史都是当代史"的阐释权，以事后标准和当下需求来返观中国现代文学的历史，以建构符合民族文化自信和新时代中国特色社会主义思想的文学史景观。排他性的原则只有在确认自我文化的主体性的前提下，方才具有可操作性。近代以降，中国知识分子按照西方的标准"推断出了本民族的落后状况"，想要在文化上"重新武装"中华民族，从而拒绝祖先的文化，却又把它"作为民族认同的标记"，间歇性地"尝试去复兴民族文化"，[①] 以抵抗帝国主义的文化扩张，弥补现代进程的观念偏执。这就造成了现代作家及其创作缺乏共享的、稳定的文化观念，给现代文学创作与接受主体的排序、定性带来了困扰，同时引出了"谁的中国现代文学"这个根本性的问题。

"谁的中国现代文学"中的"谁"不仅指向现代文学的创作者，也

---

① ［印］帕尔塔·查特吉：《民族主义思想与殖民地世界：一种衍生的话语?》，范慕尤、杨曦译，译林出版社 2007 年版，第 2—3 页。

包括书写对象、接受者和阐释者，他们共同构成了现代文学的话语主体，决定了现代文学的性质定位、入史标准和评价尺度，即话语体系。权威的看法诸如"人的文学""工农大众的文学""人民的文学""民族的文学"，固然提供了解决此问题的方向，但落到实处，亦难以周全。如，"人的文学"可看作是现代文学的基本精神追求，可一旦遭遇了郁达夫的"颓废"、鲁迅和茅盾的"阶级"、沈从文和梁实秋的"人性"、张爱玲的"惘惘的威胁"、老舍的"家国同构"，作为文学主体的"人"就变得复杂起来。如何沟通"人"与"国民""人民""阶级""民族""国家"的关系，一直困扰着中国现代文学的学术话语建构。常常出现这样的情形：研究五四新文学时用的是一套学术话语，研究左翼文学和民族主义文学又使用另一套学术话语；有时肯定个体对制度的抵抗，有时又以集团的名义批驳疏离时代的个体观念；在某一阶段，偏离中国文学传统越远的创作，越受到高度评价，而在另一阶段，回归民族形式的创作，却被当作新的方向。学术话语矛盾与混乱的情形不一而足。中国现代文学价值标准的多元和多变，与研究者不断赋予不同的主体以话语霸权有很大关系。如果不能处理好"谁的中国现代文学"这个问题，学术话语的内在逻辑就难以理清。具体来说，"谁的中国现代文学"涉及如何定义"现代""经典""五四文学""革命文学""左翼文学"等的主体归属。

在中国现代文学中，"现代"一词自带光环，与"传统"构成一组对立的概念，但其主体归属却有些含混。正如上一章所论，反思"现代"与"传统"，当从话语主体开始。我们可以发问：现代性，是谁的现代？传统，是谁的传统？这之所以成为一个问题，是因为我们的传统与现代观念，很大程度上还拘囿于柯文所概括的"冲击—回应""传统—近代"的思想框架①。清末民初时期，尤其是五四时期，在思想启

① 参见［美］柯文：《在中国发现历史：中国中心观在美国的兴起》，林同奇译，中华书局 2005 年版。

蒙与东方主义的共同助推下，中国固有文明被归入"传统""旧"的范畴，西方文明被归入"现代""新"的范畴，"西化"即"现代化"。之后，这种观念思路不仅在中西文化比较中沿用，也被各种社会运动和文化变革直接征用，或加以颠倒、变形后征用，以生产确立新的文艺观念、权力主体和社会秩序，如左翼文艺运动、民族主义文艺运动、民族形式论争等。这些事件在建构阶级、党派、国族、时代的思想观念和文艺形态时，都赋予了中国／西方、资产阶级／无产阶级、资本主义／社会主义等想象性主体以传统／现代、旧／新、腐朽／新生的性质内涵。由此可见，"传统"与"现代"的界定和建构，存在话语操纵的迹象。符合政治诉求和变革意愿的文艺形态，往往归于现代、新的范畴；遭受批判的文艺形态，则被冠以封建、传统、旧的恶名。谁的现代，谁的传统，其主体归属因时而异。传统文艺有时被赋予过时的、陈旧的、封建的属性，是一些应当遗弃的事物和观念，有时则用来印证民间、工农大众、政权组织的合理性和权威性，被当作民族自立的基础，用来组织民族主义情感，传统所潜藏的巨大生机活力由此被发掘。在中国现代文学的学术话语建构中，对"现代"进行定义并不难，难的是对文学创作与接受主体采取同一态度，尊重他们言说"现代"的权力和价值。

　　"谁的经典"也是一个需要重新加以讨论的问题。学术话语体系的建构与文学经典的确立互为表里，治文学史最重要的一项工作就是筛选、确立经典。从共识的观点来看，文学经典乃典范、传世之作。然而，精英、庙堂、民间对于何为典范、传世，理解判断各有不同。《辞海》（1979 年版）把"经典"解释为"一定时代、一定的阶级认为最重要的、有指导作用的著作"。可见，经典有时代性，也带有阶级性。是否成为文学经典，不一定取决于大多数人的阅读喜好。五四前后的市井细民喜欢读的还是《礼拜六》《红玫瑰》所刊登的通俗作品，鲁迅的母亲就爱看张恨水的小说，而不是《呐喊》《彷徨》。新式学堂的学生、新式知识分子却对《创造》《小说月报》杂志和新文学家的作品感兴趣。

左翼文学在 20 世纪 30 年代的上海颇具声势，也有一部分摩登青年以读新感觉派作品为时尚，而 30 年代天津流行的却是刘云若的社会言情小说、还珠楼主的武侠小说。流行文学并不等同于经典作品，文学经典代表了一个民族的精神深度和艺术高度。不过，阳春白雪和下里巴人，不仅是文学趣味的区别，也是创作与接受主体的分野。一个民族的文学高度由阳春白雪所决定，而基座却是由下里巴人所填充。而且，传统的、本土的文化和道德趣味，更多寄存于通俗文学、民间文学和民族形式上。尽管新文学家不断提倡"平民文学""大众文学""无产阶级文学"，提倡"到民间去"以及"文章下乡，文章入伍"，但多停留在观念层面，新文学并没有大面积地走进工农大众，精英与大众一直存在隔膜。在经典问题上，学界秉持的是新文学标准，这就给中国话语的建构带来了困扰：是以高端文学作为经典的标准，还是把世俗民众喜闻乐见的通俗作品也纳入经典的范畴？上海摩登青年和天津遗老遗少所偏好的文学作品，哪一类更有资格进入经典的行列？经典应坚持纯文学标准，还是以符合特定群体的观念要求作为前提条件？中国现代文学的历史离我们太近，时间之流大浪淘沙的功能尚未充分发挥，近几十年文学经典的筛选可以看作是各方意愿不断协商的结果，在此情形下，"中国话语"既是对文化的重新建构，也是对知识者意愿的再次征用。

讨论五四、革命、左翼时，同样需要追问主体归属的问题。关于五四，李怡曾追问：我们所讨论的究竟是谁的"五四"？他认为"五四不仅属于'左'，在某种程度上也属于'右'，它就是现代中国诸阶层、诸文化的共同的思想平台"，新文化的倡导者、质疑者、反对者与其他讨论者共同组成了更大的"五四文化圈"。① 关于革命文学，张武军的研究表明，革命文学的倡导和发生，三大政党（中国共产党、中国国民党、中国青年党）皆参与其中。以国家主义和全民革命著称的中间

---

① 李怡：《谁的五四？——论"五四文化圈"》，《中国现代文学研究丛刊》2009 年第 3 期。

党派中国青年党，其政治理念、文学活动与革命文学的发生有着密切关系，而从武汉与南京时期的《中央日报》副刊可以看出，革命文学的产生与国民革命有着内在关联，训政理念下的革命文学则体现了国民党文学的内在理念和根本方针。[①]关于左翼文艺，笔者认为，既不存在"标准的"左翼文学，也不存在纯粹的左翼电影，左翼文学与左翼电影，实际上容纳了政党意愿、社会风潮、小资情调、洋场趣味等多种因素。[②]在研究这些文学现象时，需要超越从预设的对象与观念出发的单向考察模式，应作出结构性的、左右关联的审视，这有助于学术话语的重构。

谁的现代？谁的经典？谁的五四？谁的革命文学？谁的左翼？谁的抗战？谁的重庆想象？关于"谁的现代文学"，需要对一连串的问题进行追问，对这些问题进行追问的过程，也就是重构中国现代文学话语体系的过程。以往文学史书写所存在的诸多中心主义，如西方中心主义（忽视中国的文学传统）、新文学圈作家中心主义（轻视圈外作家）、激进派中心主义（贬低保守派）等，包含了"去传统中国"的意味和"重建现代中国"的努力，而中国话语体系的建构，则需要重新发现被各种中心主义所遮蔽的声音和样式。

二、何为现代文学，现代文学何为？

2012 年，郭洪雷发表《现代文学史观的"盛世"忧思》一文，指

出朱德发、杨义等先生的现代文学史观受到"盛世心态"的影响，文学史家的乐观心态引人忧思。与之相对的另一种态势是，中国现代文学的学科焦虑在不断扩大。从近十年召开的中国现代文学研究会年会和理事会的讨论情况，即可见出学界对学科的发展状况忧心忡忡。在第九届年会（2006年）上，温儒敏感叹学科的日渐边缘化。第十届年会（2010年）的议题为"中国现代文学如何参与当代文化建设"，试图寻找改变边缘化境遇的路径。在2015年召开的中国现代文学研究会常务理事会上，学科的焦虑进一步扩大：张福贵认为中国现代文学的学科性有待加强；何锡章、吴晓东指出学科的影响力显著下降，逐渐由显学变成边缘；姜涛指出学科转向综合性研究的同时，对历史提问的能力却可能在弱化；赵普光意识到复古主义思潮带来了学科价值标准的弱化，研究存在重视史料、淡化思想的倾向。[1] 丁帆、赵普光通过统计分析2014.1—2015.7这一年半的研究成果，印证了学界普遍存在的焦虑——现代文学研究出现了严重的危机："1912年至1949年现代文学的研究，已经出现了研究队伍过于拥挤、耕耘空间日渐逼仄、研究泡沫日趋严重的状况"，"研究群体逐渐凸现老龄化的问题"。[2] 其实，现代文学研究最大的危机是观念的危机，观念的分化和有限表达，削弱了现代文学与当代中国进行对话的能力。这种状况，是多方面因素挤压的结果，也显出既有的中国现代文学学术话语在新时代的不适应，因而需要重新思考"何为现代文学，现代文学何为"这个问题。

中国现代文学有着特殊的参与社会文化建设的方式，它以先锋、批判的姿态，汲汲于立人立国，开创了以五四精神为核心的现代观念，学科在新时期以来也逐渐确立了以启蒙、现代性为旨归的学术话语体系。然而，这一话语体系在近年却遭遇了来自各方面的挑战。消解权

---

[1] 张丛皞：《中国现代文学研究会第十二届常务理事会暨现代文学研究最新动态与学科发展高端论坛综述》，《中国现代文学研究丛刊》2015年第12期。

[2] 丁帆、赵普光：《中国现代（百年）文学研究的统计与简析（2014.1—2015.7）》，《中国现代文学研究丛刊》2015年第12期。

威、复归传统、崇尚世俗的时代潮流，对中国现代文学学术话语的反传统立场、人学思想、欧化观念构成了威压，让学界无所适从。规划项目的选题、学术研讨的议题、刊物专栏的讨论、新闻舆论的引导所形成的体制合力，对中国现代文学研究产生了极大的制约。面对此状况，何为现代文学，现代文学何为，皆被打上了问号。曾经被认为是一门成熟学科的中国现代文学，学界突然感觉它并未成熟，需要重新出发。

中国现代文学的学术话语体系，植根于研究对象。作为一个学科，需要明确时间起讫和对象范围。相对于古代文学三千年的历史来说，现代文学三十年确实太短了。出于重写文学史的需要，学界便以"启蒙""现代性"的名义进行扩容，往前延伸到清末，往后收编当代文学，统归在"中国现代文学"或"二十世纪中国文学""百年中国文学"的门下。启蒙与现代性的文学史观超越了新民主主义文学史观的狭隘，也带来了现代文学研究对象和学科边界的重新厘定。王德威提出"没有晚清，何来五四"，范伯群主张通俗文学与新文学"双翼齐飞"，引发了学界不断探索清末民初文学的现代性质，并重新探析中国现代文学的时间起点问题。中国现代文学到底从哪一年算起，1915年、1917年，还是清末的哪一年？清末与五四的关系问题尚未形成共识，张福贵、丁帆、张中良、李怡等又提出关于"民国文学"的系列概念，把现代文学的时间跨度和基本特质再问题化。另外，黄万华提出了"战后二十年中国文学"①，在时间上跨越了两个时代，在空间上整合了海峡两岸暨香港、澳门的文学，扩展了现代文学的时空容量。由此，"何为现代文学"，已经不再是一个不言自明的概念。

以"现代性"作为中国现代文学学术话语建构的核心观念，已成为学界的共识，但是文学史书写应该从观念出发还是从史实出发，仍是有待清理的一个问题。以预设的现代性观念来检视中国现代文学的

---

① 黄万华：《战后二十年中国文学研究》，人民文学出版社2008年版。

演进，很难一把尺子量到底。况且，中国现代文学的学术话语建构，它需要处理的，不只是文学的内部秩序，还得瞻"前"顾"后"、"东"张"西"望、"左"顾"右"盼。如何评价古典文学与共和国前三十年文学？如何把五四文学革命、左翼文艺运动与延安文艺整风置于同一价值体系进行评估？如何区别对待文化激进主义与文化保守主义？如何重估欧化与民族化的文学史意义？如何定位个体价值与国家生存？如何审视文艺自由与中心意识？现代性观念需要四处出击，应付纷扰而来甚至相互冲突的文学现象。况且，现代性学术话语的表达也遭遇了前所未有的现实压力，在不断收敛其锋芒。现代性学术话语留下了许多缝隙，"现代性"概念的过度使用，以及在研究中反复套用西方文学作为标准模式的做法，也使得"现代性"概念日渐丧失理论活力和阐释效度。

学科性质与价值定位的歧见，影响了中国现代文学研究路径的选择。在研究方法上，中国现代文学在固守与开拓上迟疑不决。20 世纪 90 年代的形式研究以追问"文学性"作为手段，把中国现代文学从革命史的依附角色中解放出来，但也使得文学研究成了一门技巧活，与现实对话的能力被弱化。世纪之交在中国现代文学研究领域兴起的文化研究，以一种微观政治、日常审美、平视心态、多元文化的视点，运用多学科的理论资源，对中国现代文学的生产、文本、传播进行思想文化的分析，呈现其多重话语纠葛的样态，开拓了现代文学研究的新路径，但亦被指责存在泛文化论的倾向。温儒敏谈到中国现代文学学术研究中所存在的困扰和问题时，就特别指出了文学史研究中的"思想史热"、"泛文化"研究以及"现代性"的过度阐释问题。他担心中国现代文学学科边界的扩张以及理论方法的泛化，存在自我解构的危险，有必要做做"瘦身运动"。① 然而，近几年的民国文学研究、社会史视野中的文学研究、大文学研究等新趋向，恰恰做的不是"瘦身运

---

① 温儒敏：《谈谈困扰现代文学研究的几个问题》，《文学评论》2007 年第 2 期。

动"，而是不断扩张现代文学研究的边界和对象。纯文学观与杂文学观、大文学观的相互诘难，体现出学界在"现代文学何为"这一问题上的分歧。就文学言文学，还是就文学言其他，或就其他而言文学，原本只是研究路径的区别，却相互感到不安，此乃学科危机的一种体现。这种状况也需要通过中国学术话语的重新建构来加以破解。

三、"三重发现"与中国话语的建构

以五四的现代性观念来返观清末民初文学，或向后裁决文学的发展状况，有违历史观念。既然新旧、中西、雅俗、左右、纯杂、传统现代、激进保守等二元对立的文学史观念以及执着一端的学术话语日益显得偏执，难以就"谁的现代文学""何为现代文学"等问题达成共识，并逐渐丧失与新时代的文化导向进行对话的能力，那么，我们不如从文学史实出发，探求其核心观念的组成与替嬗。由于中国现代文学以反传统作为历史起点，因而想要从传统中国寻找现代文学的话语资源，显然偏离了主道。又由于近代中国的发展采取单向突进的方式，形成了"历史的悖论性结构"，后一阶段总是在反拨前一路向的基础上开辟进路，这就造成了"文学的补偿式调整和发展"，[①] 因而任何单一的观念都难以统领中国现代文学的发展状况，也难以支撑学术话语体系的建构。鉴于此，陈国恩提出了富有创见的思路，他认为"中国现代文学学科成立的基础，是它的现代性。可是现在引起争议的源头，是现代性并非单数，而是复数，即是说存在着不同的'现代性'"，包括革命现代性、启蒙现代性和世俗现代性，其中，规定人的独立自由精神和人的基本权利的启蒙现代性，"具有鲜明的时代性。因为它是直接针对中国古代传统的缺陷提出来的，是直接反传统的。因而完全是一

_____

① 《孔范今自选集》，山东文艺出版社 2004 年版，第 224—240 页。

种现代的意识形态，而且因其重视人而贴近文学的审美本质"。① 不过，陈国恩提出复数现代性的同时，又坚守了启蒙现代性的话语立场，对其余两种现代性的价值进行了弱化处理。

中国现代文学学术体系的"中国话语"的建构，无须紧盯祖先的文化遗产，因为中国现代文学在发展过程中主要不是承续了传统中国的话语体系，而是开创了属于现代中国的话语体系。笔者认为，现代文学所开创的话语体系，可以概括为"三个发现"，即"民族国家的发现""人的发现"和"阶级的发现"。

"民族国家的发现"始于晚清。晚清的挫折带来了从"天下"到"万国"的观念转变，有别于"华夏中心观"的文明观念逐渐被维新人士所接受，有别于"华夷之辨"的种族观念开始出现。在此基础上，梁启超的"新民说"广泛传播，顺应世界文明潮流的近代民族国家观念逐渐形成。《新民丛报》创刊号说明其办刊宗旨时，即有"养吾人国家思想"之说。② 梁启超的"新民说"，欲由"新民"达到"民族主义立国"，其目的乃在"新国家"。③ 在《论民族竞争之大势》一文中，梁启超明确地得出结论："今日欲救中国，无他术焉，亦先建设一民族主义之国家而已。"④ 梁启超的《译印政治小说序》（1898 年）是从民族国家文学的角度来提倡政治小说的创作。梁启超的《新中国未来记》、雨尘子的《洪水祸》、碧荷馆主人的《新纪元》、李伯元的《冰山雪海》等小说以及黄遵宪的诗歌《番客篇》，都是在世界文明竞争和救亡图存的语境下来想象中国的现状与未来的。"民族国家的发现"，始于清末，至民国而形成了"五族共和"的观念，其后通过"五四运动""五卅运动""国

---

① 陈国恩：《中国现代文学的学科独立与"双翼"舞动》，《武汉大学学报》（人文科学版）2012 年第 5 期。

② 《本报告白》，《新民丛报》第 1 期，光绪二十八年元月一日（1902 年 2 月 8 日）。

③ 中国之新民（梁启超）：《新民说（一）》，《新民丛报》第 1 期，光绪二十八年元月一日（1902 年 2 月 8 日）。

④ 中国之新民（梁启超）：《论民族竞争之大势》，《新民丛报》第 2 期，光绪二十八年正月十五日（1902 年 2 月 22 日）。

民革命""民族主义文艺运动"以及"国家至上，民族至上"的抗战动员等历史事件得到了进一步展开，并在文学中得到了丰富的呈现。中国现代文学是在半殖民地半封建语境下发展起来的，其民族国家叙事所面对的基本文化命题为：在效仿西方的同时如何"去殖民"，在弘扬传统的同时如何"反封建"。民族主义是中国叙事的基本思想，以多种形态而存在，其情形正如胡适所言："民族主义有三个方面：最浅的是排外，其次是拥护本国固有的文化，最高而又最艰难的是努力建立一个民族的国家。"① 中国现代文学的民族国家叙事，大致指向一个目标，那就是：中华民族如何自立于世界民族之林。

　　"人的发现"是五四文学最重要的发现，它为现代文学的话语建构提供了核心观念和精神向度。清末民初所拟设的"国民"，是作为强国的基础、被当作"群体"看待的，关于"国民"的观念仍为传统伦理所拘囿。正因为此，陈独秀在新文化运动中提出"伦理的觉悟，为吾人最后觉悟之最后觉悟"② 五四时期，"人"才被要求从各种桎梏中解放出来，个人的独立价值才真正被肯定。五四文学所吁求的"人"，从身体到精神皆被重新定义，新文学家强调个人的独立、自由、尊严、欲望和价值。胡适与郁达夫回顾五四，皆认为五四的意义主要在于人的发现。胡适明确指出，"无疑的，民国六七年北京大学所提倡的新运动，无论形式上如何五花八门，意义上只是思想的解放与个人的解放"③。郁达夫断言"五四运动的最大的成功，第一要算'个人'的发见"④。尽管在清末时期，鲁迅就深刻地认识到"欧美之强"，"根柢在

① 胡适：《个人自由与社会进步：再谈五四运动》，《独立评论》第150 期，1935 年 5 月 12 日。

② 陈独秀：《吾人最后之觉悟》，《青年杂志》1916 年第 6 期。

③ 胡适：《个人自由与社会进步：再谈五四运动》，《独立评论》第 150 期，1935 年 5 月 12 日。

④ 郁达夫：《导言》，《中国新文学大系·散文二集》，上海良友图书印刷公司 1935 年版，第 5 页。

人"，"角逐列国是务，其首在立人，人立而后凡事举"①，但尚未把"立人"作为终极目标，其意图未脱"角逐列国是务"。而五四则把"人的解放"本身作为目的，五四之后，个人价值的敞开和实现，成为现代文学的基本观念。"人的发现"，其价值不容低估。五四知识分子所主张的"人"，具有超强的建构功能，不仅对一切禁锢人的天性，妨碍人的独立自由和人格尊严的礼教制度、迷信观念、种族歧视以及特权思想构成了挑战，而且，独立自主的"人"，具有生产新的社会形态的观念力量，对新的伦理关系、新的文化观念和新的社会体制提出了吁求。也就是说，"人的发现"不仅生产了现代人的观念，也助推了国民革命和新民主主义革命，推动了中国社会的现代转型。

"阶级的发现"，源于马克思主义在中国的传播、无产阶级革命运动的发展和左翼思潮的勃兴。清末维新观念中的"国民"是指与立国相联系的群民，五四文学的"人"是指启蒙视野下的生命个体，左翼文学中的"阶级"则对社会全体进行了区分，把无产阶级作为文学的观念主体。"阶级的发现"要确立的是特定阶级的价值。在中国共产党的革命实践中，无产阶级的价值被发现。无产阶级的发现，为现代文学找到了新的价值基点。现代作家的创作由此充满了对自由、民主、平等社会的渴求。"阶级的发现"把现代文学的反帝、反资主题落到了实处，文学再一次焕发了参与现代中国变革的生机活力。经过延安文学时期，"无产阶级"进一步转换为国家政治意义上的"人民"，成为现代中国的主体力量。

在现代文学中，民族国家、个人、阶级（人民）尽管是先后被发现，却互相规约。有了民族国家的发现，人的发现才有可能；个人的价值被确认，"沙聚之邦，由是转为人国"②，现代中国因此有了坚实的根基；阶级被发现，国家革命方才有了新的方向，个人价值也添加了

---

① 鲁迅：《文化偏至论》，《鲁迅全集》第 1 卷，人民文学出版社 2005 年版，第 58 页。
② 鲁迅：《文化偏至论》，《鲁迅全集》第 1 卷，人民文学出版社 2005 年版，第 57 页。

新的内涵。自阶级发现后，中国现代作家的创作进入了个人、阶级、民族国家相交织的观念系统，谈论个人、阶级、民族国家观念中的任何一项，都几乎不能脱离其余两项观念的规约。"民族国家的发现""人的发现"和"阶级的发现"共同组成了中国现代文学学术话语体系的核心价值观念，构成了现代文学的中国话语模式。需要说明的是，笔者之所以未把白话文列入现代文学最重要的发现之一，是因为文学语言与形式的变革，乃"三重发现"的副产品或工具。"工欲善其事，必先利其器"，语言是"器"，而不是"事"，"三重发现"才是现代文学的要旨。

中国现代文学的中国话语建构，需要处理内外两重关系。向外，中华民族自立于世界民族之林的命题，需要突出本土话语的主体性；向内，新时代中国特色的话语体系应立足于人民的立场。内外之间，需要尊重个人的独立和自由，促进个体价值的实现，如此方能保证中国人不被"从'世界人'中挤出"①。总之，民族国家、个人与阶级（人民）观念的先后发现和协商互动，生成了中国现代文学的话语体系，并为解决"谁的现代文学""何为现代文学，现代文学何为"等问题提供了方向，也为中国话语的建构提供了历史经验和价值向度。

---

① 俟（鲁迅）：《随感录（三十六）》，《新青年》1918 年第 5 期。

后　记

最近，《文艺论坛》（原《创作与评论》）"新锐批评家"专栏给了我一次亮相的机会，为此，我拜请黄万华先生写了篇"印象记"。黄先生在文章最后表达了对"70后"学人的期待：

> 人文研究的手工作坊式使得每一个有所成就的研究者，都很难给人以全面的印象，即便是老师对自己的学生，也如此。也许，他们著述中的思考，才会透露出他们的内心。但亦不尽然。我曾听一些学生谈起他们的一位导师，课后讨论时，这位老师谈兴正浓，不少问题发挥得酣畅淋漓，让人受益颇丰；同样的内容，待到整理成讲稿，思想锋芒收敛，甚至中规中矩；再到发表论文、出版书稿，讨论时的思想冲击力、启发力已大大消退。所以，我对"70后"的期望中还有"期待"：他们的"不惑"之年，是否为中国学术的"知天命"之时，如何不被外在的强势力量所宰制，而保持本学科学术生存、发展的相对独立；如何不被别种强势文化所淹没，而保持自己民族、自身学科的独特探求。毕竟当下，非学术干扰还具有极大的诱惑力和压制性。"70后"要在学科学术史上多留一些坚实的足迹，自身抗衡力的养成，也许是一个不可忽视的问题。

黄先生对"70后"学人的期待，发人深省。在青春勃发的岁月，我辈孜孜以求的是如何创新，直至"不惑"，才意识到自我表述的意义，想要在著述中透露自己的内心。然而，鲁迅早就说过，"立论"并非易事，别以为小学生作文就好写。鲁迅往往一开口，就让人不自在，你读他的东西，觉得他似乎在说彼时彼人，但你又总疑心他是在说你。好在鲁迅也有沉默的时候："当我沉默着的时候，我觉得充实；我将开口，同时感到空虚。"如何直面充实与空虚的言说悖论，确实值得我们进一步思考。

还是说说我的这本小书吧。从内容上看，本书涵盖了近十余年我所研究的三个主要话题——半殖民文学、租界文学和城市想象中的前两个，即第一二编的内容。其余则是关于地方性写作和文学史观的一些思考，即第三四编的内容。从写作时间来看，包括旧文、近作与新作。最早的为"区域文化对 20 世纪中国小说流变的影响"一章，写于在山东大学攻读博士学位期间，而"中国现代文学的话语建构"一章，则为近日完成的"命题作文"。各章内容，绝大部分在《中国社会科学》《文学评论》《文艺研究》《天津社会科学》等期刊发表过。不过，除了"上海模式的中国乌托邦叙事""上海租界的空间政治与文学书写"这两章出自拙著《租界文化语境下的中国近现代文学》，其余则属于初次汇集成书。

把近十年有点个人特色的研究以及一些零散的论述汇集到一起，绝不是为了给自己弄一份"中期检查表"，而是为了把散落的与民族国家文学研究相关的个人成果加以收纳整理。一个人整理感觉有点寂寞，于是商于贾振勇兄：可否邀请几位 1970 年前后出生的学者各自整理一本？振勇兄早有此意，一拍即合，于是我的这本小书得以忝列"奔流"丛书。学术有代际，"70 后"学人能否担负起黄万华先生等前辈学者的"期待"，还有待时间来验证。我没仔细思考过何为"70后"学人的代际特性，就我个人的学术旨趣和研究方式而言，本书的书名"文化间性与文学抱负"，可以算是一种自我说明。

李永东

2018 年 12 月 8 日

责任编辑：陈晓燕

封面设计：九五书装

图书在版编目（CIP）数据

文化间性与文学抱负：现代中国文学的侧影 / 李永东 著 . — 北京：人民出版社，
  2019.6（2021.5 重印）

（奔流·中国现代文学研究丛书 / 贾振勇主编）

ISBN 978 - 7 - 01 - 020588 - 5

I. ①文… II. ①李… III. ①中国文学－现代文学－文学研究 IV. ① I206.6

中国版本图书馆 CIP 数据核字（2019）第 055752 号

文化间性与文学抱负

WENHUA JIANXING YU WENXUE BAOFU

——现代中国文学的侧影

李永东 著

人民出版社 出版发行

（100706 北京市东城区隆福寺街 99 号）

北京建宏印刷有限公司印刷 新华书店经销

2019 年 6 月第 1 版 2021 年 5 月北京第 2 次印刷

开本：710 毫米 ×1000 毫米 1/16 印张：18.5

字数：253 千字

ISBN 978 - 7 - 01 - 020588 - 5 定价：52.00 元

邮购地址 100706 北京市东城区隆福寺街 99 号

人民东方图书销售中心 电话（010）65250042 65289539